VON SCHEIN UND SEIN,
TRAUM UND WIRKLICHKEIT …

Sylvia Bergman
c/o AutorenServices.de
Birkenallee 24
36037 Fulda

ISBN 978-3-9823377-1-5

Ein großes Dankeschön für ihre unschätzbare Unterstützung geht an:
Meine lieben Testleser/innen Svenja und Daniel
&
Michael Lohmann (worttaten.de) für sein Lektorat und Korrektorat
sowie
Covergestaltung: Buchcoverdesign.de / Chris Gilcher – https://buchcoverdesign.de
Bildrechte: Adobe Stock ID 151637985, Adobe Stock ID 35223309, Adobe Stock ID 386680586 und freepik.com

SYLVIA BERGMAN

ZWISCHEN LICHT UND RATTEN

HEINZE & BROCKMANNS
DRITTER FALL

Die Autorin:

Was gibt es Schöneres, als mit einem Buch in eine andere Welt abzutauchen? Dich davontragen zu lassen, während Du die Seiten umschlägst? Innerhalb eines Blinzelns bist Du Teil einer fremden Sphäre.

Mich hat diese Reise fasziniert, so lang ich denken kann. Ich liebe es, diese Welten von beiden Seiten aus zu erkunden – mit dem Buch in der Hand und als Autorin an der Tastatur.

Und nun wünsche ich Euch viel Spaß beim Eintauchen.

KAPITEL 1

Der kühle Dunst des Morgens senkte sich auf ihren Körper. Sie verdrängte die Kälte. All ihre Sinne ließen den Augen den Vortritt. Was sie sah, war wunderschön. Dieses Farbspiel verewigte den Augenblick. Legte sich wie eine schützende Decke auf sie und entschleunigte ihren Puls. Auf den Augen spürte sie die frische Luft. Sie blickte raus aufs Meer und verlor sich in Nuancen von Kobalt, Türkis und Indigo. Der Moment, kurz bevor die Sonne aufgeht. Nur wenige Wolken zierten den Himmel. Eine dunstige Aura lag über der spiegelglatten Oberfläche des Wassers. Hier und jetzt herrschte Frieden und ergab einen Sinn.

Sie trat einen Schritt nach vorn, dichter an die Kante der Steilküste. Der Sand knirschte unter ihren Sohlen. Sie spürte, wie er leicht nachgab. Sie war allein. Zufrieden nahm sie einen tiefen Atemzug Seeluft in sich auf, ließ ihre Muskeln sich entspannen und beruhigte ihre Sinne. Dann sah sie nach unten. Nur ein kleiner Schritt mehr … konnte alles beenden, führte in die Ewigkeit. Hier und jetzt, doch das wollte sie nicht. Nicht nach dem langen Weg, den sie hinter sich hatte. Nicht nach all dem, was sie hatte ertragen müssen. Nicht heute.

Am Horizont sah sie die ersten rosa Schleier über dem Wasser auftauchen. Tiefblaue Wölkchen hoben sich davon ab. Sie griff in ihre Tasche und angelte nach ihrem Handy. Diesen Moment musste sie festhalten. Für Zeiten, in denen sie sich hoffnungslos fühlte. Um sich daran zu erinnern, dass es immer eine Lösung gab. Für alle Ewigkeit.

Klick. Das imitierte Auslöser-Geräusch durchschnitt die ewige Ruhe. Trotz überragender Kamera konnte das Bild kaum die Stimmung einfangen. Sie steckte das Gerät wieder ein. Es wurde Zeit zu gehen. Sie trat einen Schritt von der Klippe zurück und drehte sich um.

KAPITEL 2

Kriminalhauptkommissar Ullrich Otte stand nachdenklich mit verschränkten Armen da. Nachdem eine junge Familie am Strand eine Leiche gefunden hatte, wimmelte es hier nur so von Leuten der Spurensicherung. Der ganze Strandabschnitt war großräumig abgesperrt worden. Das Band flatterte energisch im stärker werdenden Wind und zerrte unermüdlich an den Befestigungsstäben im Sand.

»Hast du so was schon mal gesehen?«, fragte ihn sein Kollege Andreas Schmidt.

Otte strich sich langsam über seinen grauen Dreitagebart und starrte auf die Kreatur zu seinen Füßen.

»Nein. Ich bin mir ziemlich sicher, das ist das erste Mal.« Nach einer Weile fügte er hinzu: »Glaubst du da wird noch irgendwas zu sichern sein?«

Andy pfiff laut zwischen seinen Vorderzähnen hindurch. »Bei dem Zirkus, den die Kinder mit ihr veranstaltet haben? Bezweifle ich.« Er blickte auf eine interessante Interpretation einer Sandburg. »Wieso bist du eigentlich hier und das an deinem freien Tag?« Sein Kollege Andreas Schmidt schaute ihn an.

»Eben drum. Ich habe ein neues Hobby, mit Thea gemeinsam. Sie meint, wir müssten mehr Zeit miteinander verbringen.«

»Kann ich ihr nicht verübeln.«

Andy wusste zu gut, was es bedeutete, die Gattin regelmäßig zu versetzen. »Was ist es denn?«

»Wir zeichnen. Haben einen Abendkurs gemacht. Sie sitzt da oben und wartet.« Er deutete die Steilküste hinauf, dorthin, wo seine Frau auf ihn wartete. Andreas folgte seinem Blick, konnte jedoch von unten nichts sehen. »Wir hörten die Schreie der Mutter. Ich habe von oben nachgesehen und Thea gebeten zu warten. Du weißt, sie lauscht gern meinen Erzählungen, aber sie sagt, sehen will sie nichts, sonst kriegt sie Albträume.«

Andreas nickte verständnisvoll. »Und jetzt zeichnest du die Küste?«

»Nein. Der Dozent meinte wir sollen etwas Magisches einfangen. Also sind wir zum Gespensterwald gefahren.«

»War heute scheinbar nicht die beste Idee, um mehr Zeit mit deiner Frau zu verbringen, oder?« Andys Mundwinkel zuckten vergnügt.

Otte hob die Schultern und nickte. Er schaute auf den Teil der toten Frau, den er vor sich sehen konnte. Sie lag direkt am Abhang. Von ihrem Unterkörper konnte er nichts erkennen, der war komplett von abgebrochenen Sandmassen verschüttet worden, die sie auf dem Hang eingeholt hatten. Ihr Oberkörper schaute heraus, Gesicht nach unten. Ihre schwarzen langen Haare wurden vom Wind immer wieder eingefangen und über den Boden getrieben.

»Was zur Hölle haben die Kids mit ihr gemacht? Hatten die keine Angst?«

Andy schüttelte sich.

»Ich habe vorhin mit der Mutter gesprochen. Scheinbar glaubten sie, es wäre eine lebensgroße Puppe, die jemand eingegraben hatte. Du weißt schon, wie die Leute, die sich zum Spaß einbuddeln lassen und dann so tun, als würden sie senkrecht in der Erde stecken oder so. Sie sind noch ziemlich jung. Scheint so, als hätten sie das Spiel ein bisschen zu weit getrieben.«

Er begutachtete eine lange Reihe von Muscheln, die fein säuberlich um ihren Rumpf gelegt worden waren.

»Ihr könnt dann hier weitermachen. Sag dem Arzt und dem Fotografen Bescheid.« Kriminalhauptkommissar Otte verließ die Stelle.

Nach einigen Minuten gesellte sich Andreas wieder zu ihm. »Es sieht für mich nach einem Unfall aus, nichts, womit sich unsere Abteilung tatsächlich viel beschäftigen muss.«

Otte zögerte. Irgendetwas machte ihn unruhig.

»Da magst du recht haben. Gib mir Bescheid, wenn es neue Erkenntnisse gibt und wenn ihr wisst, wer sie ist. Morgen bin ich wieder im Büro.«

»Geht in Ordnung. Grüß Thea von mir!«

Otte winkte noch einmal und ging dann den Weg am Strand zurück, Richtung Nienhagen. An der Promenade bog er ab und wanderte zu seiner Frau, die immer noch oben am Kliff auf ihn wartete. Er benötigte eine Weile durch das Dickicht, bevor das Dunkel sich lichtete und dahinter ein heller bizarrer Wald zum Vorschein kam. Das Blätterdach der alten Buchen schirmte jedes Tageslicht ab, doch es drang von der Seeseite ins Innere – dort, wo der Waldboden unvermittelt abbrach und den Blick auf den weiter unten liegenden Strand und das Meer freigab. Dort saß Thea auf einer Bank, etwa zwei Meter abseits des Fahrradweges. Sie bemühte sich angestrengt, das Besondere der Windflüchter einzufangen, die sich vom Kliff landeinwärts neigten, und die diesem Wald seinen besonderen Namen verliehen hatten. Hier oben ging ein straffer Wind; sie hatte sich die Daunensteppweste bis ans Kinn fest zugezogen. Anfang Oktober, es ließ sich nicht leugnen, dass es Herbst war.

Er ging zu ihr und gab ihr einen Kuss auf die Stirn.

»Da unten haben zwei Kinder eine Frauenleiche gefunden. Die Frau scheint auf den ersten Blick schon viele

Stunden tot zu sein. Aber das ist nur meine Meinung. Es sieht so aus, als wäre sie den Abhang hinuntergestürzt oder mit einer Sandlawine runtergerutscht.«

Seine Frau kräuselte ihre Stirn. »Überall stehen Hinweisschilder, dass man nicht zu dicht an die Kante gehen soll. Das war ziemlich dumm von ihr.«

Otte sammelte langsam seine Zeichensachen zusammen. »Ich wette, wenn die Jungs sie ausgegraben haben, werden sie ein Handy finden mit einem Instagram-Account und einem frischen Post, wie sie sich gerade selbst an den Klippen fotografiert. ›Hashtag Sehrgefährlich‹«

Ottes Frau grinste. »Du stichelst doch nur, weil dich diese Generation alt aussehen lässt.«

»Mag sein. Ich kann damit nicht viel anfangen. Dieses ganze Social-Media-Zeug hängt mir zum Hals raus. Warum glauben die Leute immer, ihr Privatleben wäre so interessant, dass sie es mit der ganzen Welt teilen müssten?«

»Wie alt war sie denn?«, unterbrach Thea seine Schimpftirade.

»Ich kann dir das gar nicht sagen. Recht jung, vermute ich, zumindest im Vergleich zu uns beiden. Ihre Hände sahen nicht sehr alt aus. Der Rest lag im Sand oder war darunter begraben. Keine schöne Sache.«

»Lass uns einpacken. Ich schätze, du kannst dich jetzt ohnehin nicht mehr aufs Zeichnen konzentrieren, oder?«

»Du hast recht. Lass uns gehen bevor mich die Kollegen hier zwangsverpflichten. Wir holen das ein anderes Mal nach.«

Thea rollte mit den Augen und nickte dann eifrig. Otte schnappte sich die große Tasche mit dem Equipment. Sie passierten die Stelle, an der seine Kollegen bereits einen großen Bereich an der Klippe abgesperrt hatten: die Stelle, von der die Frau abgerutscht sein musste. Er winkte kurz zum Abschied und ging mit Thea zurück zum Auto. Während er den Wald mit seinem mystischen Spiel aus Licht und Schatten verließ, drang in sein Bewusstsein, was ihn vorhin so nervös gemacht hatte.

»Du wirkst besorgt.« Thea sah ihn mit gerunzelter Stirn an, während sie den Pfad durch das Dickicht junger Bäume und Sträucher Richtung Auto zurücklegten.

»Mir will nur die Position nicht aus dem Kopf, in der sie gefunden wurde. Andy denkt, es war ein Unfall und im Grunde gebe ich ihm recht, allerdings ...«

»Spuck's aus! Du hast doch was bemerkt.« Klang Thea gereizt? Er wünschte einen winzigen, hoffnungsvollen Moment, sie würde ihm nicht insgeheim die Schuld an dem verdorbenen Morgen geben. Doch so sicher wie das Amen in der Kirche tat sie es.

»Ich frage mich, ob bei einem Abrutsch dermaßen viel Sand auf ihr gelandet wäre.«

»Wieso denn nicht? Das klingt doch logisch. Sie bricht mit der Kante ab und wird unter einer Sandlawine begraben.«

»Ich weiß nicht. Sicher muss ich dazu mal mit einem Spezialisten sprechen, aber ich würde vermuten, dass der Sand unter ihr wegbricht, wenn sie zu dicht an der Kante steht und die abreißt. Sie würde mit den Füßen nach unten rutschen. Sicherlich könnte noch ein wenig Sand nachrutschen, aber so viel, dass es ihren halben Körper bedeckt? Da stimmt irgendwas nicht. Sie hat mit dem Kopf voraus am Hang gelegen. Als hätte sie einen Köpper den Hang hinunter gemacht. Ein Unfall, bei dem sie mit dem Erdreich abrutscht, gibt nach meiner Erfahrung ein anderes Bild. Weißt du noch, vor zwei Jahren? Da sind hier drei Kerle runtergerauscht. Hatten zu viel getrunken und irgendeinen Blödsinn an der Kante getrieben. Den einen haben sie mit dem Hubschrauber wegbringen müssen. Gott sei Dank ist niemand gestorben. Keiner von denen wurde unter Sand begraben, obwohl ein ziemliches Stück, bestimmt ein halber Meter abgebrochen ist. Die Klippe ist auch einfach nicht hoch genug, dass so viel Sand zusammenkäme, der nachträglich nachrutscht, wenn ein Körper schon unten liegt.«

»Vielleicht ist sie hier oben über eine Wurzel gestolpert und in die Tiefe gestürzt. Dann war es kein Abrutsch, sondern ein anderer Unfall.«

»Möglich, aber warum war sie dann mit so viel Sand überschüttet? Ich war wohl etwas übereilt, als ich Andy bei seiner Theorie bekräftigt habe. Er wird sich das genauer ansehen müssen.«

Eine Weile gingen er und Thea stumm nebeneinanderher. Auf ihrem Weg durch das Wäldchen zwischen Gespensterwald und Nienhagen begegnete ihnen kein Wanderer. Völlig ungewöhnlich, doch Otte vermutete, dass die Polizeimaßnahmen die Neugierigen zum Unfallort gezogen hatten oder dieser Abschnitt bereits abgesperrt worden war.

»Du würdest doch am liebsten zu Andy gehen und ihm von deiner Theorie berichten, habe ich recht?«

Otte sah seine Frau erschrocken an. »Wie kommst du darauf?«

Sie kannte ihn in- und auswendig.

»Ich sehe, wie es dich zerreißt. Du solltest hingehen.«

Er zögerte einen kurzen Moment, doch wie er erkennen musste, viel zu lang.

»Du wirst unausstehlich sein, wenn ich dich jetzt mit nach Hause nehme.«

»Ach, Thea, bitte sei mir nicht böse. Es ist wirklich wichtig, dass die entsprechenden Untersuchungen gemacht werden, bevor es zu spät ist.«

Sie nickte stumm.

»Ich danke dir für dein Verständnis.« Er gab ihr den Schlüssel für den Wagen, als sie die Treppe erreicht hatten, die nach unten zum Strand führte. »Ich kann mich nachher von Andy bringen lassen.« Er küsste sie auf die Wange und strich ihr liebevoll eine blonde Strähne ihrer kurzen Haare aus dem Gesicht. Thea zeigte wenig Regung.

»Dann bis später.« Sie wandte sich ab und ging Richtung Parkplatz, während er die Stufen zum Strand hinuntereilte, um mit Andy zu sprechen.

KAPITEL 3

»Nina, du musst kommen!«

Es war Nachmittag, und Nina hatte es sich auf ihrer Couch im Wohnzimmer gemütlich gemacht. Seit einer halben Stunde bemühte sich ihre Freundin Astrid, sie zu überzeugen, ins ›Grand Hotel‹ nach Heiligendamm zu kommen. Alle ihre Einwände schlug sie aus; sie blieb hartnäckig.

Nina klemmte sich das Handy unters Kinn, während sie ihre langen blonden Haare zu einem Zopf zusammenband. »Astrid, beruhige dich. Ich kann doch nicht einfach so vorbeikommen. Was würde Roland dazu sagen?« Nina schüttelte den Kopf, obwohl ihre Freundin am Ende der Leitung sie nicht sehen konnte. Langsam spürte sie Unruhe in ihrer Brust aufkeimen. Astrid stand selten so neben sich. Wenn man es genau nahm, hatte sie Astrid bisher nur vor schwierigen Prüfungen im Studium so erlebt.

»Ich bespreche das mit ihm. Er hat bestimmt nichts dagegen. Er freut sich. Ganz sicher. Du erzählst ihm ein paar neue Stories von deinem letzten Dreh und er wird weich wie Butter. Versprochen.« Astrid klang verzweifelt. Das machte Nina Sorgen.

»Astrid! Das geht nicht. Es ist euer Familienurlaub. Außerdem ... was könnte ich schon ändern? Dein Mann ist doch bei dir. Du brauchst mich nicht.«

»Es geht doch um dich!«

»Um mich?« Jetzt war Nina verwirrt. Sie lehnte sich auf ihrer Couch nach hinten und starrte an die Decke.

»Du sollst dich ein paar Tage entspannen. Endlich mal abschalten. Du magst doch dieses Hotel so. Komm her und geh mit deiner Freundin ins Spa!«

»Ich geh liebend gern mit dir ins Spa, aber nicht, wenn du einen deiner seltenen Urlaube mit deiner Familie machst. Das geht wirklich nicht!«

Nina hatte Mitleid mit Astrid. Sie musste sich wirklich aufgeregt haben über die Ereignisse der letzten Nacht, sonst würde sie sie nicht so sehr bitten. »Rede doch mal mit Roland. Dir geht die Sache näher, als du gedacht hast. Er hat sicher Verständnis für dich.«

»Roland ist der Überzeugung, dass ich mir das alles eingebildet habe. Er meint es nicht böse, das weiß ich, aber er ist mir dabei keine Hilfe. Unabhängig davon, ist das nicht der Grund, weshalb du kommen sollst. Das sagte ich doch schon. Wir haben uns ewig nicht gesehen. Fast ein Jahr Immer kam irgendwas dazwischen. Bitte denk darüber nach. Es wäre die Gelegenheit. Von Hamburg fährst du doch nicht so lang bis Heiligendamm. Mach doch einfach eine kleine Stippvisite. Nur zwei, drei Tage. Ich würde dich gern einladen. Wir sehen uns mal wieder und die Kinder wären aus dem Häuschen.«

»Ich vermisse die Mäuse«, gab Nina zögerlich zu.

»Siehst du. Lass uns die Chance nutzen. Und du hast die Gelegenheit, den Kopf mal frei zu bekommen. Du grübelst mir viel zu viel über Erik nach. Ich würde mich wirklich freuen.«

Nina merkte, wie sie weich wurde. Gleichzeitig spürte sie ein schlechtes Gewissen Roland gegenüber. Astrids Mann würde sicher keine Luftsprünge machen. Er war ein lieber

Kerl, doch die Familienzeit war ihm heilig. Hmm. Schwierige Entscheidung. Sie konnte allerdings darauf achten, den beiden ihren Freiraum zu lassen. Wenn sie nicht ständig aufeinanderhingen, könnte ein Wiedersehen ganz nett sein. Dazu noch in diesem Hotel ... noch bevor Nina antworten konnte, machte Astrid weiter. Sie musste gespürt haben, dass ihre Freundin ins Wanken geraten war.

»Ich rufe jetzt an der Rezeption an und reserviere dir ein Zimmer. Sollte das nicht klappen, melde ich mich noch mal. Ansonsten sehen wir uns morgen. Ich würde dich gern einladen«, wiederholte sie.

»Das kann ich nicht annehmen. Ich zahle selbst.«

»Sei nicht albern. Ich freu mich auf dich. ... du, es hat geklopft. Ich muss zur Tür. Unser Kuchen ist da. Wir sehen uns morgen, okay, Süße?«

»Okay. In Ordnung. Hab dich lieb. Bis morgen.«

»Bis morgen«, flötete Astrid und legte vergnügt auf. Nina stellte fest, dass Astrid sie ausgetrickst hatte. Kein Wunder, dass die Frau so erfolgreich war in ihrem Job. Ein echtes Verhandlungstalent. Sie blickte resigniert auf ihr Handy und dachte an das Gespräch zurück, das sie eben geführt hatte.

Sie legte ihr Handy auf den Tisch und stand auf. Astrid hatte recht. Sie musste aufhören, auf dieses Ding zu starren und über einen Mann nachzudenken, der momentan nicht einmal im Land war.

KAPITEL 4

Im ›Grand Hotel Heiligendamm‹ legte Ninas älteste Freundin Astrid Richter nachdenklich auf. Sie hatte Nina angelogen. Der Kuchen war bereits vor zwanzig Minuten gebracht worden. Nina musste kommen. Sie fühlte sich nicht wohl in ihrer Haut, und nachdem ihr Mann sich auch noch mit Migräne ins Bett gelegt hatte, fühlte sie sich einsamer denn je.

Nina einzuladen, war ursprünglich gar nicht ihr Ziel gewesen. Einer spontanen Eingebung folgend, hatte sie es vorgeschlagen und jetzt, da Nina zugestimmt hatte – mehr oder weniger –, war Astrid erleichtert. Es tröstete sie ein wenig über das Erlebte hinweg.

Voller Unruhe dachte sie an die letzte Nacht zurück. Beklemmung erfasste ihre Brust. Sie starrte ins Leere und führte sich die Szene noch einmal vor Augen. Es ängstigte sie, doch sie konnte nicht anders.

Sie hatte keinen Schlaf gefunden und sich ewig hin und her gewälzt. Stunden hatte sie nebenan in dem Bett gelegen und in das dunkle Zimmer gestarrt. Neben sich hatte sie das gleichmäßige, nervtötende Schnarchen ihres Mannes gehört, hin und wieder von einigen kleineren Aussetzern begleitet. Nichts Dramatisches. Sie hatten es untersuchen lassen. In der Stimmung, in der sie sich befand, hätte sie ihm liebend gern einen Tritt zwischen die Rippen gegeben.

Von nebenan war nichts zu hören. Die Kinder schliefen friedlich in ihren Betten. Wie kleine Engel. Ein Begriff, mit dem man sie nur im Schlaf beschreiben konnte.

Astrid wälzte sich auf den Rücken. Sie schloss die Augen und versuchte, an etwas Schönes zu denken. Irgendetwas, bei dem sie endlich einschlafen würde. Sie dachte zurück an das Frühstück und die Familie, die neben ihnen gesessen hatte. Eine Mutter mit zwei Kleinkindern und ihren Eltern. Astrid hatte sie belauscht, während sie ihre Bestellung aufgaben.

»Die Kinder nehmen jeder eine laktosefreie Milch und einen Apfelsaft. Ihr Apfelsaft ist doch sicher bio, oder? Ich selbst hätte gern einen Cappuccino mit Sojamilch, und kann ich die Eierspeisen auch gleich bei Ihnen ordern oder wollen Sie erst die Sachen von Ihrem Tablett abstellen?«

Der freundliche, überaus professionelle Kellner hatte nicht mal mit der Wimper gezuckt. Astrid jedoch hatte schwer schlucken müssen.

Ursprünglich wollte sie doch an was Schönes denken. Das klappte so nicht. Sie ärgerte sich schon wieder. Die großen Linden auf der Straße vor dem Hotel raschelten im Wind. Womöglich konnte dieses Geräusch sie in den Schlaf wiegen.

Da hörte sie Stimmen. Jetzt standen auch noch Leute vor ihrem Fenster und tratschten! War das zu glauben? Wie spät war es? Zwei Uhr durch! Ihre Kinder würden sie in vier bis fünf Stunden wecken. Astrid geriet leicht in Panik. Ohne Schlaf war sie ein Wrack. Unabhängig davon, dass sie bereits seit Stunden Probleme hatte, Ruhe zu finden, baute sich in ihrem Inneren Wut gegen die nächtlichen Störenfriede auf. Das penetrante Gequatsche vor ihrem Fenster nahm kein Ende. Es mussten zwei Betrunkene sein. Wer sonst würde so rücksichtslos anderen gegenüber um diese Zeit eine Diskussion führen? Sie waren leise genug, dass Astrid kein Wort verstehen konnte, aber so laut, um in der Stille der Nacht als nervtötend empfunden zu werden. Die ganze Welt hatte sich gegen sie verschworen!

Roland grunzte geräuschvoll neben ihr und sie verpasste ihm in ihrem Ärger einen kräftigen Stoß in die Flanke, damit er sich auf die Seite rollte. Das tat er dann auch liebevoll schnaufend. Er war es gewöhnt.

Vor ihrem Fenster war immer noch keine Ruhe eingekehrt. Sie spielte mit dem Gedanken, kurzen Prozess zu machen und ihre Meinung zwei Stockwerke nach unten zu brüllen. In der richtigen Stimmung war sie dafür – Fünf-Sterne-Hotel hin oder her. Sie war auch nur ein Mensch, der Schlaf brauchte. Sicherlich wäre das effektiver als bei der Rezeption anzurufen.

Astrid klappte die Bettdecke beiseite und schwang ihre Beine aus dem Bett. Langsam und vorsichtig ging sie über den dicken Teppich, wohl darauf bedacht, mit nackten Füßen auf keines der Beyblades ihres Sohnes zu treten. Wenn sie in ihre Einzelteile zerlegt waren, schmerzten diese verflixten Dinger genauso wie ein Legoteil. Sie ging um den Schreibtisch herum; dessen Umrisse konnte sie durch das Mondlicht einwandfrei ausmachen, weil er direkt vor der großen doppelflügeligen Balkontür stand. Astrid schlüpfte an dem langen wallenden Store vorbei und steckte den Kopf aus der Tür. Brrr! Das war frisch. Raustreten wollte sie eigentlich nicht. Es war kalt geworden – höchstens zehn Grad.

Wo standen die beiden Störenfriede? Ihre Augen suchten den verlassenen Serviceweg ab, der vor ihrem Fenster um das Gebäude herumführte. Nichts zu sehen. Da hörte sie sie wieder. Eine Stimme, die eindringlich flüsterte. Dann antwortete eine andere. Diese Person gab sich nicht so viel Mühe, ihre Lautstärke zu dämpfen.

Etwas in der Stimme der ersten Gestalt ließ sie hellhörig werden. Sie ging einen Schritt raus auf den Balkon. Die

Neugierde hatte gesiegt. Eine Minute würde sie es schon aushalten. Astrid spürte, wie der eisige Wind um ihre Füße streifte und ihre Knöchel auskühlte. Innerlich glühte sie noch von den unzähligen Stunden, die sie hellwach unter einem dicken Federbett verbracht hatte. Sie lehnte sich ein Stück über die Brüstung und schon konnte sie die beiden sehen. Es war stockfinster und nur der Schein des Mondes spendete Licht. Hier hinten gab es keine Lampen auf diesem schmalen Pfad. Sie standen dicht an der Hauswand. Astrid sah nur dunkle Gestalten. Die eine groß und kräftig, die andere kleiner und untersetzt.

Da war er wieder! Dieser warnende Unterton. Astrid horchte auf. Der andere reagierte jedoch völlig unbeeindruckt. Sie wollte sich schon abwenden, um wieder reinzugehen. Den Mut, sich bemerkbar zu machen, konnte sie doch nicht aufbringen.

Der Ton des Gespräches zwei Stockwerke unter ihr, ließ sie befürchten, dass es besser wäre, nicht noch mehr Ärger heraufzubeschwören. Sie sah, wie die lautere Person der beiden sich umdrehen wollte, um zu gehen. Sein Gegenüber hielt ihn an der Schulter zurück. Astrid vernahm einen kurzen Wortwechsel und plötzlich sah sie ein Handgemenge unter sich. Beide bewegten sich auf einmal blitzschnell und stolperten als dunkles Knäuel durch die Büsche. Astrid fühlte sich hilflos. Am liebsten hätte sie nach ihrem Mann gerufen, doch sie konnte sich nicht abwenden und starrte wie gebannt auf das Geschehen.

Gerade als sie sich doch entschied, leise den Rückzug anzutreten, sah sie den einen Mann niedersinken. Er fiel schlaff und ohne jegliche Körperspannung auf die Gehwegplatten. Der andere stand einen Moment über ihm und keuchte angestrengt. Sah einfach nur reglos auf ihn herab, wie ein Raubtier. Er schaute nicht einmal nach, wie es dem Mann ging. Er schien es zu wissen und Astrid wusste es auch.

Ein quiekender Laut entwich ihrer Kehle. Sie verfluchte den Laut in dem Augenblick, als sie seinen Hall in der Stille hörte. Pfeilschnell drehte der Angreifer seinen Kopf zu ihrem Balkon und schaute ihr direkt ins Gesicht. Sie konnte sich denken, was er sah. Eine Frau im weißen langen Nachthemd, Anfang vierzig mit langen blonden Haaren, die im Wind wehten – zu Tode erschrocken. Wahrscheinlich schien ihr der Mond direkt ins Gesicht. Sie selbst konnte nur eine dunkle Gestalt erkennen, groß, sportlich. In diesem einen Moment war sie starr vor Angst. Kaum einen Atemzug traute sie sich zu nehmen, während die bedrohliche Gestalt unter ihr regungslos zu ihr hoch starrte.

Dann tat er etwas, das ihr das Blut in den Adern gefrieren ließ. Er nahm einen Finger nach oben und deutete auf die Fenster, ohne eine Sekunde Zeit zu verlieren. Scheiße! Er zählte sie!

Astrid riss sich aus der Lähmung, wich zurück und stürzte nach drinnen. Sie verhedderte sich in dem langen wallenden Store und stieß sich die Hüfte unangenehm am Schreibtisch. Dann stürzte sie zu ihrem Bett und rüttelte an ihrem Mann, so fest sie konnte. Er wurde wach und gab schwer verärgerte Laute von sich. In ihrem Kopf rauschte es. Sie konnte keinen klaren Gedanken fassen.

»Steh auf! Beeile dich! Es ist etwas Schlimmes passiert. Er wird mich umbringen! Verdammt noch mal. Steh auf!« Sie war wie von Sinnen.

»Was machst du für einen Aufstand? Hast du schon wieder geträumt? Du weißt doch, dass das daran liegt, dass wir den Raum nicht abdunkeln können …«

»Schnapp dir den Großen! Wir müssen hier sofort raus! Es geht um Leben und Tod. Ich erkläre es später. Keine Zeit!«

Jetzt war er wach. »Was ist los? Brennt es?«

»Los jetzt. Ich hole die Kleine.«

Sie sah, dass er aufsprang, und gemeinsam liefen sie ins Nachbarzimmer. Sie riss die Decke beiseite und schnappte sich ihre friedlich schlummernde Tochter. Leni war mit ihren fünf Jahren immer noch leicht genug, um sie tragen zu können. Zumindest kurz. Für ihren siebenjährigen Sohn galt das nicht mehr. Mit dem Kind über der Schulter sprintete sie in den Flur und öffnete ängstlich die Tür. Auf dem Gang war es finster und still wie in einem Grab. Erleichtert stellte sie fest, dass ihr Mann hinter ihr war. Roland führte Emil an der Hand, der nicht vollkommen wach geworden war. Mit dem Finger bedeutete sie ihm, leise zu sein. Dann trat sie raus in die Dunkelheit. Sie konnte die verwirrten Blicke ihres Mannes in ihrem Rücken spüren. Für Erklärungen war noch keine Zeit. Jetzt musste er warten. Sie gab ihm Zeichen, dass er still sein sollte. Erstaunlicherweise fügte er sich widerspruchslos in sein Schicksal.

Panisch blickte sie sich um. Fahrstuhl oder Treppe? Was, wenn sie die falsche Entscheidung traf? Der Fahrstuhl war nur fünf Meter entfernt. Das Treppenhaus lag direkt neben ihr. Ihr Herz galoppierte davon, sodass sie ein Rauschen in den Ohren hörte. Die Gliedmaßen kribbelten.

Reiß dich zusammen!

Sie zögerte kurz. Dann lauschte sie. Im Gesicht ihres Mannes sah sie nur ein großes Fragezeichen, als sie sich zu ihm umdrehte. Dann hörte sie das Herannahen des Fahrstuhls.

Das war er bestimmt!

Sie wandte sich zur Treppe, doch dann kam ihr ein einleuchtender Gedanke.

Wieso sollte so ein Mann den Fahrstuhl nehmen? Beleuchtet und wie auf dem Präsentierteller. Fahrstuhl! Das war das Sicherste für ihre Familie. Hastig rannte sie die fünf Meter. Ihre Familie folgte ihr. Sie betätigte den Knopf und zehn unendlich lange Sekunden später öffnete er sich, auf seinem Rückweg aus dem dritten Stock. Dort war wohl gerade jemand ausgestiegen. Sie sprangen hinein und die Türen schlossen sich hinter ihnen. Astrid drückte den Knopf fürs Erdgeschoss. Das war riskant, aber sie hoffte, dass dort noch Personal saß. Wenn sie hätte wetten müssen, hätte sie gesagt, dass er längst auf der Treppe war, wenn nicht sogar schon vor ihrer Tür. War das die Tür vom Treppenhaus, die sie eben gehört hatte? War er ein Angestellter des Hotels? War er nur ein Gast? War es jemand mit einem Generalschlüssel?

»Was ist denn nur los, Astrid? Willst du mich endlich mal aufklären? Wir haben nicht mal Schuhe an. Es sieht auch nicht aus, als wäre es ein Notfall. Wo sind die anderen flüchtenden Menschen?«

»Ich habe einen Mord beobachtet! Roland, er hat mich gesehen. Wir müssen hier weg!«

Die Augen ihres Mannes wurden so groß wie Wagenräder. Hektisch schaute er auf die Kinder. Die Türen sprangen auf und sie spähte zögerlich und schwer atmend in den Flur. Niemand saß hier. Das war die Rezeption des Spa. Warum sollte die mitten in der Nacht besetzt sein? Auch sonst war niemand zu sehen. Zügig gingen sie zur schweren Eingangstür, die hinaus in die Nacht führte. Dort mussten sie raus, um ins Hauptgebäude zu kommen. Etwa zwanzig Meter von hier entfernt um die Hausecke herum hatte sie den Mann gesehen. Dort an dieser Stelle lag ein Toter. In ihrem Kopf rauschte es immer noch. Sie atmete viel zu schnell.

Was, wenn er einfach hier draußen stand und auf sie wartete? Was, wenn er eine Waffe bei sich hatte und ihr Mann nichts gegen ihn ausrichten konnte? Weder der Wagenmeister noch sonst irgendeiner vom Personal war um diese Zeit am Haupteingang zu sehen. Er könnte sie gleich hier erledigen und unentdeckt fliehen. Die Kinder! Sie hatten die Kinder dabei. Sie würde niemals zulassen, dass jemand ihren Kindern etwas antat.

Plötzlich schlossen sich hinter ihnen die Fahrstuhltüren und er setzte sich wieder in Bewegung.

Jetzt oder nie.

»Lauf! Los! Los!«

Sie feuerte ihren Mann und ihren schlaftrunkenen Sohn an. Ihre Tochter war inzwischen so schwer wie ein Felsbrocken. Sie rannten raus aus dem Gebäude und die paar Meter durch die kühle Nacht zum Hauptgebäude. Dort waren sie bestimmt in Sicherheit.

Astrid starrte grübelnd auf ihre Kinder Emil und Leni. Die Erinnerung an diese Episode aus der letzten Nacht verursachte ihr immer noch eine Gänsehaut. Als sie vorhin mit ihren Kindern am Pool gewesen war, hatte sie zum ersten Mal den Gedanken, bei ihrer Freundin anzurufen. Sie wollte Nina von ihrem Erlebnis in der Nacht berichten und sie ein wenig aushorchen, wie es ihr gerade ging. Ihre Freundin hatte ihr dieses Hotel wärmstens ans Herz gelegt. Astrid vermutete, dass das mit der stürmischen Romanze mit dem Schriftsteller zusammenhing, den sie Juni dieses Jahres hier auf der Hochzeit ihrer Schwester kennengelernt hatte.

Astrid hatte ihre Kinder im Wasser beobachtet und das Publikum am Pool – wie ein Voyeur. Es gab immer Leute, die das Klischee erfüllten und andere wiederum nicht. Das war wie Kino. Alles, was ihr noch gefehlt hatte, war Popcorn. Trotz des Publikums, der vielen Menschen hatte sie sich allein gefühlt. Allein mit ihren Ängsten. Sie brauchte ihre Freundin. Gut, dass sie sie hatte überreden können zu kommen. Astrid atmete tief durch und bemühte sich, ruhiger zu werden. Sie sah auf die Uhr. Bald würden sie zum Abendessen gehen müssen. Ein bisschen Zeit war noch. Doch sie durfte nicht vergessen, nachher noch die guten Halbschuhe von Leni aus dem Auto zu holen.

KAPITEL 5

An diesem Nachmittag hatte Kriminalhauptkommissar Ullrich Otte alle Hände voll zu tun. Er saß in seinem Büro in Rostock und ging die Sachlage des neuen Falles durch. Andy trat in sein Büro. Er setzte sich ihm gegenüber und strich sich mit einer Hand die dunkelblonden Haare nach hinten. »Du solltest nach Hause fahren. Ich mach hier weiter.« Andy sah ihn über den Schreibtisch hinweg eindringlich an.

»Mach dir keinen Kopf. Thea versteht das. Der Job geht vor. Das weiß sie. Alles ist gut. Lass uns unsere Konzentration lieber auf unser neuestes Problem lenken. Was hast du Neues?«

Andy atmete tief ein, brachte ihm aber kein Widerwort entgegen. »Gut, dann lass uns zusammenfassen, was wir haben. Der Obduktionsbericht steht noch aus, aber die ersten Ergebnisse, habe ich vor dreißig Minuten telefonisch übermittelt bekommen. Sie hat sich das Genick gebrochen. Der Tod ist irgendwann zwischen fünf und sieben Uhr morgens am heutigen Tage eingetreten.«

»Zu der Zeit waren der Strand und der Wald wahrscheinlich noch vollkommen verlassen. Aber man weiß nie. Vielleicht haben wir Glück und finden Zeugen, die sie gesehen haben.«

Die Uhrzeit störte Otte ein bisschen. Es war ungewöhnlich, dass jemand so früh an den Strand ging oder auf die Klippen, wenn er keine sportliche Betätigung im Sinn hatte. Sie war nicht wie eine Sportlerin gekleidet gewesen, deshalb schloss er eine Runde Frühsport aus. Ihre Kleidung wirkte schick, aber funktionell, um den kalten Wind abzuhalten. Eine enganliegende Hose, weiter, bequemer Strickpulli mit einem Poncho darüber und warme Fellstiefel. Sie hatte Stil und am notwendigen Kleingeld schien es auch nicht zu mangeln.

»Wir wissen, dass sie im ›Grand Hotel Heiligendamm‹ gewohnt hat. Es ist zwar niemand vermisst gemeldet worden, doch die letzten Fotos auf ihrem Handy legen diese Theorie nahe.«

»Das wollte ich dich ohnehin schon fragen. Wie habt ihr es geschafft, so schnell ihr Handy zu knacken? Hätte das nicht mindestens bis zum Abend gedauert? Die Frau hatte doch sicher schon einen sechsstelligen Code.«

Andy drehte die Augen nach oben. »Gesichtserkennung. Frag lieber nicht! Du willst nicht wissen, was wir alles veranstaltet haben, damit das Gerät sie trotz ihrer derzeitigen Lebensumstände erkennt.« Er schmunzelte.

»Das spart Steuergelder.« Otte schüttelte lächelnd den Kopf. »Bravo! Weiter.«

»Im Umkreis der Klippen stand kein einsames Rad herum und in der näheren Umgebung war kein Fahrzeug zurückgelassen worden«, berichtete Andy weiter.

»Das heißt, sie wurde gebracht.«

»Das ist anzunehmen.«

»Ich wette, sie wurde gebracht«, wiederholte Otte.

»Was ist mit der Suizidtheorie?« Andy sah ihn mit hochgezogenen Augenbrauen an.

»Da glaube ich nicht dran. Hast du ihren Account gesehen. Die Frau sah mir viel zu lebenslustig aus, als dass sie sich in aller Herrgottsfrühe das Leben nimmt, indem sie von den Klippen springt. Ungeachtet dessen deckt sich das nicht mit dem vielen Sand, der auf ihr lag. Außerdem würde uns dann immer noch das Gefährt fehlen, mit dem sie gekommen ist.«

Otte hatte einen Volltreffer gelandet, als er mit Thea über die Social-Media-Generation gelästert hatte. In der Jackentasche gab es tatsächlich ein Handy. Die Nummer gehörte zu einer gewissen Valencia Anders, fünfunddreißig Jahre jung, gebürtige Spanierin, wohnhaft in Berlin. Die Dame war von Beruf – Otte sträubte sich regelrecht, die Tätigkeit als solche zu bezeichnen – Influencerin. Auf ihrem Facebook- und Instagram-Account bezeichnete sie sich als Expertin für die Themen Gesundheit, Schönheit, Reisen und Fitness. Auch wenn Otte einer einzelnen Person so viel verschiedene Expertisen absprach, so zeugten ihre zweihunderttausend internationalen Follower vom Gegenteil. Andy hatte vor zwei Stunden ihren YouTube-Kanal aufgestöbert und ihm einige Videos gezeigt, wie sie sich gerade Botox spritzen ließ oder sich einem Fruchtsäurepeeling unterzog. Otte fand grässlich, was junge Frauen alles veranstalteten, um aus einer Zehn eine Elf zu machen. Und möglichst immer in der Öffentlichkeit.

»So ein Account zeigt doch eher eine Scheinwelt und nicht das wahre Leben ...«, bemerkte Andy.

Vielleicht hatte er recht. Zeugte diese Zurschaustellung von Lebenslust oder von einer nach Aufmerksamkeit heischenden, verlorenen Seele?

»Ich habe in Heiligendamm angerufen.« Andy riss ihn aus seinen Gedanken. »Sie hatte ein Doppelzimmer gebucht gemeinsam mit einem Christian Kleinert. Beide sind vor einer Woche angereist, besagter Christian Kleinert ist vor zwei Tagen bereits wieder abgereist, zurück nach Berlin. Die Gründe sind nicht bekannt. Die Frau hat während der letzten Woche an einem Heilfastenkurs teilgenommen. Der wurde allerdings nicht vom Hotel veranstaltet, sondern von einer

Gruppe aus Bad Doberan. Der Gruppenleiter heißt … Sekunde ...« Andy kramte in seinen Notizen. »… Sven Seefeldt, fünfzig Jahre, bietet Kurse im Fasten nach Buchinger kombiniert mit Wanderungen an.«

»Was ist das wieder für ein Quatsch?« Otte zog die Brauen nach oben. Was für einen Kokolores die sich heutzutage einfallen ließen, um den Leuten das Geld aus der Tasche zu ziehen.

»Das ist kein Blödsinn! Hast du die letzten Jahre unterm Stein gelebt? Das ist der Geheimtipp für den gestressten Großstädter.«

»Klingt, als hättest du deren Werbeprospekt in die Hände bekommen.«

»Ich glaube, diese Gruppe hier bietet das tägliche Treffen und die Spaziergänge an und arbeitet mit dem Hotel zusammen, damit die Gruppenmitglieder ihre Flüssignahrung erhalten, so wie es vorgeschrieben ist. Die Teilnehmer von Sven Seefeldt wohnen alle im ›Grand Hotel Heiligendamm‹.«

Ein Lächeln spielte um Ottes Lippen. »Willst du mir sagen, dass die Leute ein Vermögen ausgeben, um in dieses Hotel zu fahren«, feixte er, »bloß um dann beim Abendessen Gemüsebrühe zu schlürfen, während am Nachbartisch Chateaubriand serviert wird?«

»Wenn du es so sagst, klingt es natürlich dämlich.«

»Es ist dämlich!«

»Es geht darum, mit dem Gewohnten zu brechen. Kein Stress, keine Hektik, nur gesunde Ernährung und Sport – und kein Medienkonsum.«

»Kein Medienkonsum also, aha. Wie passt das zu unserer Influencerin? Wahrscheinlich haben sich ihre Entzugserscheinungen nicht nur aufs Essen beschränkt.«

Jetzt musste auch Andy grinsen. »Das genießt du, oder?« Seine blaugrünen Augen tanzten. »Muss hart für sie gewesen sein. Die Frage ist, ob sie sich überhaupt daran gehalten hat. Ein paar wenige Bilder hat sie während der Zeit gemacht.

Doch für jemanden wie sie, in ihrem Alter, ist es auffällig wenig. Vielleicht war sie einfach nur auf der Suche nach einer neuen Story. Eine Rechercherreise für einen weiteren Beitrag. Hashtag ›Heilfasten in Heiligendamm‹. Wahrscheinlich mit drei Dollarzeichen dahinter.«

»Wohl eher vier. Gut. Dann lass uns mit den Leuten reden. Kennen wir die Teilnehmer ihrer Gruppe?«, fragte Otte.

»Ich hab eine Liste. Zwei Frauen: Yvonne Schweiger und Inga Reinhardt, sowie zwei weitere Männer: Michael Lotse und Jörg Hansen. Der Kurs endete gestern, wie man mir im Hotel sagte. Man hat Valencia Anders deshalb heute noch nirgends vermisst. Christian Kleinert, ich vermute er war ihr Partner, war zuvor abgereist und das letzte Treffen hatte gestern Mittag stattgefunden.«

»Im Hotel ist niemandem aufgefallen, dass sie nicht einmal zum Frühstück erschienen ist?« Otte runzelte die Stirn.

»Sie war nirgends fest für die Mahlzeiten gebucht und die Säfte wurden ihr und den anderen Teilnehmern gestern das letzte Mal in einem der Konferenzräume geliefert. Der Kurs war vorbei. Offensichtlich hat man sie heute noch nicht vermisst.«

»In Ordnung. Ich werde mich mit diesem Kursleiter in Verbindung setzen, Sven Seefeldt, und schauen, was ich durch ihn in Erfahrung bringen kann. Je nachdem, wie viel Zeit das in Anspruch nimmt, versuche ich heute Abend noch mit den beiden Männern, Jörg Hansen und Michael Lotse, zu sprechen. Die beiden Frauen kontaktiere ich morgen. Ich möchte, dass du nach ihrem Freund suchst und ihn befragst. Finde heraus, wer ihre Familie ist und verständige sie, wenn es dir nichts ausmacht.«

Otte wusste, dass diese Aufgabe bei Andy in den besten Händen lag. Er hatte eine sehr mitfühlende Art trauernden Menschen gegenüber, die Otte manchmal abging. Auch wenn er noch jung war, wirkte er nie grün hinter den Ohren oder unerfahren.

KAPITEL 6

Während Kriminalhauptkommissar Otte in Rostock die ersten Fäden seines neuen Falles zusammen mit Kriminaloberkommissar Schmidt entwirrte, ging Christian Kleinert gemächlich über den Wühlischplatz in Berlin. Noch hatte niemand mit ihm Kontakt aufgenommen und ihm von dem Fund der Leiche seiner Freundin berichtet.

Zielgerichtet steuerte der sonnengebräunte schlanke Mann auf das Viertel mit dem Café zu. In Gedanken strich er sich durch seine schulterlangen aschblonden Haare und atmete tief ein. Er stierte nach vorn auf die Straße, wo die gelbe Straßenbahn vorbeirauschte. Die Sonne schien und heizte seine graue Daunenjacke auf. Zusätzlich zu dem Druck, den er in seiner Brust spürte, verstärkte die Wärme ein Gefühl der Beklemmung, das immer unangenehmer wurde, je weiter er ging.

Was für ein Scheißtag!

Als wäre die Sache mit Valencia nicht schon schlimm genug – sie konnte ihn wirklich auf die Palme bringen –, jetzt das noch! Die Bank, die neben ihm auftauchte, kam wie gerufen. Er setzte sich einen Moment, atmete ruhig weiter und ließ seinen Blick über die wenigen Bäume bis hin zu den großen Linden der Sonntagsstraße gleiten. Eigentlich ein schöner Tag. Das beruhigende Dröhnen des Verkehrslärms, Autos über Kopfsteinpflaster. Er liebte den Klang seiner Stadt.

Heute war einer seiner Bekannten gestorben.

Eigentlich wusste er nicht mal genau, ob er heute gestorben war oder ob sie ihn nur heute gefunden hatten – allein und verlassen vom Rest des Lebens in einem Eingang eines Mehrfamilienhauses. *Überdosis*, hieß es in der SMS, die er als Rundbrief gerade von einem Bekannten erhalten hatte. Christian Kleinert wusste es aber besser. ›Versagen‹ nannte sich die Krankheit und Christian kannte nur zu gut das Gefühl, wie dieser Virus sich unbemerkt ins eigene Leben schlich und sich so lang vermehrte, bis nichts mehr klappen wollte. Ein Projekt nach dem nächsten ging schief. Ein Plan nach dem nächsten löste sich in Luft auf. Erst nur im kleinen Stil, bis irgendwann eine Lawine fataler Entscheidungen auf dich zurollte und dich erstickte.

Diese Randerscheinung in seinem Leben warf ihn aus der Bahn, und er grübelte, warum das so war. Im Grunde hatte er den Typen kaum gekannt. Menschen starben schließlich, manchmal schneller, als man dachte. Kein Grund, Trübsal zu blasen. Der unglückselige Kerl war nicht der Erste in seinem Umfeld und er würde auch nicht der Letzte sein.

Survival of the fittest – oder etwa nicht? Er sollte sich lieber überlegen, was er tun konnte, um sich selbst aus dem Loch zu ziehen. Die SMS seines Bekannten ärgerte ihn.

Wir haben alle lang genug weggesehen ..., stand in der Nachricht. *Kommt bitte am Freitag zu einer kleinen Gedenkfeier.* Dann stand dort die Adresse des Hauseinganges, in dem man ihn gefunden hatte.

Wozu das schlechte Gewissen? Dazu gab es keinen Anlass. Die versteckten Vorwürfe hätte er sich sparen können. Schließlich war es nicht seine Schuld, dass der als Musikproduzent so steil abgestiegen war. Wann fragte ihn eigentlich jemand mal nach seinen Gedanken oder seinen

Problemen? Valencia hatte das auch nie gekonnt. Ständig drehte sich alles um ihre Karriere. Ihre Storys, ihr Erfolg. Zumindest das war jetzt nicht mehr sein Problem, so viel war sicher. Er würde Zeit haben, sich auf sich selbst zu konzentrieren. Niemand konnte ihn mehr aufhalten.

Christian zog seine Beine an und hob sie auf die Bank. Dann wickelte er seine Arme darum und wärmte sich. Ihn fröstelte. Es war ungemütlich kalt. Die Gedanken an diesen Unglücksfall verdrängte er ebenso wie die Gedanken an Valencia. Die Branche war eben hart. Da mussten sie doch schließlich alle durch. Jeder kämpfte für sich – oder etwa nicht?

Er erhob sich und setzte seinen Weg fort. Von Weitem konnte er das Café sehen. Diese Geschichte sollte ihm nicht den Tag verderben. Die Hände in den Taschen schlenderte er über die Straße. Der Duft frischer Kuchen und Croissants des nahegelegenen Bäckers streifte seine Nase. Nur noch ein paar Schritte und es würde warm um ihn werden. Er bemühte sich, das letzte Foto von seinem geistigen Auge zu verdrängen, das der unheilvollen Nachricht angeheftet war. Es zeigte den Hauseingang, in dem man seinen Bekannten gefunden hatte. Anwohner hatten Kerzen und Blumen abgelegt.

Christian betrat das Café. Jetzt hatte er sich ein riesiges Stück Kuchen verdient.

KAPITEL 7

Einen Tag später war Nina an die Ostsee gereist. Es war noch früh am Vormittag, kurz vor zehn Uhr. Sie saß im ›Grand Hotel Heiligendamm‹ in ihrem Zimmer. Immer wieder starrte sie auf ihr Handy.

Läute endlich!

Es war komisch, wieder hier zu sein. Nicht wegen des Mordes im Sommer und den anschließenden Ermittlungen im Hotel – sie dachte kurz an Erik. Jeder Ort auf dem Gelände erinnerte sie an ihn. Als sie vorhin angekommen war, hatte sie vom Empfangstresen aus in die Bar gespäht, wo sie gemeinsam ihre ersten Cocktails getrunken hatten. Das war der Abend ihres ersten Kusses gewesen. Nina spürte ein Kribbeln im Nacken bei dem Gedanken an den flachsblonden Autor. Sie hatte immer geglaubt, dass sie das nächste Mal mit ihm gemeinsam zurückkehren würde. Doch heute war er nicht da.

Endlich läutete es! Sie nahm das Gespräch an. »Roland! Hi. Wo bist du? Gibt's was Neues? Ich bin im Hotel. Hab ein Zimmer im Haus Mecklenburg bekommen.«

»Hi, Nina. Schön, dass du da bist. Ich hole gerade die Kinder ab.« Roland klang erschöpft. »Willst du zu uns aufs

Zimmer kommen? Wir sind im Haupthaus. Zimmer 1311 – dritter Stock.«

»Ich mach mich auf den Weg. Bis gleich.« Sie legte auf und stürmte in den Flur, um sich ihre Stiefel anzuziehen

Seit gestern Abend war ihre Freundin Astrid verschwunden. Vom Erdboden verschluckt. Sie hatten ihr letztes Telefonat beendet. Danach musste etwas Schreckliches passiert sein. Nina blieb erneut der Atem in der Kehle stecken. Astrid hatte sie eingeladen herzukommen. Dem war sie gefolgt, doch dann verschwand ihre Freundin plötzlich aus dem Hotel. Ihre Familie hatte nichts mitbekommen. Sie musste einfach das Zimmer verlassen haben und war nicht wiedergekehrt. Ohne irgendetwas zu sagen. Da seither noch nicht viel Zeit vergangen war, zumindest in den Augen der Polizei, hatte man Astrids Mann Roland bisher nicht helfen können. Er suchte selbst nach ihr und hatte zu diesem Zweck alle ihre Freunde angerufen. Unter anderem Nina. Dabei stellte sich für Roland überraschend heraus, dass Nina von Astrid eingeladen worden war. Augenscheinlich hatte sie keine Gelegenheit mehr gehabt, mit Roland darüber zu sprechen. Roland hatte nichts über den Status der Suche nach Astrid verlauten lassen. Das hieß erstmal nichts Gutes. Ninas Herz sank.

Mit der Zimmerkarte in der Hand lief Nina zum Fahrstuhl. Keine Minute später stand sie in dem großzügig verspiegelten Raum, in einem, wie sie fand, viel zu grellen Licht. Als würde man einen Scheinwerfer auf sie richten. Oder lag das nicht an der Beleuchtung? Als sich die Tür hinter ihr schloss, drang ihr ins Bewusstsein, dass sie wieder eine Sekunde an Erik gedacht hatte. Die Momente mit ihm waren schön gewesen. Ihr Kuss in diesem Fahrstuhl ….

Der öffnete sich lautlos und Nina trat in den Flur. Ein paar Schritte weiter konnte sie das Gebäude verlassen. Als sie die Tür nach draußen aufstieß, riss der Wind sie ihr aus der Hand. Mühsam versuchte sie, die Oberhand zurückzuerlangen, schlüpfte nach draußen und warf sich mit ganzer Wucht dagegen, um sie wieder zu schließen. Sie erhielt ein heulendes Geräusch als Antwort. Herbstliche Kühle schlug ihr ins Gesicht. Sie zog ihren Mantel fest zu und rannte an der Terrasse des ›Kurhaus‹ vorbei zum Haupthaus. Die ersten Regentropfen trafen sie. Ihr Blick auf die eingeklappten Schirme und die windsicher verstauten Tische und Stühle löste Melancholie aus. Im Sommer hatte sie hier draußen mit Erik gefrühstückt. Doch diese Kulisse einstiger Frühlingsgefühle war zusammengeklappt und verräumt.

Verdammt, Nina! Du musst alles Schöne in deinem Leben kaputt machen!

Als sie schließlich an Rolands Zimmer klingelte, versuchte sie die Gedanken an ihre eigene Misere abzuschütteln und konzentrierte sich ganz auf ihre Freundin. Sie hörte seine Schritte auf dem Teppich hinter der Tür und schluckte, in Anbetracht dessen, dass das Verschwinden ihrer Freundin einmal mehr Realität werden würde, sobald er ihr öffnete.

Dann war es so weit. Astrids Mann sah erbärmlich aus. Unrasiert, ungekämmt – vielleicht hatte er sich auch einfach nur oft die Haare seit dem Morgen gerauft. Er war definitiv übermüdet und seine Augen klein und langsam in ihrer Bewegung. Sie ging auf ihn zu und drückte ihn kräftig. Er sagte kein Wort, ließ es einfach zu. Beide sackten sie ein Stück zusammen und jeder von ihnen wischte sich verstohlen mit der Hand über ein Auge.

Dann kamen plötzlich seine und Astrids Kinder aus dem Wohnzimmer angerannt. Nina war die Patentante der beiden Racker. Leni und Emil sprangen sie an und hätten sie beinahe zu Fall gebracht.

»Tante Nina! Das ist ja eine Überraschung. Machst du mit uns Urlaub? Ist Mama bei dir?« Emil, der Große mit seinen sieben Jahren, sah sie erwartungsvoll an.

Nina spürte, wie Roland bei der Frage zusammenzuckte.

»Sie ist noch unterwegs, meine Süßen, aber bis sie wieder hier ist, werdet ihr mit mir vorliebnehmen müssen.«

Nina drückte ihrem Patensohn einen dicken Schmatzer auf die Wange und schnappte sich dann die Kleine, die sie herzhaft knuddelte. Die beiden rannten wieder zurück ins Wohnzimmer, wo Roland den Fernseher eingeschaltet hatte. Es war sicher eine Herausforderung, sie in dieser Situation mit allen Mitteln beschäftigt zu halten.

Er suchte Ninas Blick nicht, während er angestrengt seine Sätze herausbrachte. »Die Polizei wird sich doch einschalten. Ich habe heute früh mit einem Kriminalkommissar Otte gesprochen. Er wird sich mit dem Fall befassen. Zumindest hat er mir das versprochen.«

»Kriminalhauptkommissar und ... ja, ich bin mir sicher, er tut es.«

»Ach, richtig. Ihr kennt euch. Was hattest du für einen Eindruck von ihm?« Roland setzte sich schwerfällig an den Tisch.

»Ich bin mir sicher, dass du bei ihm in besten Händen bist.« Nina war ihm gefolgt. Sie schob ein paar Malbücher beiseite.

»Das ist gut.« Roland sah sie mit hängenden Lidern an. Seine Augen wurden feucht. »Ich weiß nicht, was ich tun kann, Nina. Ich bin total verzweifelt. Ich wünschte, ich wüsste, wo sie hingegangen ist.«

»Hat die Polizei irgendetwas gesagt? Gibt es eine Vermutung?«

»Nein. Momentan gibt es noch keinen Anhaltspunkt. Wenn es nach denen ginge, gäbe es nicht einmal eine Suche. Als ich gestern Abend das erste Mal mit ihnen gesprochen habe, hat man mich vertröstet. Dem Manager dieses Hotels habe ich es nur zu verdanken, dass man sich überhaupt mit dem Fall beschäftigt. Er hat den Kriminalhauptkommissar um Hilfe gebeten.«

»Da hast du Glück. Hast du denen gesagt, was Astrid am Abend zuvor beobachtet hat?«

Nina war sicher, dass Roland inzwischen bereute, Astrids Aufregung gestern auf die leichte Schulter genommen zu haben.

»Selbstverständlich habe ich das. Es änderte nichts an deren Einstellung.«

Roland schilderte die Gespräche mit dem Hotelmanager und die weniger hilfreichen Treffen mit der Polizei.

»Wenn es stimmt, was Astrid gesehen hat, dann hat sie einen Mord beobachtet. Ist schon komisch, dass bisher niemand vermisst wurde. Allerdings ist es noch nicht lang her. Auf Astrids Verschwinden hat die Polizei ja auch nicht gleich reagiert«, sagte Nina. Sie strich sich nachdenklich mehrfach über die Oberlippe. Rolands Augen wurden größer.

»Oh, bitte entschuldige. Das habe ich nicht so gemeint. Es muss nicht bedeuten, dass Astrid etwas ähnlich Schlimmes zugestoßen ist.« Nina hätte sich am liebsten auf die Zunge gebissen. Bisher war sie keine Hilfe gewesen.

»Willst du dich vielleicht einen Moment hinlegen? Ich könnte mit den Kindern einen Spaziergang machen und dann gehen wir Mittagessen. Dann hast du einen Augenblick Ruhe.«

»Nein, nein. Ich will jetzt keine Zeit verschwenden. Ich muss irgendwas tun. Aber du könntest tatsächlich mit ihnen rausgehen. Ich bin momentan zu dünnhäutig dafür, das Restaurant zu besuchen und so zu tun, als wäre alles in Ordnung.«

»Okay. Ich geh die beiden anziehen.« Nina stand auf.

»Mir fällt gerade ein, dass der Kommissar … entschuldige, Kriminalhauptkommissar Otte mich gebeten hat, in ihre Handtasche zu sehen. Ich bezweifle zwar, dass ich erkennen würde, ob sich dort etwas verändert hat, aber was soll's.«

Roland ging ins Schlafzimmer, während Nina unter Protest der Kleinen den Fernseher abschaltete und sie in den Flur bugsierte. Zunächst sammelte sie die Jacken der beiden zusammen. »Emil, zieh dir bitte deine Halbschuhe an. Leni, wo sind deine?«

KAPITEL 8

Die Sonne schien für einen Moment auf das große schneeweiße Gebäude der Rechtsmedizin in Rostock, bis sich die ersten dicken Wolken wieder davorschoben und den Himmel verfinsterten. Christian Kleinert war nach Rostock gekommen, um seine verstorbene Freundin zu identifizieren. Freundlicherweise hatte er sich ganz früh am Morgen in sein Auto gesetzt, sodass sie mit der Identifizierung halb zehn hatten starten können. Es hatte sich herausgestellt, dass Valencia Anders keine Angehörigen besaß. Ihre Eltern waren vor zwei Jahren bei einem Autounfall in Spanien ums Leben gekommen.

»Kommen Sie! Lassen Sie uns ein bisschen frische Luft schnappen.« Otte führte den blassen Mann neben sich mit festem Griff an dessen Schulter aus dem Raum. Sie schritten einen tristen langen Flur entlang. Die Sneakers von Kleinert quietschten auf dem Linoleum. Innerhalb kürzester Zeit hatten sie den Ausgang des stattlichen weiß verputzten Gebäudes der Rechtsmedizin in Rostock erreicht und standen unter freiem Himmel. Das Wetter ließ zu wünschen übrig, doch das störte keinen von beiden.

»Ich weiß nicht, wie Sie das aushalten. Ich könnte dem nicht Tag für Tag ins Auge blicken.« Kleinerts Blick war träge. Er wirkte ausgebrannt, ein wenig orientierungslos. Otte dachte an den Moment zurück, in dem Kleinert das tote Gesicht seiner Freundin erblickt hatte. Seinem urlaubsverwöhnten Teint waren buchstäblich alle Farben von innen entzogen worden. Zurück blieb eine graue Fassade, die nur entfernt an den jungen funkensprühenden Mann erinnerte, den Otte heute Morgen kennenlernen durfte.

»Jeden Tag muss ich das Gott sei Dank nicht, und Sie haben recht, man gewöhnt sich nicht daran. Zumindest geht mir das so.«

Kleinert nickte zaghaft. Er rieb sich nervös den Magen.

»Atmen Sie ein paar Mal tief durch. Die Meeresluft wirkt Wunder, vertrauen Sie mir. Und jetzt lassen Sie uns ein paar Schritte gehen. Kommen Sie.«

Sie liefen los und die Farbe kehrte langsam in Kleinerts Wangen zurück. Sie folgten gemächlich einem Fußweg unter alten Bäumen und Kleinert entspannte sich.

»Wie haben Sie sich kennengelernt?«, stieg Otte in das Gespräch ein.

Kleinert lächelte zaghaft, als würde er sich die Erinnerung in diesem Augenblick direkt vor Augen holen. »Das war auf einer Party in einem Club. Eigentlich eher davor – wenn man's genau nimmt. Sie hat mir beim Einparken den Spiegel abgefahren, noch bevor ich ausgestiegen war. Trotzdem hat sie versucht, mir die Schuld dafür in die Schuhe zu schieben.«

Sein Lächeln war inzwischen deutlich relaxter.

»Sie hat Ihnen die Schuld gegeben?«

»Ja. Sie hat gemeint, ich hätte sie in irgendeiner Art abgelenkt, als ich versucht habe auszusteigen.«

»Sie hat Ihnen den Spiegel abgefahren, während Sie versucht haben auszusteigen?«

»Kaum zu glauben, oder? Ich habe die Tür wieder zugerissen, als ich sie ranrauschen sah. Sie hätte sie glatt rausgerissen. Den Spiegel hat sie trotzdem touchiert.«

»Konnten Sie sie noch von der Wahrheit überzeugen?«

»Nein.« Ein breites Grinsen stand trotz der Worte auf seinem Gesicht. »Da blieb sie absolut verbohrt. Aber sie hat mir die Drinks an dem Abend ausgegeben und ich hatte ihre Nummer.«

»Dann sind Sie doch erfolgreich gewesen.«

»Das können Sie laut sagen.«

Sie gingen einen Moment schweigend nebeneinanderher. Kleinert schien sich schon deutlich besser zu fühlen. Otte ließ ihm Zeit, sich zu regenerieren.

»Sie sind Musiker, richtig? Wie sind Sie zu ihrem Job gekommen?«

»In die Musikbranche? Man könnte sagen, ich habe mich geweigert, etwas Vernünftiges zu lernen.« Er verzog das Gesicht. »So würden es zumindest meine Eltern ausdrücken. Nein, ich habe mich den Erwartungen meiner Familie widersetzt und das gemacht, was mir am meisten Spaß macht und das ist nun mal die Musik. Ich bin der Saxophonist in unserer Band ›In Mood‹. Wir spielen Bar-Jazz, Swing, Latin und Soul, wissen Sie?«

»Sie meinen für Hochzeiten?«

»Ja, auch.« Kleinert wirkte zerknirscht.

»Das ist nur ein Mittel, um Geld zu verdienen. Um uns über Wasser zu halten, bis wir groß rauskommen.«

Otte fragte sich, ob sich dieser Mann tatsächlich über Wasser halten musste, oder ob das nur für seine Bandkollegen galt.

»Wir spielen auch eigene Songs«, sagte Kleinert. »Unsere Musik ist eine Art Mischung aus gefühlvollem Jazz und romantischen afro-peruanischen Klängen. Wir kombinieren das mit risikoorientierter Improvisation und anspruchsvoller Komposition. Mögen Sie Jazz?«

»Ja, doch. Ich mag Jazz. Ich muss gestehen, dass ich mich leider überhaupt nicht auskenne.«

Kleinert lächelte ihn verständnisvoll an.

»Wie hat Ihre Familie reagiert, auf Ihre Entscheidung?«

»Was glauben Sie?« Der lässig, aber teuer gekleidete Mann warf Otte einen entnervten Blick zu. »Mein Vater hat einen Riesen-Aufstand gemacht – von wegen Nachfolge im Unternehmen und dass es an die nächste Generation weitergegeben werden sollte. Das war die Zeit, als ich dann von zu Hause ausgezogen bin.«

»Haben Sie noch Kontakt?«

Kleinert wandte sich ihm überrascht zu. »Selbstverständlich. Die haben sich wieder beruhigt, als sie gemerkt haben, dass es sinnlos ist, mich überreden zu wollen.«

»Was wird jetzt aus dem Unternehmen? Worum geht es dabei überhaupt?«

»Schönheitssalons. Ist nicht mein Ding. Aber Valencia war begeistert. Na ja. Meine Schwester ist ins Business eingestiegen. War ohnehin geplant, aber mein Vater ... er hatte scheinbar immer gehofft, die kaufmännische Leitung an mich zu übergeben.«

»Das kann ich nachvollziehen, wenn man sich etwas aufgebaut hat. Man will die nächsten Generationen sicher versorgt wissen.«

»Ja, kann sein. Ist trotzdem nicht meine Welt. Ich muss meinen eigenen Weg gehen.«

»Was hat Sie nur auf den Gedanken gebracht, eine Fastenwoche zu buchen? Sie machen mir nicht den Eindruck, als wäre das Ihr Ding.«

Kleinert lachte herzhaft. »Wahrlich nicht. Aber Valencia hat's für den Job gebraucht, und wir hatten eine Weile wenig Zeit füreinander gehabt, sodass sie meinte, es wäre perfekt, um zwei Fliegen mit einer Klappe zu schlagen.«

»Sie hat so ihr Geld verdient?«

»Klar! Sie war richtig erfolgreich.« Kleinert warf ihm einen belustigten Blick zu. Otte verfluchte sich, dass er mit der Betonung der Wörter seine Meinung verraten hatte.

»Ist nicht so Ihre Welt … Social Media … richtig?«

»Ich habe mich damit bisher wenig befasst«, antwortete Otte ausweichend. Er ärgerte sich, wusste aber nicht, wieso.

»Sie sind nicht zu alt dafür, falls das Ihre Sorge ist.«

»Nein. Das ist es nicht«, blaffte Otte eine Spur zu heftig. Es war nicht seine Absicht, sich von Kleinert ausfragen zu lassen. »Ich habe einfach kein Bedürfnis danach, mich damit zu beschäftigen.« Damit hatte er genug Fragen beantwortet, wie er fand. Niemals zulassen, dass der Zeuge den Spieß umdrehte, schalt er sich.

»Vielleicht würde es ja Ihr Leben bereichern«, stichelte Kleinert weiter.

»Hat es Ihres bereichert?« Otte blieb stehen.

»Es ist wie meine zweite Haut. Ich wüsste nicht, wie ich ohne diese Vernetzung kommunizieren würde.«

»Auf die altmodische Art. Mit realen sozialen Kontakten.«

»Wir reden hier von einem starken Marketinginstrument, Kriminalhauptkommissar. Wenn Sie es richtig anstellen, werden Sie global gesehen. Ich kenne kein anderes Medium, das mir beim Marketing so sehr in die Hände spielt.«

»Hat es sich gelohnt? Haben Sie hier denn wieder zusammengefunden?«

Kleinert war einen Moment schwer verwirrt, aufgrund des abrupten Themenwechsels. »Sie meinen … Valencia und ich? Ja. Es war nett.«

Das klang alles andere als überzeugend.

»Was hat sie an dem Morgen im Wald gewollt?«

Kleinert warf den Kopf von links nach rechts. »Keine Ahnung! Vielleicht wollte sie den Sonnenaufgang dort erleben. Was anderes kann ich mir nicht vorstellen.«

»War sie Frühaufsteherin?«

»Eher nicht.«

»Was hat Sie bewogen, so früh abzureisen?«

»Ich hatte einen Auftritt. Zumindest war das so geplant. Ist dann aber ins Wasser gefallen.« Kleinert schien genervt zu sein.

»Sven Seefeldt sagte mir, dass Sie ursprünglich für den gesamten Kurs gebucht hatten.«

»Das hat er nett formuliert. Passt zu ihm.« Sein Ton klang abfällig. »Den Kurs gab es nur für eine Woche. Ganz oder gar nicht. Ich hätte nicht zwei Tage weniger buchen können.«

»Sie haben ihn aber zuvor auch nicht informiert, dass Sie abreisen würden.«

Kleinert schwieg.

»Herr Kleinert, das ist eine polizeiliche Ermittlung. Ich möchte Sie anhalten, mit mir zu kooperieren. Es kann nur in Ihrem Interesse sein, dass wir die Wahrheit herausfinden. Oder liege ich da falsch?«

»Nein, natürlich nicht. Es ist nur … es wirft ein vollkommen falsches Licht auf die Dinge.«

Otte spürte ein Kribbeln im Nacken. »Erzählen Sie! Ich sage Ihnen dann, welches Licht es wirft.«

Kleinert schaute missmutig zum Himmel, wo die Wolkenberge sich türmten, als würde er auf einen Fingerzeig warten. »Sie hat mich weggeschickt, reicht Ihnen das?«

»Sie wollte Sie loswerden?«

»Nein ... sie hat die Beziehung beendet.«

»Kam das überraschend für Sie?«

»Eigentlich nicht. Wir hatten uns schon lang auseinandergelebt und wahrscheinlich war es einfach an der Zeit. Ich hätte es womöglich selbst gemacht. Irgendwann. Nicht unbedingt im Urlaub, aber na ja.«

»Sie waren also verärgert über ihren Vorstoß?«

»Na, glücklich war ich nicht. Aber ich habe es kommen sehen.«

»Was, glauben Sie, war der Auslöser für ihre Entscheidung?«

»Ich denke, sie hat gemerkt, dass wir nicht zusammenpassen. Wir haben uns ein wenig in den Haaren gehabt.« Erschreckt sah er Otte an. »Nicht wie Sie vielleicht denken. Ich hab sie bestimmt nicht umgebracht.«

»Aber Sie sind überzeugt davon, dass es jemand getan haben könnte.«

»Nein! Himmel! Wo denken Sie hin? Sie ist gestürzt, ausgerutscht oder was auch immer. Es hätte sie doch niemand umgebracht. Jetzt machen Sie mir aber Angst.«

Ich wette, der Gedanke ist dir längst gekommen, dachte Otte. Laut sagte er: »Wie haben Sie sich in Heiligendamm fortbewegt?«

»Ich verstehe nicht, was Sie meinen.«

»Sind Sie mit dem Auto angereist oder mit der Bahn?« Sie gingen inzwischen wieder zurück Richtung Rechtsmedizin.

»Wir sind mit dem Auto gekommen.«

»Wie sind Sie persönlich abgereist?«

»Ich habe den Wagen genommen. Valencia wollte mit der Bahn zurückreisen. Ist mein Auto, deshalb lag es auf der Hand, dass ich es nehme.«

Otte realisierte, wie Kleinert sich zurückzog. »Merken Sie, worauf ich hinauswill?«

»Nein.«

»Wir wissen derzeit noch nicht, wie sie nach Nienhagen gekommen ist. Kein Taxiunternehmen in der Gegend hat sie gefahren.« Er ließ diese Information bei dem Mann sacken.

»Ich weiß, Sie haben bereits mit meinen Kollegen in Berlin gesprochen. Erzählen Sie mir bitte dennoch, was Sie am frühen Morgen am Tage ihres Todes gemacht haben.«

»Da gibt es nicht viel zu erzählen.« Kleinert sah sich um, so als würde er nach Hilfe suchen. »Ich war in einer Bar. Bin irgendwann nach Hause gegangen und hab geschlafen. Denke, bis drei Uhr etwa. Leider war ich in der Nacht allein.«

»Sie hatten keine Freunde bei sich? Jemanden aus ihrer Band?«

»Leider nein.«

Otte nickte. Wenig später verabschiedeten sie sich und Otte machte sich auf den Weg zurück nach Bad Doberan. Er würde Andy in seinem Büro in Rostock abholen müssen. Nicht nötig, dass sie mit zwei Autos fuhren. Unterwegs wollte er ihm von dem Gespräch berichten, das er mit Roland Richter gegen acht am Morgen geführt hatte. Eine verschwundene Frau, ein vermeintlicher beobachteter Mord und eine tote Frau am Strand von Nienhagen. Diese Ereignisse hatten einen gemeinsamen Nenner: das ›Grand Hotel‹.

KAPITEL 9

Nina bemühte sich, die Kinder in Rolands Suite in ihre warmen Jacken zu stopfen. Lenis Schuhe konnte sie nicht finden. Emil hatte seine schon an. Sie wollte mit ihnen einen Spaziergang machen, um Roland etwas Freiraum zu geben. Erholen würde er sich sicher nicht. Doch mehr konnte sie nicht tun. Rücken freihalten war die Devise.

Als Nina den Kopf zum Schlafzimmer reinsteckte, sah sie Roland grübelnd mit der Handtasche von Astrid in der Hand.

»Ist dir klar, dass deine Tochter nur Gummistiefel hat?«, fragte sie.

Er drehte langsam den Kopf und schaute sie mit einem Blick an, bei dem Nina nervös wurde. »Was ist?« Sie trat ins Zimmer.

»Ihre Autoschlüssel sind nicht da, Nina.«

»Ist sie weggefahren?«

»Nein, Quatsch! Der Wagen steht ja noch auf dem Parkplatz. Ich habe ihn gerade benutzt, als ich bei der Polizei in Bad Doberan war.«

»Demnach hattest du ein paar Schlüssel?«

»Ja. Aber sie hat das Ersatzpaar immer dabei. Ist so eine Marotte von ihr. Sie sagt, dann wäre jeder unabhängig, aber ich vermute, dass sie es nur nicht leiden kann, wenn ich in ihrer Handtasche krame.« Roland schnitt eine Grimasse.

»Stand der Wagen denn noch da, wo du ihn erwartet hättest?«

»Ja. Deshalb habe ich überhaupt nicht in diese Richtung gedacht.«

»Also hat es möglicherweise nichts zu sagen. Vielleicht hat sie sie woanders hingelegt.«

Er grübelte. Dann schaute er sie wieder an.

»Ich werde es trotzdem der Polizei mitteilen. Was wolltest du gerade?« Er starrte wieder auf die Tasche in seiner Hand.

»Ich kann von Leni nur Gummistiefel finden. Habt ihr nichts anderes dabei?«

»Doch. Aber ich glaube ihre Halbschuhe sind noch im Auto …«

Wie in Zeitlupe fixierten sie seine Augen. Dieser Blick transportierte Erkenntnis. Nina hielt den Atem an. Starrte gebannt auf seine Lippen. Wartete, dass er die Erleuchtung mit ihr teilte. Schneller, als sie es Roland in diesem Zustand zugetraut hätte, fuhr er mit seinem Kopf zu ihr herum. Er griff, ohne ein Wort zu sagen, zu seinem Handy und kramte eine Visitenkarte aus seiner Hosentasche. Dann wählte er. Nina atmete ganz flach und lauschte.

»Hallo, Kriminalhauptkommissar Otte. Hier ist Roland Richter. Mir ist etwas aufgefallen. Ich habe herausgefunden, dass der Autoschlüssel meiner Frau fehlt … ja. Ich habe gerade nachgesehen … ich denke, sie wollte an dem Abend noch mal zum Parkplatz gehen und etwas aus dem Wagen holen. Die Schuhe unserer Tochter … ich habe heute Morgen nicht darauf geachtet. Ich werde gleich mal nachsehen gehen … in Ordnung. Vielen Dank.«

Roland legte auf.

»Otte kommt mit einem Kollegen her. Sie kommen aus Rostock. Lang werden sie für die Strecke nicht benötigen. Vielleicht eine Dreiviertelstunde. Er will sich den Wagen ansehen und den Bereich, wo er gestanden hat. Wir treffen uns da. Bitte geh du mit den Kindern los und ich laufe schnell rüber zum Parkplatz.«

Er war bereits im Gehen begriffen, warf sich im Flur seinen Mantel über und griff nach seinen Schuhen.

»Roland?«

»Ja?«

»Es wird alles gut. Ganz sicher.«

Er nickte knapp, während er die Tür öffnete, und zum ersten Mal, seit Nina ihn heute gesehen hatte, lächelte er. Nina stopfte Leni in ihre Gummistiefel und verließ mit den beiden ebenfalls das Zimmer. Sie würden zum Strand gehen. Das wenig einladende Wetter ignorierte sie. Rumsitzen und Abwarten war Gift. Brachte sie alle nicht weiter. Roland machte es richtig. Sie hätte das Gleiche getan. Eigeninitiative, auch wenn sie die Dinge manchmal überstürzte. Eine Welle schlechten Gewissens überrollte sie, als die Fahrstuhltür sich vor ihr öffnete. Roland musste die Treppen genommen haben. Astrid hatte sie angefleht zu kommen. Sie war dieser Aufforderung gefolgt, doch aus anderen Motiven. Sie hatte ihre Freundin nicht ernst genommen. Ihre eigene Misere in den Vordergrund gestellt.

Die Tür schloss sich hinter ihnen. Sie fuhren nach unten. Nina lehnte ihre heiße Stirn gegen die kühle Spiegelung. Ihr Nacken schmerzte. Resultat der Sorgen, die sie sich machte. Sie verließen den Fahrstuhl, das Gebäude, Richtung Strand. Die Kinder tollten voraus und sie beobachtete die schnell ziehenden Wolkenberge am Horizont.

Nina folgte Leni und Emil, die inzwischen wie ein Blitz die Stufen zum Strand überwunden hatten. Sie waren bereits zwanzig Meter vor ihr und wieselten am Wasser entlang. Nina atmete die erfrischende Luft ein.

Ich bin eine schreckliche Freundin, dachte sie. Der Blick auf die Kinder, die darauf warteten, dass ihre Mutter zurückkäme, tat weh. Sie ging durch den knöchelhohen Sand, der unter ihren Schuhen knirschte.

Sie wusste, dass ihr Kommen nicht in Astrids Bitte begründet lag. Sie hatte das Hintertürchen genutzt, das ihre Freundin ihr geboten hatte. Abschalten von ihrer Situation mit Erik. War noch einen Schritt weiter in ihrer Hoffnung gegangen. Hatte darauf spekuliert, mit einer Freundin ein paar Tage darüber reden zu können. Abschalten als Vorwand.

»Was gibt es Neues bei dir und Erik?«, hatte Astrid sie gleich zu Beginn des Telefonats gestern gefragt.

Was gab es Neues? Nicht viel. Zumindest gab es kein Happy End. Doch das war Nina inzwischen gewöhnt. Keine ihrer Beziehungen … nein, ihrer Affären … war bisher von Erfolg gekrönt gewesen. Angewidert dachte sie an Leo zurück, dem sie noch im letzten Sommer in diesem Hotel nachgelaufen war. Ein Freund ihrer Schwester. Ebenfalls Gast auf deren Hochzeit und ein Vollidiot. Zum Narren hatte sie sich ihm gegenüber gemacht. Und dann war da Erik gewesen. Trauzeuge und zu perfekt, um wahr zu sein. Diesmal war sie die Vollidiotin gewesen. Das Universum lachte sicher herzhaft.

Erik wollte mit ihr zusammen sein. Sie hatte plötzlich ihre eigene Unabhängigkeit wiederentdeckt. Etwas, das sie für Leo aufgegeben hatte. Dieses Mal wollte sie das nicht.

Einen Moment nahm ihr der straffe Wind den Atem. Sie atmete tief ein. In einer Beziehung mit Erik wollte sie auf Augenhöhe sein. Doch ihre Bestrebungen machten alles komplizierter. Sie hatte seine Unterstützung als Einengung ausgelegt, Nähe als Abhängigkeit. Nachdem sie im Spätsommer aus Bayern zurückgekehrt war, hatte sie sich ein bisschen Zeit erbeten. Ein heimtückischer Mord unter Sternen hatte sie damals erneut zusammengeführt, doch irgendwie wollte es nicht so richtig passen.

Astrid hatte ihr vorgeworfen, der totale Kopfmensch geworden zu sein. Stimmte das? Ließ sie sich nicht mehr, wie früher, von ihren Emotionen leiten? Die Erfahrung mit Leo hatte sie traumatisiert. Sie ging Beziehungen ähnlich wie ihren Job an. Besonnen und kalkuliert. Als Stuntfrau eine unabdingbare Eigenschaft.

»Ich weiß gar nicht, ob er mich noch will«, hatte Nina zu Astrid gesagt. Eine Welle des Bedauerns hatte sie dabei durchflutet. »Ich habe jetzt längere Zeit nichts von ihm gehört.« Sie hatte ihm gesagt, sie benötigte Zeit, und er hatte volles Verständnis gehabt. Er war nach England zurück. Nina hatte sich in das nächste Filmprojekt gestürzt und bis auf ein paar nichtssagende Nachrichten hin und wieder herrschte erst einmal Funkstille. Vor ein paar Tagen hatte sie sich nach ihm erkundigt. Er schrieb zurück, dass er mitten in einer Geschichte steckte, die ihn völlig in Anspruch nahm. Das war sicherlich der Hinweis, dass er momentan keine Zeit hätte.

Ninas Freundin war verschwunden und das ein paar Stunden nach dem Telefonat, das sie gestern mit ihr geführt hatte. Alles woran Nina damals gedacht hatte, waren ihre eigenen unbedeutenden Sorgen gewesen. Jetzt nagten Vorwürfe an ihr, dass sie hätte zuhören müssen. Nina ging zu Leni und küsste sie auf die Stirn. Dann drückte sie das fünfjährige Mädchen ganz fest. Die löste sich und lief zu ihrem Bruder, der im Matsch spielte.

KAPITEL 10

Roland verließ das Gelände des ›Grand Hotel‹. So ein blöder Typ vom Empfang hatte ihn kostbare Zeit gekostet. Irgendwas mit seiner Kreditkarte. Dafür hatte er jetzt keinen Nerv. Er würde sich später darum kümmern. Er versuchte, das Tempo zu halten, mit dem er losgelaufen war. Müdigkeit lähmte ihn inzwischen. Er kämpfte dagegen an. Euphorie unterstützte den Kampf, beflügelte ihn. Sie hatten eine Spur, auch wenn es eine sehr kleine war. Immerhin hatte er den Wagen heute schon benutzt. Ihm war nichts Ungewöhnliches aufgefallen. Dennoch … sie wussten jetzt, welchen Weg Astrid genommen hatte. Sie musste gestern Abend zum Parkplatz gegangen sein. Irgendwann nach dem Kaffeetrinken. Nachdem sie Nina angerufen hatte. Nachdem sie ihre Freundin gebeten hatte zu kommen. Roland schluckte. Das ging auf seine Kappe. Er hatte seiner Frau nicht richtig zugehört. Er atmete tief ein. Hustete. Der Wind reizte seine Bronchien. Die Migräne war noch da. Er hatte sie nur vergessen.

Bestimmt hatte jemand Astrid hier gesehen. Es gab doch Häuser am Straßenrand, in denen Menschen wohnten. Die konnte man fragen. Möglich, dass andere Hotelgäste sie auf dem Parkplatz bemerkt hatten. Die erste richtige Spur. Dass dieser Tag die Wendung bringen würde, wusste er. Seit er den Polizisten heute Morgen kennengelernt hatte. Seit der ihm Mut gemacht hatte in der kleinen Dienststelle in Bad Doberan. Der erste Mensch, der ihm zugehört hatte. Er schluckte erneut. Genaugenommen konnte er es den Leuten nicht verübeln. Er hatte Astrid auch nicht geglaubt.

KAPITEL 11

Zu diesem Zeitpunkt lag Rolands Frau auf einem kalten, kargen Boden. Der Körper war gekrümmt und die Augen geschlossen. Hinter ihren zuckenden Lidern rasten Bilder und fluteten ihr System, das auf Sparflamme lief.

Astrid fiel und fiel. Sie spürte den Sog an ihrem Körper, den Schmerz, den Schock. Die Leere um sie herum wurde lauter und intensiver, bis sie komplett darin aufging. Ihr Körper teilte sich und wurde in alle Himmelsrichtungen davongeweht. Dann stürmte alles wieder zurück, als wäre der Ablauf der Zeit umgekehrt, als würde sich das Universum wieder zusammenziehen und sich in ihrer Person in nichts auflösen. Stille. Erinnerungsfetzen kristallisierten sich vor ihrem geistigen Auge zu Bildern und dann war da in einem Nu diese Realität, in die sie sich mit Dankbarkeit fügte.

Sie saß im Restaurant ›Kurhaus‹. Als sie gerade ihrer Tochter das Schnitzel zerkleinern wollte, sah sie, dass das Fleisch bereits in Stücke geschnitten war. Am Nachbartisch wurden neue Gäste platziert. Alle farblos in Person, aber in mehreren Lagen verschiedener Designer gekleidet, auffällig, laut. Wo man hinsah: Geld.

Sie hatte sie bereits heute Mittag beim Pool gesehen. Eine triste, maskuline, grobschlächtige Frau mit einem Kranz aus ihren eigenen Haaren auf dem Kopf. Der Mann dazu: schwerfällig, bullig. Beim Blick auf die Haare der Frau hatte Astrid unwillkürlich an eine Sekte denken müssen. Den Gedanken hatte sie sofort wieder verworfen, als die Dame ihren Bademantel abgelegt hatte und dabei einen auffälligen Badeanzug von Gucci zeigte. Den mit dem riesigen Aufdruck des Logos.

Sie starrte die Familie an. Ihr Mann wies sie darauf hin.

»Entschuldige.« Astrid spürte Schmerzen am Kopf. Die Decke des Restaurants schien einen Moment dichter zu kommen.

»Was denkst du? Altes oder neues Geld?«, fragte Astrid.

»Definitiv neues.«

»Ich weiß, das klingt arrogant, aber sie wirken auf mich, als wären sie erst kürzlich dazu gekommen.«

»Das hast du hübsch gesagt. Ich finde auch, dass es nach Drogen oder Prostitution aussieht.« Ihr Mann feierte.

»Du Scheusal! Das habe ich nicht gemeint.«

»Vielleicht haben sie ja geerbt?«, gab ihr Mann zu bedenken.

»Das könnte sein.« Verschwörerisch grinste sie ihn an und fügte böse hinzu: »Vielleicht haben sie ja auch nachgeholfen.« Sie spürte den bohrenden Schmerz direkt am Hinterkopf.

Astrid trieb zwischen den Welten von Schmerz zu Gefühllosigkeit hin und her.

Plötzlich stand sie auf dem Golfplatz. Da war wieder diese Frau. Sie stand direkt hinter ihr und Astrid sah deutlich ihr Gesicht riesengroß vor ihren Augen, als sie sich umdrehte.

»Ich bin Heike, Heike Wagner. Mein Mann Axel steht ganz da hinten.«

Astrid geriet kurz aus dem Gleichgewicht. Sie wollte ihren Ball schlagen, doch mit einem Mal war er weg.

»Wussten Sie, dass wir geerbt haben?«, sagte die merkwürdige Frau. »Von unserer Nachbarin. Sie ist gestorben. Aber jeder muss irgendwann mal von dieser Welt scheiden, nicht wahr? Für uns war es gut. Sonst wären wir heute nicht hier.«

Astrid sah sich um und erblickte auf dem Fairway nebenan drei Menschen, die auf dem Rücken lagen und mit offenen Mündern zum Himmel starrten. Ihre Haut war bleich. Die Augen leblos.

Jetzt saß sie schon beim Kaffee in der ›Nelson Bar‹. Astrid kämpfte mit ihrem russischen Zupfkuchen, als Heike und Axel mit ihren zwei Kindern die Bar betraten und zielsicher auf ihren Tisch zusteuerten. Heikes Haar überzog in diesem Licht ein grauer Schimmer. Bei jedem Blinzeln von Heike wuchsen Astrids Kopfschmerzen, als würde sie mit einem Hammer malträtiert werden.

»Was ist eurer Nachbarin passiert?«, fragte Roland völlig unverblümt, der jeden Sinn für Anstand verloren zu haben schien.

»Wollt ihr das wirklich wissen?«, fragte Heike. Sie blinzelte. Ahhh! Machte sie das mit Absicht?

Axel sah ihn unverwandt an. »Heike hat sie umgebracht.«

Gott war ihr schlecht! Die Übelkeit durchflutete Astrid in Wellen. Ein glühender Blitz bohrte sich durch ihren Kopf. Sofort wurde ihr wieder elend. Es roch nach Blut. Ihr ganzer Mund schmeckte nach Metall. Das verstärkte die Übelkeit noch. Schwindel. Jeder Atemzug war anstrengend. War sie wach, oder nicht? Welche Zeit? Die Luft brannte in ihren Lungen. Dieser schreckliche Schmerz. Ein Schmerz wie heißer Teer in ihren Adern. Er lief durch die kleinsten Verästelungen bis tief unter die Haut und in die Eingeweide. Er verstopfte sie und verdrängte alles Gute, bis da nur noch

Elend war. Astrids Körper wurde hin und her gerissen – geschleudert. Sie bekam kaum Luft. Jeder Schnaufer – ein Kraftakt.

Hatte diese Frau gerade gesagt, sie würde Kriminalromane schreiben?

Ein Strudel drehte sich in Astrids Kopf und zog Zeit und Raum um sie herum mit sich. Sie trieb in diesem Strudel und wurde immer tiefer in das Zentrum hinabgezerrt, bis alles um sie herum leicht war und stillstand. Sie schwebte – nur einen Atemzug. Dann war sie weg.

KAPITEL 12

Der Wind schob die wenigen Menschen am Ostseestrand vor sich her. Diejenigen, die die entgegengesetzte Richtung eingeschlagen hatten, kämpften mit der Naturgewalt. Nina blieb davon unberührt. Sie war in Gedanken versunken. Mit einem Auge auf die spielenden Kinder ihrer Freunde, stierte sie meist in den grauen Himmel. Spürte ihre flatternden langen Haare an ihrem Hals. Winzige Partikel Sand spritzten gegen ihre Haut. Sie kniff die Augen zusammen. Die Luft schmeckte salzig.

Astrid hatte nicht nur von der verhängnisvollen Nacht berichtet. Auch von dem Morgen danach. Als sie mit Melville gesprochen hatten, dem Manager. Wie elend musste sie sich gefühlt haben, weil ihr niemand zugehört hatte. Selbst Roland ... kein Wunder, dass sie Nina um Hilfe gebeten hatte.

Sie war mitten in der Nacht Hals über Kopf aus ihrer Hotelsuite geflüchtet, weil sie glaubte, ein eiskalter Killer wäre hinter ihr her.

»Verständigen Sie die Kriminalpolizei!«, hatte Astrid von Melville gefordert, doch der hatte darauf verwiesen, dass die Polizei bereits alles in Augenschein genommen hatte. Ohne Ergebnis. Die Familie wurde auf Drängen von Astrid zunächst in einem anderen Zimmer im Hauptgebäude untergebracht. Man wollte die tief schlafenden Kinder sofort irgendwo in ein Bett legen und am Morgen weiter beraten.

Melville konnte die Sorge um ihre Familie nachvollziehen. Helfen konnte er ihr nicht.

Er hatte sie gefragt, ob sie vielleicht alles nur geträumt hatte. Das hatte sie von sich gewiesen. An der Stelle hatte sich wohl Roland eingeschaltet. Dem Manager von Astrids Phänomenen erzählt. Stressbedingt. Hypnagoge Bilder nannte sich das. Astrid hatte an der Stelle unterbrochen. Sie war gegenüber Nina bei diesem Thema sehr aufgebracht gewesen. Wollte nicht wie ein Idiot dastehen. Die Männer, die sich einig schienen, nicht über ihren Geisteszustand urteilen lassen. Sie hatte manchmal Pseudohalluzinationen, wenn es nachts irgendwo eine Lichtquelle gab. Der Raum nicht ganz dunkel war.

Nina fühlte sich schuldig. Unbewusst hatte sie mit Roland unter einer Decke gesteckt. Ihre Freundin im Stich gelassen. Das Problem mit den Pseudohalluzinationen kannte sie von ihr. Wusste, dass es daran lag, dass sie viel zu schnell in den REM-Schlaf fiel. Noch während sie bei Bewusstsein war. Astrid hatte ihr davon erzählt. Viele Menschen litten darunter.

Hoffentlich meldete sich Roland bald mit Neuigkeiten.

Über der See stapelten sich bedrohliche Wolken. Die angekündigte Sturmflut.

Leni kam auf sie zugerannt. »Tante Nina, mir ist hier draußen zu kalt. Können wir wieder reingehen?«

Nina warf einen Blick auf das blasse Kind. Sie strich ihr über die Haare und überlegte, wie sie die Kinder im Hotel beschäftigen könnte. Zum Essen war es zu früh. Sie waren gerade mal fünfzehn Minuten hier draußen.

Emil machte auch gerade kehrt. Er zog seine Schuhe schwerfällig über den Boden. Der feine Sand hing in seinen Hosenaufschlägen. »Mir ist langweilig. Wo ist Mama?«

Nina kniff die Lippen zusammen. »Sie kommt bald wieder. Wollen wir zurückgehen und eine heiße Schokolade trinken?«

»Au ja!«, riefen beide unisono. »Im Kids-Club gibt es leckere. Dürfen wir dort hin? Bitte, Nina!«

Nina traf schnell eine Entscheidung. Ob Roland sie gutheißen würde, wusste sie nicht. Sie wollte ihn aber nicht fragen. Diese Untätigkeit machte sie wahnsinnig.

»In Ordnung. Ich gucke, ob dort geöffnet ist.«

Die Kinder machten Luftsprünge und legten den Weg zum Hotel im Galopp zurück. Nina musste sich beeilen, um mit ihnen Schritt zu halten. Wenige Minuten später hatten Sie das Gebäude erreicht und Emil und Leni stürzten sich ins Getümmel. Nina hinterließ ihre Handynummer bei der Betreuung und drückte den beiden noch einen Kuss auf die Stirn. Sie war kaum in der Lage, sich richtig zu verabschieden, so schnell waren sie verschwunden und in den Raum mit der Playstation gestürmt. Das Leuchten in ihren Augen tröstete Nina kurz über ihr aufkeimendes schlechtes Gewissen hinweg. Sie verließ den Kids-Club und lief zügigen Schrittes Richtung Parkplatz. Roland hatte einen Vorsprung von fünfunddreißig Minuten.

KAPITEL 13

Astrid schwebte immer noch. Während sie darüber nachdachte, in welches Restaurant sie heute Abend zum Essen gehen wollte, wurde ihr schlecht.

Wieso eigentlich? Die Übelkeit rollte an sie heran und dann erbarmungslos über sie drüber. Hatte sie sich gerade übergeben? Sie fühlte sich so. Aber wohin? Wo war sie? Durch ihren Kopf floss ein Strom des Schmerzes wie Hades durch die Unterwelt. Sie schlief. Nein, sie wachte gerade auf. Hatte jemand die Matratze entfernt und sie lag auf dem blanken Lattenrost? Dieses Bett war unglaublich hart. Wie ein Holzbrett. Das würde Rückenschmerzen geben. Sie wagte kaum, sich umzudrehen. Ihr Körper war ein Meer aus Schmerz und der Kopf! Sicher kam das von dem harten Bett. Sie öffnete langsam ihre Augen. Die ersten Lichtstrahlen verursachten einen stechenden Schmerz in ihrem Schädel. Jeder Atemzug war anstrengend. Alles war verschwommen. Sie versuchte, einen für sie sichtbaren Wasserfilm vor ihren Augen wegzublinzeln. Wie mit einer dicken Nebelschicht überzogen, offenbarten sich vor ihr einige Umrisse.

Hier stimmte was nicht!

Was war es?

Der Raum um sie herum war dunkel … dämmrig … vereinzelte kleine Lichtstrahlen teilten die Luft vor ihr in Raumdreiecke. Staub tanzte in dem wenigen Licht, langsam und hypnotisierend.

Dieses Zimmer kannte sie nicht. Sie träumte. Ganz sicher träumte sie noch. Das musste ein Albtraum sein. Sie tastete vorsichtig neben sich und rüttelte an Roland. Er musste sie wecken. Ging das überhaupt? Wenn sie träumte und ihn im Traum schüttelte, spürte er das? Bewegte sich ihre Hand?

Sie hielt sie nach oben, damit sie in ihr Blickfeld kam. Langsam drehte sie sie hin und her. Ihr Ehering blitzte auf. Die restliche Hand war dreckig und grau, so wie alles in diesem Raum. Sie war wach oder zumindest bei Bewusstsein. Der Rest des Körpers würde sofort folgen. Sie griff wieder nach links und rüttelte an Roland. Den Kopf zu drehen fiel ihr schwer, es schmerzte so sehr.

»Roland …« Sie spürte, wie ihr Hals kratzte. Kriegte sie eine Erkältung? Kein Wunder bei dem Wetter. Ein kräftiger Sturm tobte draußen vor den Fenstern. Die waren auf der falschen Seite.

»Roland!«

Scheiße! Was war hier los? Die Zeit wollte nicht weiterlaufen. Sie blinzelte. Etwa drei Meter von ihren Füßen entfernt stand eine Wand, grau und schmutzig. Nicht ein Bild hing daran. Sie drehte die Augen nach rechts. Das tat weh. Dort war dieselbe Wand, nur unterbrochen durch eine schäbige Holztür. Rotbrauner Lack blätterte von ihr ab. Bei genauerem Hinsehen erkannte sie, dass an vielen Stellen der Wand der Putz fehlte. Poröse rostbraune Ziegel kamen darunter zum Vorschein.

Vor den Fenstern steigerte der Wind seine Geschwindigkeit und heulte mehrfach hintereinander auf. Ein unangenehmer Pfeifton drang an ihre Ohren. Die Luft zog durch dieses Zimmer.

Brrr! Hier drin war es bitterkalt. Sie tastete unter der Decke wieder nach Roland. Plötzlich berührte sie etwas

Warmes, Flauschiges. Einem Instinkt folgend, zog sie den Arm hastig heraus und schlug die Decke beiseite. Der Welle von Adrenalin, die sie durchflutete, folgte ein hämmernder Schmerz, der ein Pochen an ihrem Hinterkopf zurückließ. Staub wirbelte auf, und ein heftiger Hustenanfall schüttelte ihren gesamten Körper. Ahhh … das tat weh! Jetzt drang Gestank an ihre Nase. Blut und noch irgendetwas. Etwas Altes … zu alt. Ein Schatten an ihren Füßen bewegte sich und wieselte davon.

»Roland!«

KAPITEL 14

Roland war, so schnell er konnte, vom Gelände gerannt. Er fluchte darüber, dass dieser Parkplatz so weit vom Hotel entfernt war. Die paar Kröten für das Valet-Parking wären es wert gewesen. Dann stünde sein Wagen jetzt vor dem Hotel oder der Wagenmeister würde ihn vorfahren. Womöglich wäre Astrid dann nichts passiert …

Gerade hatte er eine geschlagene Viertelstunde vor der Schranke gewartet! Die Schmalspurbahn, die von Kühlungsborn nach Heiligendamm führte, kreuzte seinen Weg. Aus irgendeinem Grund, den er nur Murphys Gesetz zuschreiben konnte, blieb die Schranke geschlossen, obwohl die Bahn längst abgefahren war. Das laute Tuten war schon zehn Minuten verklungen, als sich die Schranke endlich öffnete. Roland setzte seinen Weg fort. Zwischen den Böen hörte er seinen Namen klingen. Weit entfernt. Er war froh, dass er jetzt etwas tun konnte. Das Warten war zermürbend gewesen. Da war er wieder, sein Name. Verwirrt drehte er sich um.

KAPITEL 15

Nina sah die Überraschung in Rolands Augen, als sie sich ihm näherte. Sie konnte selbst kaum glauben, ihn noch auf der Straße anzutreffen. Sobald das Hotelgelände hinter ihr lag, ging sie in einen Sprint über. Kurz darauf hatte sie ihn an den Gleisen ausgemacht und ihn gerufen. Die Fragezeichen in Rolands Augen wollte sie als Erstes beseitigen.

»Mach dir keine Sorgen. Die Kinder sind im Kids-Club. Sie sind happy. Ich wollte dir helfen. Bitte schimpf nicht mit mir«, presste sie keuchend heraus, als sie ihn erreicht hatte.

Er lächelte sie nur an und schüttelte den Kopf. »Ich verstehe dich. Ich halte die Nichtstuerei auch nicht mehr aus.«

Gemeinsam gingen sie auf das Gelände des Parkplatzes zu.

Nina blickte zur Seite, wo Roland leicht schnaufend neben ihr ging. »Wie hast du es geschafft, dass sich die Kripo mit dem Fall beschäftigt?«

»Das war Glück. Gestern Abend, als ich mir keinen Rat mehr gewusst habe, wie ich Astrid finden könnte, habe ich das Hotel alarmiert. Das habe ich dir ja erzählt. Die haben dann bei der Polizei angerufen. Das Gespräch war wenig zielführend. Du weißt schon, das Übliche. Ihre Frau ist noch nicht lang genug weg, hatten Sie Eheprobleme ... bla bla bla. Es war zum Verrücktwerden.

Ich war in unserem Bett wieder aufgewacht und Astrid war weg. Scheinbar hatte sie mit den Kindern noch Kuchen gegessen und ihnen dann irgendwann den Fernseher eingeschaltet. Danach war sie wie vom Erdboden verschluckt.

Man hat mich in das Büro des Hotelmanagers gebracht. Jacques Melville … den hatte ich bereits am frühen Morgen kennengelernt. Hatte mit ihm und Astrid die Ereignisse der vergangenen Nacht besprochen. Da auch schon ohne Ergebnis.«

Nina nickte, hörte zu und blickte ihn dabei an. Langsam näherten sie sich dem Parkplatz.

»Gestern Abend habe ich also dagesessen. Wieder mit der Polizei. Und wieder zeichnete sich dasselbe Muster ab. Unbeweglichkeit.«

»Mich hätte das ohnmächtig gemacht.«

»Das kannst du laut sagen! Mein Schädel hat gehämmert. Die Migräne war noch nicht abgeklungen. Weißt du, ich glaube Astrid hat irgendetwas gesagt, bevor sie ging. Ich habe es nicht richtig gehört. Hab auch nicht nachgefragt.« Er war stehen geblieben und zog die Brauen zusammen. Auf seiner Stirn stand die Last geschrieben, die er trug. Nina wusste genau, wie er sich fühlte.

»Sie war verschwunden und draußen tobte der Sturm, als wären wir am Ende aller Zeiten angekommen und die Naturgewalten würden alles von Menschenhandgeschaffene dem Erdboden gleich machen wollen. Sie war vielleicht da draußen!«

Nina strich ihm energisch über den Arm, als wollte sie ihn wärmen. »Mach dir keine Vorwürfe!«

Er sah sie resigniert an. »Eine Hotelangestellte hat auf die Kinder aufgepasst. Sie hatten einen Beamten aus Bad Doberan geschickt. Das war noch nicht Otte. Irgendein

Grünschnabel. Meinte, sie könnte vielleicht einen Anruf erhalten haben und wäre gegangen, ohne mir etwas darüber zu sagen. Er hat immer wieder angedeutet, dass es bei uns möglicherweise kriseln könnte. Der Gedanke wurde bei ihm geradezu zur fixen Idee!« Roland raufte sich die ohnehin zerzausten Haare. »Wir haben keine Eheprobleme!« Er rieb sich die Schläfen.

»Das weiß ich.«

»Ich verstehe ja, dass er das nicht einfach so glauben konnte. Allerdings konnte ich ihm nicht das Gegenteil beweisen.«

»Was hat er denn zu der Tatsache gesagt, dass Astrid in der Nacht zuvor etwas gesehen haben könnte, das zu dieser Entwicklung geführt hat?«

»Er hat nur bestätigt, dass er davon gehört hat. Beunruhigt hat es ihn nicht. Immerhin wurde bisher keine männliche Leiche gefunden und auch niemand als vermisst gemeldet.«

»Er zog es also vor, das Ganze als Hirngespinst von Astrid ad acta zu legen?«

»Ich denke, ja. Er hat mir vorgeschlagen, alle Freunde und Verwandte anzurufen. Deshalb habe ich mich bei dir gemeldet und erfahren, dass du ohnehin kommen wolltest.«

»Ja, Roland, das tut mir leid, dass das an dir vorbeigegangen ist. Bitte entschuldige.« Nina blickte ihn aus flehenden Augen an.

»Ach was. Vergiss es. Ich bin froh, dass du hier bist. Weißt du, wir haben zwei kleine Kinder. Die würde sie nie zurücklassen, unabhängig davon, ob wir Eheprobleme hätten, oder nicht. Außerdem hat sie nichts dabei. Nicht einmal ihre Handtasche.«

»Ich weiß. Es ist wirklich eine Schande, dass sie nichts unternommen haben.«

»Glücklicherweise hat Melville mich dann in die richtige Richtung geschickt.«

»War er bei dem Gespräch anwesend?«

»Nein. Er hat mich mit der Polizei allein gelassen. Er kam später wieder rein. Schätze, ich habe sein Mitleid geweckt. Er hat sofort bemerkt, wie unzufrieden ich war. Ich habe ihm gesagt, dass ich ein ungutes Gefühl bei der Sache habe. Dass ich mir sicher bin, dass sie nicht aus freien Stücken gegangen ist. Dass ich sie kenne. Wir sind seit zehn Jahren verheiratet und kennen uns noch deutlich länger! Meine Frau ist der berechenbarste Mensch auf der Welt. Null impulsiv. Wenn sie vorhätte, mich zu verlassen, was vollkommen ausgeschlossen ist, dann würde sie das mit mir besprechen – doch niemals im Urlaub. Er hat mich gefragt, was ich jetzt tun werde und ich antwortete, dass ich eine Stelle höher gehen möchte. Dann hat er mir von seinem Kontakt bei der Kripo berichtet. Otte. Er meinte, der sitzt normalerweise in der Kriminalpolizeiinspektion in Rostock und wird nur herbeordert, wenn hier ein Kapitalverbrechen vorliegt. Allerdings wohnt er nicht weit von hier entfernt. Er wollte ihn am nächsten Morgen direkt anrufen. Mir fiel ein Stein vom Herzen.«

Nina schmunzelte. »Melville hat ihn in diesem Sommer kennengelernt. Genau wie ich.« Ein Gedankenblitz zischte durch ihren Kopf. Sie auf dem Weg mit Erik aus der Stadt. Sie erreichen das Hotel und sehen die Polizeiwagen. Otte verschwindet mit dem Hoteldirektor im Haupthaus und sie folgen den Massen runter zum Strand. Dort, wo bereits die Polizei den Schauplatz des Verbrechens abgesperrt hatte.

Nina und Roland erreichten das richter'sche Familienauto. Zu sehen war hier nichts. Der Parkplatz lag verlassen da. Kein Mensch war draußen bei diesem Wetter. Nina zog ihren Mantel am Kragen dichter zusammen. Einzelne Böen schubsten sie immer wieder zur Seite. Während der letzten Minuten waren sie keiner Menschenseele begegnet.

Was, wenn Astrid in dem Wäldchen neben der Straße lag?, dachte sie. Die ganze letzte Nacht und das bei den diesen Temperaturen? Sie widerstand dem Impuls, ihre Gedanken Roland sofort mitzuteilen. Sie würde erst einmal warten, was die Polizei sagte. Erst jetzt fiel ihr der leichte Nieselregen auf.

Vor Nina lag ein riesiges verwaistes Backsteingebäude, der alte Fürstenhof, das bedrohlich den Parkplatz bewachte. Die verwaiste Ruine war noch nicht saniert worden wie die umliegenden Gebäude. Die streng in Reihe gepflanzten Linden davor bogen sich gefährlich im Wind. Das Haus jagte ihr Angst ein, wie es aus seinen Fenstern in alle vier Himmelsrichtungen starrte. Hatte es bereits im Sommer. Doch es hatte auch einen fast magischen Reiz. Wie ein Horrorfilm, den sie sich ansieht, mit einem Kissen vor den Augen. Die Neugierde zu groß, um auszuschalten. Über vier Geschosse richtete es sich über ihr auf. Nina war sicher, dass es einige gruselige Geschichten und Geheimnisse verbarg.

KAPITEL 16

Roland rührte sich nicht von der Stelle. Auch wenn es bestialisch wehtat, Astrid drehte den Kopf nach links, während sie ihn mit der Hand erneut rüttelte.

Albtraum! Ich schlafe noch. Was zur Hölle …

Astrid blinzelte. Ihr Blick traf den toten Blick einer Kreatur neben sich, die sie aus stumpfer Iris anstarrte. Sie war nach oben gedreht. Die Haut unter den Augen … tief dunkel … fast schwarz. Seine Zunge quoll aus seinem Mund und Astrid sah zwei fette Fliegen, die darüber spazierten Das war nicht Roland.

Ahhh! Ohne einen winzigen Gedanken an ihren Körper und seinen Schmerzzustand zu verschwenden, sprang sie auf und brachte so viel Abstand wie möglich zwischen sich und dieses Ding. Es gelang ihr für einen kurzen Moment. Sie taumelte nach hinten und krachte mit dem Rücken gegen die morsche Tür. Der Schlag traf sie am Hinterkopf. Ein kleines warmes Rinnsal lief ihren Nacken herunter. Dann war sie wieder weg.

KAPITEL 17

Nina wischte sich den Regen aus dem Gesicht, die Haare nach hinten. Kaum Mittag und der Himmel wirkte wie in der Dämmerung. Ihr war kalt. Ihr Rachen brannte. Hinter sich hörte sie einen Wagen nahen. Sie und Roland drehten sich um. Sie erkannte Kriminalhauptkommissar Otte mit einem weiteren Mann. Die beiden Männer parkten am Straßenrand und stiegen aus. Zuversicht flammte auf. Diese Leute würden ihnen helfen. Es würde alles gut werden, so wie Nina vorhin leichtfertig zu Roland gesagt hatte.

Die beiden Beamten kamen auf sie zu. Ihr Schritt war zügig, versprach Einigkeit über die nächsten gemeinsamen Maßnahmen. Sie hatten keine Zeit zu verlieren.

Nina lächelte Otte an; sie kannten sich. Der Mann trug grau meliertes Haar, das in kurzen Wellen an seinem Kopf lag. Otte wirkte wie ein Mann, der bei Wind und Wetter draußen war. Ein echter Seebär, auch wenn er Kriminalhauptkommissar war. Sie wettete darauf, dass er ein Boot besaß oder zumindest segeln konnte. Seine Haut war trotz des herbstlichen Wetters leicht gebräunt. Seine Züge markant. Otte hatte die richtige Idee gehabt. Die

Handtasche, der Autoschlüssel, dann Ninas Einwand mit den Gummistiefeln. Die Dinge kamen ins Rollen.

»Hallo, Frau Heinze, Herr Richter. Herr Richter hat mich heute Morgen bereits davon unterrichtet, dass Sie herkommen würden. Es freut mich, Sie wiederzusehen. Ich bedauere, dass die Umstände keine besseren sind. Das ist mein Kollege Kriminaloberkommissar Andreas Schmidt aus Rostock. Er arbeitet mit mir gerade an einem anderen Fall und interessiert sich für das Verschwinden von Astrid Richter.« Die vier gaben einander die Hand.

»Ich schlage vor, Sie zeigen uns, wo Ihr Wagen geparkt ist und wo er gestern Abend stand. Dann sehen wir weiter«, wandte sich Otte an Roland.

Roland nickte und ging voraus. Als sie das Auto erreicht hatten, entriegelte er und öffnete die Tür auf der Seite, auf der der Kindersitz seiner Tochter angebracht war. Im Fußraum lagen ihre Halbschuhe.

»Sie sind noch da.« Er sah enttäuscht aus. »Ich schätze, das bedeutet, dass sie es nicht bis zum Auto geschafft hat, oder?«

Otte sah sich die Situation an. »Da kann ich nur Vermutungen anstellen. Auf dem Weg vom Hotel bis hierher kann etwas passiert sein.«

»Vielleicht hat sie jemand in den Wald gezerrt«, sagte Nina besorgt. Roland sah aus, als hätte sie ihn geschlagen.

»Sie könnte auch in ein Auto auf der Straße eingestiegen sein. Vielleicht war sie bei dem Sturm gestürzt und jemand hatte ihr Hilfe angeboten«, warf der Kollege von Otte ein. Roland warf ihm einen abgehetzten Blick zu.

»Es besteht erst einmal noch kein Grund, das Schlimmste anzunehmen«, beruhigte ihn Otte. »Wir werden jetzt damit beginnen, die Leute, die in der Gegend wohnen, zu befragen, ebenso die Angestellten der Geschäfte unten in der Orangerie. Jemand hat sie möglicherweise gesehen. Das wird uns den nächsten Schritt weiterbringen. Wir setzen einen Fuß vor den anderen. Okay? Lassen Sie uns logisch weiter überlegen. War der Wagen offen, als Sie ihn heute Morgen erreicht haben?« Dieser Satz war an Roland gerichtet.

»Ich weiß es nicht. Ich habe die Angewohnheit, den Drücker zu betätigen, noch bevor ich beim Wagen bin. Als ich bei ihm ankam, war er dann offen«, antwortete er.

»Gut. Wo stand er gestern Abend?«, fragte Otte.

Roland ging mit den beiden Polizisten zwei Reihen weiter nach vorn. Nina folgte ihnen. Sie standen direkt neben dem ehemaligen Fürstenhof. Diese Seite zeigte eine grässliche Putzfassade. Teilweise waren Fenster zugemauert worden, teils das Glas eingeschlagen. Dort, wo Roland heute Morgen offensichtlich in sein Auto gestiegen war, stand ein anderer Wagen. Die beiden Polizisten bückten sich und schauten darunter. Nachdem sie sich ausgiebig umgesehen hatten, kam Otte zu Roland und Nina zurück.

»Auf den ersten Blick kann man hier nichts finden.«

»Wo will ihr Kollege hin?«, fragte Nina, die Schmidt hinterherschaute, wie er an der Hauswand des Fürstenhofes herumging.

»Er will sichergehen, dass sie nicht aus Versehen in einen dieser Kellerabgänge gestürzt ist. Es war ziemlich düster um die Zeit gestern Abend. Schauen Sie sich den Abgang dort vorn an.« Otte ging ein paar Schritte voraus. Sie folgten ihm zur Hauswand.

»Die Stufen sind verwittert und teilweise zerbrochen. Überall wachsen kleine Bäume und Brombeerranken. Alte Eisenstangen und jede Menge Schutt liegen darin. Dasselbe gilt für den Bereich hier oben vor dem Treppenansatz. Sie könnte ausgerutscht sein. Der Parkplatz ist weit genug entfernt, sodass man von dort nicht in den Abgrund schauen kann. Vielleicht hat sie nur noch niemand bemerkt.«

»Ich kann mir nicht vorstellen, was sie hier an diesem Haus gemacht haben soll«, bemerkte Roland.

»Wir wollen nur sichergehen. Kommen Sie. Gehen wir wieder vor zur Straße und schauen uns die Abgänge dort an.

Wir können Kriminaloberkommissar Schmidt entgegengehen.«

Sie gingen im Uhrzeigersinn um das Haus herum und trafen Schmidt etwa in Höhe des Polizeiwagens. Der schüttelte den Kopf, was Nina einen kurzen Stich versetzte, auch wenn sie genauso wenig wie Roland an diese Möglichkeit eines Unfalls geglaubt hatte. Astrid pflegte sicher nicht bei Sturm und Regen in alten Kellerabgängen zu stöbern, nur weil sie neugierig war. Es sähe ihr eher ähnlich, Roland zu schicken, wenn er in der Nähe war.

»Wir werden umgehend nach Zeugen suchen und halten Sie auf dem Laufenden, Herr Richter.«

Eine Frage brannte Nina noch auf den Lippen. »Was ist mit dem Wäldchen?«

»Das schauen wir uns sofort an, nachdem ich den Kollegen Bescheid gegeben habe.«

»Ich begleite Sie«, erwiderte Roland.

KAPITEL 18

Geschützt vor Wind und Wetter kauerte Rolands Frau an der Tür in einem Raum, in dem sie noch nie zuvor gewesen war.

Solange es sich dreht, muss ich die Augen zulassen. Ich muss nur abwarten, Geduld haben, dachte sie. Es wird aufhören, sich zu drehen. Kalt. Es ist so eisig kalt. Ich werde erfrieren. Wo ist die Decke?

Mit einem Mal fiel Astrid der Tote wieder ein, der unter der Decke lag. Sie schlug die Augen auf. Schlagartig hörte der Raum auf, sich zu drehen. Offensichtlich lehnte sie mit dem Rücken zusammengesunken an der verzogenen Holztür. Vor ihr auf der Erde lag ein ziemlich tot aussehender Mann. An seinen Füßen wimmelte es. Haarige braune Gestalten wieselten über den Boden, hielten hin und wieder inne, um dann schmatzende Laute zu produzieren. Ekel stieg in ihr auf und erreichte ihre Kehle. Ein Pochen von ihrem Hinterkopf rief die Erinnerung an ihren eigenen Körper zurück. Ihre Augen suchten den Raum ab. Nichts. Sie war mit ihm allein. Das trübe Glas im Fenster vibrierte bei jeder kräftigen Böe. Pfeifend zog Luft an ihr vorbei durch die undichte Tür. Ohne ihre Augen von dem Ding vor sich zu lassen, rappelte sie sich ganz gemächlich auf. Astrid wusste, dass zügige

Bewegungen zu Schwindel führten und ihr eine erneute Ohnmacht wenig helfen würde. Mit bloßer Willenskraft stemmte sie sich nach oben. Hinter sich ertastete sie eine Türklinke.

Was, wenn dahinter jemand stand? Wer hatte sie hierhergebracht? Wo war er? War er noch hier? Wie lang war das her und – warum?

Ein weiterer Blitz durchzuckte ihre Schläfe. Reflexartig griff sie sich an den Kopf. Der war klebrig und ihre Haut brannte wund unter der Berührung. Astrid zog die Hand zurück und führte sie vor die Augen. Der Geruch nach Eisen stieg ihr in die Nase, noch bevor sie erkennen konnte, was sie da sah. Es war dunkel, doch der kleine Rest ihres Gehirns, der irgendwie noch arbeitete – im Notfallbetrieb –, entschied: Das war Blut, ihr Blut.

Panik stieg auf.

Wo war die bisher geblieben? Ihre Körperfunktionen liefen tatsächlich auf reiner Sparflamme. Astrids Atmung beschleunigte sich und ein unartikulierter Laut löste sich aus ihrer Kehle. Das Geräusch war erschreckend laut in der herrschenden Stille. Für einen Moment fürchtete sie, das Ding auf dem Boden würde den Kopf heben und sie ansehen. Sie hielt den Atem an. Wenn jemand hier war, dann hatte er sie jetzt gehört. Die folgenden Sekunden rührte sie sich nicht.

Sie drückte vorsichtig und leise die Türklinke nach unten und spähte durch den größer werdenden Spalt nach draußen. Ein Luftzug zog die Tür augenblicklich wieder ran und ließ sie knallen. Astrid zuckte zusammen. Verdammt! Der Knall hallte mit Echo wider. Das musste ein großes Gebäude sein. Wo zur Hölle war sie und ... wann? Ihre Orientierungslosigkeit schürte die Angst erneut und ließ ihren Herzschlag galoppieren. Das Pochen an ihrem Kopf wurde stärker. Sie hätte zum Fenster gehen und hinaussehen können. Doch das Ding auf dem Boden davor hielt sie davon ab. Es war Tag doch irgendwie düster.

Astrid wagte einen zweiten Versuch und hielt dieses Mal die Tür deutlich fester. Ein kurzer Kontrollblick auf den Toten bestätigte ihr, dass er sich nicht bewegt hatte. Sie schielte wieder hinaus. Außer einem dunklen Korridor konnte sie nichts ausmachen. Also zog sie die Tür weiter auf und drängte sich nach draußen. Sie achtete sorgfältig darauf, sie hinter sich wieder fest zu verschließen. Der Gedanke, der Mann da drin könnte ihr unbemerkt folgen und würde sich leise anschleichen, ließ ihr das Blut in den Adern gefrieren. Ein leises Knacken war zu vernehmen, als sie sie ins Schloss zog.

Hier war es düster. Nur langsam gewöhnten sich ihre Augen an die Dunkelheit. Ihr Körper fühlte sich schwach an. Sie zitterte bei jedem Schritt. In ihrem Mund schmeckte sie getrocknetes Blut. Die Lippen waren spröde und mit jedem Atemzug wurden sie trockener.

Ich muss hier raus, dachte sie. Draußen wird alles gut.

Doch wohin sollte sie gehen? Vor ihr erstreckte sich ein langer Flur, von dem rechts und links Zimmer abgingen. Die Türen waren meist geschlossen. Nur dort, wo eine offen stand, drangen ein paar Lichtstrahlen in den Flur und leuchteten ihr den Weg. Vor ihr sah es aus, als würde sich der Boden bewegen. Sie zögerte. Drehte sich die Erde wieder? Würde sie gleich wieder umfallen? Nichts passierte. Sie ging langsam näher. Ratten! Astrid verzog die Mundwinkel und tastete sich an den Tieren vorbei. Eine rannte gefährlich dicht an ihren Füßen in die Richtung, aus der sie gekommen war.

»Die wittert Futter.« Der Klang ihrer krächzenden Stimme erschreckte sie. Gleichzeitig war sie erleichtert. Sie lebte noch. Was zur Hölle war passiert? Ihre Hand tastete erneut zu ihrem Kopf, der nach wie vor heftig pochte. Sanft strich sie über die Stelle, die sie als Ursache allen Übels ausmachte. Dort war eine riesige Beule. So groß wie ein Hühnerei. Astrid erschrak. Raus hier! Sie schlurfte vorwärts und erkannte, dass vor ihr auf der rechten Seite plötzlich ein Treppenhaus auftauchte. Die Treppe sah nicht sehr vertrauenserweckend aus. Im gedrechselten Geländer fehlte die ein oder andere Strebe. Das würde sie nicht benutzen. Die ehemals rotbraune Farbe der Stufen war abgetreten und drunter kam feuchtes Holz zum Vorschein. Hoffentlich hielten sie ihr Gewicht. Über dem ersten Podest befand sich ein Fenster. Der Blick nach draußen sagte ihr noch nichts über ihren Aufenthaltsort, doch verriet er ihr, dass sie nach unten gehen musste, um hier raus zu kommen. Augenscheinlich war sie im ersten Stock. Unsicher tastete sie sich an der Wand entlang. Die Stufen hielten mehr, als sie versprachen. Als sie das Podest erreichte, atmete sie erleichtert durch. Eine Treppe lag noch vor ihr. Da unten musste irgendwo der Ausgang sein.

Plötzlich knarrte es über ihr. War da jemand auf der Treppe? Oder in einem Zimmer einen Stock höher? Ihre Augen wurden größer. Sie würde es nicht schaffen!

Ihre Füße bewegten sich automatisch weiter. Sie wusste noch nicht einmal, wo der Ausgang war.

Das war's!

Ihre Atmung wurde schneller. Das Herz raste. Zügig humpelte sie in den nächsten Flur.

Da! Da vorn war eine große doppelflügelige Tür mit Glaselementen. Sie schlackerte bedrohlich unter der Wucht des Sturms, der auf der anderen Seite tobte. Astrid spürte, etwas hinter sich näher kommen. Sie wollte sich nicht umdrehen. Ihr Kopf schrie vor Schmerzen. Sie würde nur Zeit verlieren. Panisch streckte sie einen Arm der immer näher kommenden Tür entgegen. Bitte, lass sie nicht abgeschlossen sein! Bitte!

Ihre zittrigen Finger erreichten den Türdrücker und umklammerten ihn fest. Sie spürte, wie ihr schwindlig wurde.

KAPITEL 19

Kriminalhauptkommissar Otte hatte Roland soeben lang und breit, aber diplomatisch erklärt, weshalb er ihm mehr nützen würde, wenn er zurück zu seinen Kindern ginge. Roland hatte das nicht ohne Weiteres hinnehmen wollen. Er hatte wohl gemerkt, dass man ihn loswerden wollte. Nina konnte es ihm nicht verübeln.

Mit einem Mal ertönte ein Knall gefolgt von zersplitterndem Glas. Es klang, als wäre eine Tür aufgeflogen und hätte eine Glasscheibe zerstört. Der Fürstenhof hatte viele Türen, doch die einzige mit Glaseinsätzen war die große doppelflügelige Eingangstür.

Nina lief sofort nach vorn zur Ecke des Hauses. Die drei Männer folgten ihr auf dem Fuß. Der Anblick, der sich ihnen dort bot, war verstörend. Es hatte angefangen, kräftiger zu regnen. Der Wind zerrte an den Bäumen, ihren Mänteln und zerzauste ihre Haare. Trotz der frühen Stunde am Tage ließ die dicke Wolkendecke kaum Licht durch. Der imposante Eingangsbereich zum Fürstenhof türmte sich als Erkerbau über drei Stockwerke mit Zwiebelturm vor ihnen auf. Eine feudale Empfangstreppe führte zu einer schweren, schwarzen Holztür mit Glaskassetten. Eine Glasscheibe war zersprungen.

Zwischen den Scherben stand Astrid.

Nina spürte einen Krampf in der Speiseröhre.

»Schatz!«, rief Roland. Der Anblick seiner Frau hatte ihm zunächst die Sprache verschlagen. Sie war besudelt mit Blut. Es lief an ihren offenen langen Haaren herunter und verklebte sie krustig. Sie starrte ihn aus einem kalkweißen Gesicht und tiefliegenden großen Augen an. Otte und Schmidt rannten auf sie zu.

Dann wurde sie ohnmächtig und fiel auf die von der Zeit zerfressenen Betonstufen der Horrorvilla. Nina war ihnen gefolgt. Dann ging alles sehr schnell. Die Beamten verständigten ihre Kollegen und ein Krankenwagen und der Notarzt wurden gerufen. Astrid lag zu ihren Füßen, als wäre sie tot. Nina hörte, wie jemand sagte, dass sie atmete. Ihr schwirrte der Kopf. Sie stand plötzlich im Weg und zog sich zurück. Beobachtete aus angemessener Entfernung das Geschehen. Roland sah ebenso hilflos aus. Er hatte Blut an den Händen. Das musste von Astrid stammen. Er fuhr sich damit durchs Gesicht und hinterließ einen hellbraunen Film auf seiner Haut.

»Einer kann im Krankenwagen mitfahren«, hieß es irgendwann. Nina hatte jedes Gefühl für Zeit verloren.

»Mach du das. Ich gehe zurück zu den Kindern. Ruf mich sofort an, sobald du kannst.« Nina klopfte Roland auf den Rücken. Redete sich ein, ihn aus der Schockstarre reißen zu wollen. Tatsächlich half ihr die Bewegung, nicht in Panik zu geraten.

Roland nickte nur und stieg in den Wagen, nachdem man seine Frau auf einer Bahre reingeschoben hatte. Nina wandte sich ab. Hier konnte sie nichts mehr tun. Sie hatten sie gefunden. Tränen liefen ihr die Wangen herunter, während sie zurücklief. Sie sprintete wieder. Wollte so schnell wie möglich zu den Kindern. Sagen, dass es Mama gut ging.

Sagen, dass sie bald bei ihnen sein würde. Sie sehnte sich danach, die Kleinen jetzt in den Arm zu nehmen.

KAPITEL 20

Kriminalhauptkommissar Ullrich Otte sah Nina Heinze weit hinter den Gleisen auf das Hotelgelände abbiegen. Alle Privatpersonen hatten nun das Gelände verlassen. Als der Krankenwagen mit den Richters davongefahren war, ging Otte mit Andy rein. Sie hatten die alte Doppelflügeltür zum Fürstenhof geöffnet. Drinnen in dem hohen verwaisten Raum, den sie sahen, herrschte eine staubige, fast kathedralenhafte Atmosphäre. Sie mussten die Villa genauer untersuchen.

Was war hier vorgefallen? Otte schubste die zersplitterten Scheiben auf der Erde mit einem Fuß zur Seite. Sie hinderten ihn daran, den Türflügel richtig zu öffnen. Es knirschte unter seinen Sohlen, als er das verlassene Gebäude betrat. Hinter ihm schloss Andy die Tür wieder, leider ohne großen Erfolg. Durch die zerstörte Scheibe jagte der Wind in Böen hindurch, verfing sich in den Ecken des alten Gemäuers und erzeugte heulende Laute, wenn er an anderer Stelle weit entfernt durch kaputte und undichte Fenster entwich. Das wenige Tageslicht an diesem stürmischen Tag genügte nicht, um ausreichend Licht in diese Villa zu bringen. Andy schaltete seine Taschenlampe an. Im Strahl der Lampe tanzte der Staub, sodass es Otte allein vom Anblick in der Nase kribbelte. Er rieb sie sich mit dem Finger, während sie langsam den Flur entlangschritten. Andy leuchtete beim Gehen jede Ecke aus, doch bis auf vorbeihuschende Ratten hatten sie noch nichts entdeckt, das ihre Aufmerksamkeit erregte. Es kribbelte ihn erneut und er holte sein Taschentuch aus der Tasche, um den Nieser abzufangen.

»Du riechst es auch, oder?« Andy war kurz stehengeblieben.

»Was meinst …?« Otte hielt an und sah zu seinem Kollegen. Im selben Moment erreichte ihn die Erkenntnis und sie sagten beide unisono: »Ein Toter.«

Langsam gingen sie weiter. Andy sprach etwas in sein Funkgerät und gab den Kollegen Anweisungen, die bereits draußen die ersten Absperrungen vornahmen. Otte stieß eine Tür nach der nächsten auf und sie ließen den Strahl der Taschenlampe durch die einsamen Zimmer gleiten. Bis auf Spinnweben und abgeblätterten Putz fanden sie nichts.

»Hast du dich mit Thea inzwischen ausgesprochen?«, wollte Andy wissen. Otte grummelte eine Antwort, die so ziemlich alles heißen konnte.

»Was sträubst du dich so? Du hast doch eine tolle Frau an deiner Seite. Versau das nicht auf deine alten Tage. Alles, was sie von dir will, ist, dass ihr den neuen Lebensabschnitt aktiv beschreitet.« Andy sah ihn nicht an, sondern suchte mit den Augen weiter seine Umgebung ab. Otte konnte aber seinen geringschätzigen Gesichtsausdruck ahnen.

»Den neuen Lebensabschnitt? Du Grünschnabel! Du hast leicht reden. Anfang dreißig und fünf Minuten verheiratet«, brummte er.

Sie stiegen langsam eine hölzerne Treppe hoch. Der Geruch wurde stärker. Otte schupste eine Ratte mit dem Fuß beiseite, die dicht neben seinen Beinen lief. Andy bog vor ihm in einen langen Gang ab.

»Sie will halt was erleben. Was ist daran verkehrt? Und sie will nicht allein sein. Das ist ja wohl verständlich.«

Otte stöhnte. Das war kein Thema, das er mit Andy diskutieren wollte.

»Ich weiß nicht, was du von mir willst. Du kennst doch den Job. Es hat sich nichts geändert. Wieso auf einmal das ganze Theater?«

»Vielleicht ist sie der Meinung, dass sich etwas ändern muss. Immerhin werdet ihr nicht jünger.«

»Danke, Herr Doktor. Woher nimmst du eigentlich deine Expertise?« Otte bereute, dass er Andy gesteckt hatte, was gestern Abend geschehen war. Dass es Streit gegeben hatte, nachdem er zu spät zum Essen kam. Zu spät, weil ihn der Job davon abhielt. Weil es mehr Arbeit als Mitarbeiter gab. Weil die ersten Informationen über die Tote in Nienhagen eingetroffen waren. Informationen aus der Vernehmung ihres Lebensgefährten Christian Kleinert in Berlin.

»Das ist doch nicht böse gemeint. Ihr seid unsere Freunde und wir leiden mit euch, wenn ihr Stress miteinander habt.«

»Wir? Soll das heißen, Iris weiß darüber Bescheid?« Otte blieb stehen und sah seinen jungen Kollegen vorwurfsvoll an. Der verharrte ebenfalls und schluckte kurz. »Na, ich habe ihr davon erzählt. Das ist doch nicht schlimm. Sie kann als Ehefrau eines Polizisten sehr gut verstehen, wie es Thea geht. Sie wünscht sich auch mehr gemeinsame Zeit mit mir.«

»Und? Kannst du das einrichten? Sag mir doch bitte, was du jetzt ändern willst, um diesem Wunsch nachzukommen. Erleuchte mich!« Wann zur Hölle hatte er das mit Iris besprochen?

»Kein Grund so an die Decke zu gehen.« Andy lief wieder weiter. Otte folgte ihm.

»Vielleicht solltet ihr einfach mal miteinander reden. Das ist alles, was wir ... was ich finde. Vielleicht kann Thea dir sagen, wie du es ändern kannst.«

»Das weiß ich jetzt schon. Weniger arbeiten! Das hat aber nichts mit der Realität zu tun. Würdest du bereits mit Anfang fünfzig deine Stunden reduzieren wollen. Nicht dass diese

Möglichkeit jemals zur Debatte stünde. Aber kannst du dir das vorstellen? Du liebst deinen Job doch ebenso wie ich.«

»Nein. Natürlich nicht. Möglich, dass ihr einfach nur eure freie gemeinsame Zeit intensiver nutzen müsstet.«

Otte drehte die Augen nach oben. Augenscheinlich war das kein neues Thema im Hause Schmidt. War es denn bereits Stadtgespräch, dass er und Thea Probleme hatten? Gemeinsame Zeit intensiver nutzen. Genau das hatte Thea bereits zu ihm gesagt. Vor Wochen. Er war jetzt Mitglied in einem Zeichenclub. Als Nächstes würde sie ihn zum Töpfern schleifen, und wenn es ganz schlimm käme, womöglich auch eine Fastenwoche in Betracht ziehen. Achtsamkeit mit sich und seinem Körper standen gerade ganz hoch bei ihr im Kurs. Otte konnte dieses Wort nicht mehr hören. Dieses pseudointellektuelle Geschwafel ihrer Frauenratgeber, das sie sich in letzter Zeit zu eigen machte. Wo blieb der gesunde Menschenverstand? Mussten wir uns in diesen Zeiten so oft selbst im Spiegel betrachten, bis wir zu dem einzig logischen Schluss kamen, dass wir unglücklich waren – sein mussten – unvollkommen und unwissend? Ottes Kopf drehte sich. Das war nicht gut. Der Fall war das Einzige, das momentan zählte. Um das Private konnte er sich nach der Arbeit kümmern. Andy hatte scheinbar inzwischen auch erkannt, dass er von ihm wenig Flexibilität zu diesem Thema erwarten konnte, und die Klappe gehalten.

Sie öffneten in dem neuen Flur einen Raum nach dem anderen. Es gab noch mehr Stockwerke. Dieses Prozedere würde einige Zeit in Anspruch nehmen. Die Kollegen draußen warteten auf sein Zeichen und hielten sich momentan noch zurück. Andy drückte die Klinke einer Tür herunter und öffnete den Raum, während er mit dem Strahl der Lampe hereinleuchtete.

Bingo! Ein leichter Schwall von Verwesungsgeruch erreichte Ottes Nase und er nahm sein Taschentuch erneut aus der Hosentasche, um es sich vor das Gesicht zu halten. Vor ihnen lag ein Mann, umringt von einer Schar Ungeziefer, das über den alten staubigen Boden wieselte, gierig darauf, das tote Fleisch von den Knochen zu nagen. Die Ratten ließen sich auch kaum stören, als Otte und Andy den Raum betraten; sie wichen nur widerwillig, teils streitlustig von ihrer Beute. Otte teilte den Kollegen die neue Lage mit und forderte die Spurensicherung an, die sich bisher unauffällig im Hintergrund gehalten hatte. In der Ecke des Raumes bemerkte Otte einen Mantel. Der wirkte wie ein Kleidungsstück, das eine Frau tragen würde.

»Den Arzt werden wir wohl nicht brauchen.«

»Scherzkeks.« Otte sah Andy durch schmale Augenschlitze an, während der leise kicherte. Der Job hatte auch bei diesem jungen Mann bereits seine Spuren hinterlassen.

Ottes Blick glitt über die Würgemale am Hals des Toten und die hervorgequollene Zunge. Sie war bräunlich und vertrocknet. Er trug ein weißes edles Hemd und eine dunkle Anzughose. Keine Jacke. Seine fahle Haut schillerte bläulich, die Netzhaut der stumpfen Augen war grau-weißlich. Sie hatten jeden Glanz verloren.

Andy trat mit dem Fuß gegen eine fette Ratte, die mutig auf ihrem Posten geblieben war und sich nicht durch die Neuankömmlinge davon abbringen ließ, am rechten Ohr des Toten zu nagen. Sie quiekte wütend, als sie die Schuhspitze ans andere Ende des Raumes beförderte. Andy zuckte nicht mal mit der Wimper. Otte betrachtete bewundernd, wie methodisch der junge Mann danach bei seiner Arbeit vorging. Wie sachlich er den Tatort betrachtete. Ihm war das in diesem Alter nicht so leicht möglich gewesen.

»Der Kerl sieht aus wie ein Kobold, findest du nicht auch?« Andy grinste wieder. Viele von Ottes Kollegen hatten mit den Jahren tiefschwarzen Humor entwickelt oder überspielten ihre Gefühle mit Sarkasmus.

»Du meinst wegen der roten Haare?«

»Ich denke, dass er den verborgenen Topf Gold am Ende des Regenbogens nicht mehr gefunden hat.« Andy kniete sich neben den Toten und betrachtete ihn aus der Nähe. Hinter ihnen hörte Otte die Kollegen, und er machte Platz, um sie durch die Tür zu lassen.

»Ich kann es kaum erwarten zu erfahren, was Frau Richter uns erzählen wird«, sagte Andy. »Glaubst du, sie weiß von ihm?«

»Schwer zu sagen.« Otte fuhr sich durch die Haare. »Das ist ein riesiges Haus. Möglich, dass sie sich in einem ganz anderen Teil aufgehalten hat.«

Sie gingen beide ein paar Schritte auf den Flur hinaus und ließen den Kollegen und dem Arzt etwas Raum. Otte lenkte Andys Blick auf den Boden. »Das sieht aus, als hätte hier jemand etwas Großes über den Fußboden geschleift.«

Andy schwenkte seine Taschenlampe nach unten und betrachtete den langen gesäuberten Bereich auf dem Dielenboden, der sich deutlich von den verdreckten Streifen links und rechts daneben abhob.

»Das ist mir vorhin entgangen. Da hätten wir uns die Suche nach dem richtigen Raum sparen können.« Er wirkte enttäuscht.

»Kopf hoch. Mir ist es auch eben erst aufgefallen. In diesem Mausoleum ist es einfach zu dunkel. Kein Wunder bei dem Sturm, der da draußen tobt.«

»Sobald die Richter vernehmungsfähig ist, werden wir sie fragen. Lass uns beten, dass sie durchkommt.«

»Der Täter hat vermutlich nicht damit gerechnet, dass sie wieder aufwacht.«

»Vermutlich. Ich werde jemanden vor ihr Krankenzimmer stellen, nur um ganz sicher zu gehen.« Durch die geöffnete Tür beobachtete Otte den Arzt bei seiner Untersuchung. Gerade wendete er den Toten vorsichtig. Otte drehte sich zu seinem Kollegen und sagte: »Ich habe da so ein komisches Gefühl. Ich möchte dich bitten hierzubleiben und alle Informationen zu sammeln, die du erhalten kannst. Ich will versuchen herauszufinden, um wen es sich handelt.«

»Was hast du vor?«

»Guck dir die Klamotten an. Hast du seine Schuhe gesehen? Als Erstes werde ich die paar hundert Meter zum Hotel fahren und mich dort erkundigen, ob ihn jemand kennt. Er sieht mir aus, als hätte er sich die Übernachtung dort gut leisten können. Vielleicht haben wir Glück.«

Andy hielt ihn auf. »Was glaubst du, hat er mit Astrid Richter zu tun?«

»Das werden wir herausfinden.«

KAPITEL 21

Nina hatte Astrids Kinder inzwischen aus dem Kids-Club geholt und war mit ihnen essen gewesen. Anschließend gingen sie gemeinsam auf das Zimmer ihrer Eltern. Leni und Emil saßen mit einigen Büchern auf der Couch, Nina dazwischen. Sie las daraus vor. Trotz fehlender Informationen hatte sie sich ein wenig entspannt. Die Dinge würden sich nun sicher zum Guten wenden.

Ein sanftes Klopfen ließ sie ihren Kopf heben. Sie entschuldigte sich bei den Kids und ging nach vorn, um die Tür zu öffnen. Das Reinigungspersonal. Ein dunkelhaariges Mädel schätzungsweise Mitte zwanzig stand vor ihr und lächelte sie an. »Soll ich später zurückkommen? Wann passt es Ihnen?«, fragte sie mit leicht slawischem Klang.

»Kommen Sie gern rein. Wir werden Sie nicht stören. Ich bin mit den Kindern im Wohnzimmer. Wir gehen gern so lang ins Schlafzimmer, sobald Sie dort fertig sind, wenn es Ihnen recht ist.«

Die Frau nickte lächelnd und trat ein. Nina schmökerte noch eine Weile mit den Kindern in den Büchern, bis die Reinigungskraft den schweren Staubsauger in den Wohnraum der Suite gehievt hatte. Nina schnappte sich die

Bücher und motivierte Leni und Emil, auf dem großen Elternbett weiterzulesen. Die Frau war für einen Moment wieder im Flur verschwunden und tauchte kurz darauf mit einem Staublappen in der Hand im Wohnzimmer auf.

»Da ist heute ziemlich was los«, sagte sie mit einem Blick aus dem Fenster.

»Was meinen Sie?«

»Die vielen Polizeiwagen. Sie fahren immer noch hier lang. Es wurde eine Tote gefunden.«

»Eine Tote?« Nina schloss hastig die Tür zum Schlafzimmer und ging näher auf die Frau zu. »Woher haben Sie das?«

»Das erzählt man sich unter meinen Kollegen.«

»Da irren Sie sich. Die Frau ist noch am Leben. Sie ist gerade ins Krankenhaus gefahren worden.« Nina spürte Wut aufsteigen. Sie bremste diese Gefühlswallung. Die Frau ihr gegenüber war sicher nur ein Opfer des Tratsches. Dennoch. Sie hatte das Bedürfnis, die Sache richtigzustellen.

»Nein, nein. Ich ganz sicher. Sie haben sie früh gefunden. Gestern. Zwei Kinder, am Strand. War ganz blau. Einem Kollegen haben sie ein Bild gezeigt. Der hat sie erkannt.«

Nina packte die Neugierde. »Wann war das?«

»Gestern früh. Sie sind gegen Mittag hier gewesen.«

»Und man hat sie hier am Strand gefunden?«

»Nein, nein. Das in Nienhagen. Unterhalb vom Gespensterwald. Sie war dort oben die Kante runtergerutscht und unten auf Strand gelandet.«

Nina war ein Stück weit erleichtert. Das hatte alles nichts mit Astrid zu tun. »Woher wissen Sie das?«

»Ach, wird viel geredet. Ich wohne hier in Gegend, wie die meisten Kollegen.«

Nina setzte sich auf die Couch. Die Frau begann die Schränke abzustauben.

»War die Tote eine Kollegin von Ihnen?« Nina griff sich ergriffen an die Kehle.

»Nein. Ich sie nicht kennen.«

»Wieso war die Polizei dann hier im Hotel? Gestern, sagten Sie, richtig?«

Die Frau nickte heftig. »Sie haben jemanden gesucht, der sie gesehen hatte. Muss eine Dame mit Geld gewesen sein. Nicht aus Gegend. Hat hier in Hotel gewohnt.«

»Ein Hotelgast?« Nina zog augenblicklich die Parallele zu Astrid.

»Ja. Soweit ich weiß.« Sie brachte ihren Lappen zurück in den Flur und kam zurück, um das Bett der Kinder zu machen. Ihre Schritte waren auf dem hochflorigen Teppich nicht zu hören. Nina wusste nicht, was sie noch fragen konnte. Wusste nicht, ob diese Informationen überhaupt relevant waren. Gab es einen Zusammenhang zu dem Schicksal ihrer Freundin? Was war das überhaupt für ein Schicksal? Noch hatte sie nichts von Roland gehört.

»Wissen Sie, wie die Frau hieß? War sie mit ihrer Familie hier?«

»Das kann ich Ihnen nicht sagen. Habe nicht gefragt. Aber ich habe gehört, dass sie fast vollständig von Sand verschüttet gewesen sein soll. Nur der Oberkörper hat herausgeguckt.«

Sie warf Nina einen bedeutungsvollen Blick zu.

»Wahrscheinlich ermittelt Polizei immer noch.« Die Frau zuckte mit den Schultern und wandte sich dann ohne Vorwarnung direkt ihrer Arbeit zu. Nina würde nichts weiter erfahren. Wahrscheinlich hatte die Frau ohnehin alles erzählt, was sie wusste.

KAPITEL 22

Der zinkfarbene Himmel vor dem Fenster von Astrids Krankenhauszimmer wandelte sich allmählich in frustrierendes Mausgrau. Regen prasselte gegen die Scheibe und sorgte gemeinsam mit dem monotonen Piepen des Herz-Kreislaufmonitors für eine bedrückende Stimmung. Nina hielt die Hand ihrer Freundin fest in ihrer und streichelte sie vorsichtig. Ihre Kehle brannte. Sie griff sich für einen Moment an den Bauch, da wo das Zwerchfell saß. Die ganze Aufregung hatte ihr Sodbrennen hochkochen lassen. Sie verzog den Mund und atmete ruhig ein und aus. Diese Wehwehchen mussten jetzt warten. Astrids Gesundheit war das Einzige, auf das es momentan ankam.

Roland war vor ein paar Minuten hinausgegangen, um mit dem Arzt zu sprechen. Nina konnte kaum abwarten zu hören, was der zu Astrids gesundheitlicher Situation zu sagen hatte. Am liebsten wäre sie mitgegangen.

Nina hatte eine Weile im Dunkeln getappt, was Astrids Zustand anbelangte. Als Roland sie schließlich angerufen hatte und ihr erzählte, wie es seiner Frau ging, hatte Erleichterung sie übermannt. Vor lauter Aufregung hatte sie den Kindern erzählt, dass ihre Mutter bald kommen würde.

Das war sicherlich etwas übereilt gewesen, wenn man bedachte, dass sie noch keine Ahnung hatte, wie lang Astrid im Krankenhaus würde bleiben müssen.

Nina hatte im Hotel einen Babysitterservice für Leni und Emil gebucht und sich, sobald es ihr möglich war, in ihren Mini gesetzt, um ins Krankenhaus zu fahren. Die Fahrt hatte nicht mehr als zwanzig Minuten in Anspruch genommen. Das Krankenhaus lag idyllisch kurz vor dem Ortsausgang in Bad Doberan.

Hatte sie nach dem ersten Lebenszeichen ihrer Freundin noch frohlockt, so war es beim Betreten des Gebäudes dem typischen Geruch nach Desinfektionsmittel und Scheuermilch gelungen, ihrem Optimismus die Flügel zu stutzen.

Sie saß an Astrids Bett, hielt ihre schwache Hand und fragte sich, ob ihre Freundin tatsächlich schon in Sicherheit war. Was, wenn sich ihr Zustand verschlechterte? Besorgt blickte sie auf Astrids verbundenen Kopf und ihre unterlaufenen Augen. Sie schlief. Nina wusste nicht, ob man ihr etwas gegeben hatte oder ob das die Erschöpfung war – möglicherweise führte auch ihre Verletzung dazu, dass sie hin und wieder wegtrat. Ihr blutleeres Gesicht regte sich nicht, während sie regelmäßige Atemzüge tat. Der Monitor zeigte stabile Werte an. Auch wenn Nina keine Ahnung von der Materie hatte, beruhigte sie die Tatsache, dass Astrids Herzschlag gleichmäßig dargestellt wurde.

Plötzlich hörte sie hinter sich, wie die Tür aufging und jemand den Raum betrat. Sie schnellte herum und war sehr erfreut Roland im Zimmer zu sehen.

»Was sagt er?«

Roland zog sich einen Stuhl neben das Bett und setzte sich ihr gegenüber. »Es ist offensichtlich noch zu früh, um etwas zu sagen. Sie haben eine Computertomografie mit ihr gemacht und festgestellt, dass der Schlag bei ihr Hirnblutungen ausgelöst hat. Eigentlich müssen es zwei Schläge gewesen sein, nach dem, was sie zuvor im MRT gefunden haben.« Roland schluckte und Nina sah, dass er sich sehr beherrschen musste. Er atmete tief ein. Seine Augen glitzerten. »Der Scheißkerl hat mehr als einmal auf sie eingeschlagen.« Bei den Worten griff er sich mit der Hand spontan vor den Mund und schaute nach unten auf Astrids Decke. Dann sah er Nina direkt an. »Sie hat unglaubliches Glück gehabt, weißt du das? Der Arzt sagte, dass nach der Wucht, die Wahrscheinlichkeit an dem Schädel-Hirn-Trauma zu sterben, deutlich über der Wahrscheinlichkeit gelegen hat, dass sie wieder aufwacht. Es ist ein wahres Wunder, sagt er.« Jetzt lächelte Roland zaghaft, eine Träne lief ihm über die Wange. Nina stand spontan auf, ging zu ihm und drückte ihn.

»Sie hat tatsächlich sehr geringe Verletzungen im Verhältnis zu der Schwere der Attacke auf sie.« Er schmunzelte und schüttelte leicht den Kopf. »Das muss an ihrem Dickschädel liegen.«

Nina lachte laut auf. Die Anspannung entwich ihrem Körper wie die Luft aus einem geöffneten Ballon.

»Wie geht es jetzt weiter?«

Roland räusperte sich. »Sie hat leichte Blutungen gehabt, die Ärzte konnten ein Hämatom ausmachen. Das ist jetzt noch nicht so groß, dass man operieren muss. Sie werden sie engmaschig beobachten und entscheiden, wie es weitergeht, sobald sich eine Veränderung zeigt. Es ist durchaus möglich, dass sie das Schlimmste überstanden hat und sich das Ganze zurückbildet. Es kann aber auch sein, dass es wächst, dann müssen sie handeln. Sie bekommt Medikamente und wir können derzeit nur hoffen, dass alles gut wird.«

Nina, die sich inzwischen ihren Stuhl neben Roland gezogen hatte, drückte ihm fest die Hand. »Das wird es. Ganz sicher.«

Einen Moment breitete sich so etwas wie Stille aus, trotz des piependen Monitors und des Regens an der Fensterscheibe. Nina wusste nicht, ob es noch zu früh war, Roland auf die Umstände anzusprechen, unter denen Astrid gefunden worden war. Sie konnte die Reste der Blutspuren im Gesicht ihrer Freundin noch sehen. Man hatte es nur oberflächlich gereinigt. Sie wollte wissen, was vorgefallen war. Nina versuchte es über einen Umweg. »Was sagt Kommissar Otte?«

Roland wirkte inzwischen gefasster. »Er hat in dem Moment, in dem wir Astrid gesehen hatten, bereits den Krankenwagen gerufen. Sein Kollege hat noch versucht, sie anzusprechen, aber das war sinnlos. Sie war komplett weggetreten. Ein paar Minuten später war der Krankenwagen da und ich bin mit ihr mitgefahren. Aber das weißt du ja, entschuldige. Ich steh etwas neben mir. Wir hatten wenig Möglichkeiten, miteinander zu sprechen. Kurz bevor ich zu dir ins Zimmer gekommen bin, habe ich ihn angerufen. Ich wollte ihm zumindest berichten, wie es ihr geht und was der Arzt gesagt hat. Er sagte mir, er würde morgen gern vorbeikommen, wenn es uns recht wäre. Für den Fall, dass sie ansprechbar wäre. Er hat keinen Druck gemacht, aber ich unterstütze natürlich den raschen Fortgang der Ermittlungen. Ich will alles tun, das in meiner Macht steht, damit sie dieses Schwein kriegen!«

Nina war einen Moment nachdenklich. »Jemand hat versucht, sie zu töten. Womöglich glaubte derjenige auch, dass er damit Erfolg gehabt hätte.« Nina sog scharf den Atem ein. »Sag mal, Roland, wenn Astrid angegriffen worden ist, weil sie tatsächlich einen Mord beobachtet hat, und der Täter mitbekommt, dass er versagt hat …«

»Du meinst, dass er es noch mal versuchen wird?«

Nina nickte heftig.

»Das hat die Polizei einkalkuliert. Vor ihrem Zimmer steht seit einigen Minuten ein Beamter, der regelmäßig abgelöst wird. Mitbekommen hat der Täter es sicherlich. Gemeinsam mit dem Krankenwagen sind einige Polizeifahrzeuge erschienen, vermutlich um das Haus zu untersuchen, aus dem sie gekommen ist.«

»Ja, du hast recht. Die habe ich gesehen, als ich vorhin mein Auto geholt habe. Da war der Teufel los. Das war ein ziemliches Aufgebot dafür, dass Astrid einigermaßen heil aus der Villa wieder rausgekommen ist.« Nina schauderte.

Roland sah sie entsetzt an.

»Was ist?«

»Ich habe mir nur gerade überlegt, was sich da drinnen zugetragen hat. Mein armer Schatz.«

Er legte die Stirn in Falten.

»Es muss schrecklich für sie gewesen sein. Was, wenn sie erst entführt wurde und der Kerl etwas Schreckliches mit ihr angestellt hat, bevor er sie niederschlug? Was, wenn es mehrere waren?«

Nina sah ihn ernst an. Diese Befürchtungen waren ihr auch schon gekommen. »Wir können nur abwarten, was sie uns erzählt, wenn sie wieder wach wird. Ich hoffe, sie kann ihn identifizieren.«

Roland nickte.

»Roland? Was ist eigentlich mit Leni und Emil?«

Er schaute sie erstaunt an. Nina hatte die Augen aufgerissen. »Nein, nein. Versteh mich nicht falsch. Ich habe sie, wie abgesprochen, in die Betreuung gegeben. Aber das ist es, was ich meine. Sie sind dort unter Fremden. Wir wissen nicht, wer der Attentäter ist und wahrscheinlich weiß er inzwischen, dass er nicht erfolgreich war. Was ist, wenn er im Hotel arbeitet? Er könnte ohne Probleme zu den Kindern gelangen. Vielleicht sind sie in Gefahr. Sie sind doch das beste Druckmittel, das er gegen euch in der Hand hat. Vielleicht würde er so verhindern wollen, dass Astrid redet.«

Roland verharrte einen Moment und schien nachzudenken. Dann sagte er: »Es ist vielleicht ein bisschen weit hergeholt, aber es ist besser auf Nummer sicher zu gehen. Ich persönlich würde vermuten, dass er abhaut und hofft, dass er nie gefunden wird.« Er stand auf. »Macht es dir was aus, noch ein bisschen bei ihr zu bleiben? Nur für den

Fall, dass sie wach wird. Ich will nicht, dass sie dann allein ist. Ich fahre schnell zu den Kindern.«

»Ist gut. Du kannst dich auf mich verlassen.«

Er küsste sie auf die Wange und ging zügig nach draußen. So sicher schien er sich doch nicht zu sein, dass keine Gefahr für die beiden bestand.

KAPITEL 23

Die Aufregung um sich herum spürte Astrid nicht. Sie hing immer noch in den Gedanken fest, die ihr keinen Frieden lassen wollten. Die Welt, die ihr zuvor Sicherheit gegeben hatte, öffnete erneut ihre Pforten.

Sie schwamm durch den Pool, und ihre Kinder erklärten ihr gerade, warum der Sohn von Heike und Axel im Whirlpool verweilen müsse, anstatt mit ihnen durch den großen Pool zu toben.

»Er hat immer Schmerzen im Rücken und soll deshalb in den Whirlpool. Seine Mama kennt sich da aus. Sie ist Krankenschwester«, sagte Leni.

»Krankenschwester? Woher hast du das?«

»Nein, Mama. Leni irrt sich. Sie arbeitet in einem Pflegeheim, als Pflegerin«, ergänzte ihr Großer.

Astrid war verdutzt. Sie dachte, die Frau würde Krimis schreiben. Hatte sie ihnen das nicht erzählt? »Woher habt ihr das?«

»Tyler hat's erzählt. Vorhin im Pool. Er sagt, seine Mama bringt oft schöne Dinge mit, wenn sie von der Arbeit kommt.« Emil schaute sie bierernst an.

»Was denn für Dinge?«

»Keine Ahnung. Hat er nicht gesagt.« Emil hatte genug von der Plauderei und schwamm davon.

Astrid ging zu ihrem Mann, der auf einer Liege lag und so tat, als würde er ein Buch lesen. In Wirklichkeit lag er auf der Seite, eingewickelt in eine große Rolle Speck, die Hand mit dem Buch vor der Nase, die Augen geschlossen. Die Geräusche ihrer planschenden Kinder hallten in dem großen Raum wider, und sie schaute nachdenklich auf die beiden Kinder der Wagners, die mit ihrem Spiel nach wie vor jeden älteren Besucher vom Whirlpool abhielten.

Nach einigen Minuten hielt sie es nicht mehr aus und stupste ihren Mann an, bis er wach wurde.

»Was? Wie?« Roland schreckte hoch und brauchte sichtlich einen Moment, um die Realität zu begreifen. »Warum lässt du mich nicht schlafen?« Er schien verstimmt zu sein.

»Ich muss dir was erzählen.« Ihre Stimme hatte einen verschwörerischen Unterton angenommen. »Tyler hat den Kindern erzählt, seine Mutter arbeite in einem Pflegeheim.«

»Na und? Dafür weckst du mich?«

»Findest du das nicht merkwürdig? Uns hat sie erzählt, sie schreibt Kriminalromane. Wozu diese Scharade?«

Roland rappelte sich hoch. Gut, dass er einsah, dass es keinen Sinn hatte, sich gegen dieses Gespräch zu sträuben.

»Das eine schließt doch das andere nicht aus.«

»Ich finde es sehr merkwürdig, dass sie als Pflegerin arbeitet, Krimis schreibt und sich diesen Luxus leisten kann, weil sie scheinbar eine enorme Erbschaft angetreten haben. Das passt alles nicht zusammen.«

»Wer sagt dir, dass sie noch als Pflegerin arbeitet? Vielleicht hat sie den Job längst an den Nagel gehängt. Krimis wird sie sicherlich schreiben, weil es ihr Spaß macht. Da spielt das Geld keine Rolle.«

»Findest du nicht, dass die Sache mit der alten Frau und dem Erbe ein Geschmäckle bekommt, wenn man weiß, dass sie Pflegerin war?« Astrid starrte ernüchtert aufs Wasser. Emils Satz mit den schönen Dingen spukte ihr im Kopf herum.

KAPITEL 24

Vor dem Krankenhausfenster war es dämmrig. Im Zimmer konnte man inzwischen kaum etwas sehen. Nina hatte ihre Freundin nicht stören wollen und vor einer Weile das Licht ausgeschaltet. So spät war es doch noch gar nicht!

»Da ... da ...« Dann deutlich lauter. »Da stimmt was nicht.«

Nina schreckte hoch. Sie war kurz eingenickt. »Astrid?«

Sie sah, wie ihre Freundin die Lider bewegte und ein Muskel am Mund schwach zuckte. Dann bewegten sich Astrids Lippen stärker. »Sie hat ... angelogen.«

»Was sagst du? Astrid?« Nina stand schnell auf und brachte ihr Ohr ganz dicht über die Lippen von Astrid. Die schlug auf einmal die Augen auf und sah sie an. Nina lief vor Freude spontan eine Träne über die Wange. Sie griff nach ihrer Hand und drückte sie fest. »Gott sei Dank! Du bist aufgewacht!«

Astrid sah sie an. Nina vermutete, dass sie ihren Anblick nicht zuordnen konnte, deshalb fuhr sie schnell fort: »Roland hat dich im ehemaligen Fürstenhof gefunden. Du bist jetzt in Sicherheit, im Krankenhaus. Ich bin gekommen, so schnell ich konnte. Du weißt doch noch, dass du mich eingeladen hast? Ich war so unglücklich, wegen Erik und du wolltest mich aufmuntern. Ein bisschen Spa, viele Frauengespräche – ganz wie in alten Zeiten.«

Nina merkte, wie ihr die Aufregung über Astrids Erwachen den Puls beschleunigte und sie anfing, sich mit ihren Sätzen zu überschlagen. Sie musste ruhiger werden. Astrid schluckte einmal, sagte aber immer noch nichts. Ihre Augen wanderten durch den Raum.

»Willst du, dass ich eine Lampe anmache?« Nina wartete nicht auf eine Antwort, sondern knipste ein gedimmtes Licht am Kopfende des Krankenbettes an. Astrid zuckte beim ersten Lichtstrahl zusammen und machte eine Armbewegung, als wollte sie sich an den Kopf fassen. Nina tat ihr überstürztes Verhalten bereits leid und sie beugte sich nach vorn, um die Lampe wieder auszuschalten.

»Nein.«

Nina hielt inne. Sie lächelte. Dann griff sie nach der Hand ihrer Freundin. »Wie fühlst du dich?«

Astrid verzog das Gesicht. »Wo ist Roland?«

»Er ist zu den Kindern gefahren. Er war die ganze Zeit bei dir, aber ich habe ihn für eine Weile abgelöst, damit er sich ausruhen kann.« Von ihrer Sorge in Bezug auf die Kinder sagte Nina nichts. Sie war erleichtert gewesen, als sie vorhin eine SMS von Roland erhalten hatte, dass bei ihnen alles in Ordnung wäre. Sie würden jetzt gemeinsam Kuchen essen gehen. »Ich kann ihn aber sofort anrufen und dann ist er innerhalb kürzester Zeit hier. Soll ich das machen?«

»Schon gut. Lass sie essen gehen. Weißt du, wann ich heimkann?«

Die Frage erwischte Nina kalt. »Leider nicht. Das hängt ganz von deinen Fortschritten ab. Du hast ziemliches Glück gehabt. Weißt du, was passiert ist?«

Astrid atmete tief ein, sie wirkte angestrengt. »Ich erinnere mich noch, dass wir schwimmen waren. Diese schrecklichen Kinder sind mir ziemlich auf die Nerven ... gegangen.«

Nina runzelte die Stirn. So hatte sie Astrid noch nie über Leni und Emil reden hören.

»Ich denke, es ist eine gute Idee, wenn ich dem Arzt Bescheid sage. Er wird sich freuen zu hören, dass du aufgewacht bist. Vielleicht hast du ja auch ein bisschen Hunger? Nach meiner Erfahrung muss man im Krankenhaus immer schnell sein, wenn man etwas zu essen haben will. Wenn man zu spät kommt, gibt's nichts mehr.« Sie zwinkerte Astrid zu und betätigte dann den Knopf, um die Schwester zu verständigen.

Nach einigen Augenblicken wurde sie unruhig. Niemand kam herein. Also entschuldigte sie sich kurz bei ihrer Freundin und stand auf, um den Kopf aus der Tür zu stecken. Ihr Blick traf auf den eines attraktiven, jungen Beamten, der vor dem Krankenzimmer saß. Er lächelte sie an und da sie nichts Besseres wusste, sagte sie: »Meine Freundin ist gerade aufgewacht, aber die Schwester reagiert nicht auf das Signal.« Sie zuckte mit den Schultern und deutete nach oben auf die Lampe, die über der Zimmertür leuchtete und im Gang sofort signalisierte, wer den Notknopf gedrückt hatte. Der Beamte machte tatsächlich Anstalten aufzustehen, woraufhin sie beschwichtigend die Hände hob und versicherte, sie wäre in der Lage, selbst kurz nachzusehen.

Nachdem sie das Schwesternzimmer gefunden hatte – offensichtlich fand gerade eine Übergabe zum Schichtwechsel statt – teilte sie ohne Umschweife mit, dass sie den Arzt sprechen möchte. Astrid sei jetzt wach. Eine Patientin, die Opfer eines Verbrechens geworden war und sogar einen eigenen Beamten vor der Tür zum Schutz besaß, hatte scheinbar oberste Priorität. Nina hatte zuvor damit gerechnet, dass man sie vertrösten würde, bis die neue Schicht ihre Arbeit angetreten hatte. Stattdessen folgte ihr eine Schwester – der Arzt wurde telefonisch gerufen. Stolz ging sie an dem Uniformierten vorbei und betrat das Krankenzimmer. Astrid lag zusammengesunken in ihrem Bett. Sie schlief.

KAPITEL 25

Astrid wusste nicht, ob sie gerade eingeschlafen oder aufgewacht war.

Sie sah auf und blickte Heike ins Gesicht. »Erzähl mir von eurer Nachbarin … Anneliese, richtig?« Die zwei Frauen saßen in der Sauna. Das Thermometer zeigte tausend Grad an.

»Du willst wissen, wie sie gestorben ist? Nun sie hat sich ihr Genick gebrochen, bei einem Sturz vom Treppenabsatz.«

»Wie schrecklich!«

»Ja, das ist es wohl. Aber es ist doch etwas Natürliches, oder nicht? Unfälle passieren und gehören zum Leben dazu. Jede Sekunde sterben Menschen. Das ist doch nichts Ungewöhnliches. Wieso regt dich das auf?«

Astrid war für einen Moment sprachlos. Eine plausible Antwort hatte sie nicht sofort parat. Also redete Heike weiter. »Dir ist doch bekannt, dass das Leben nicht ewig währt. Also wieso dann immer dieses Drama, wenn es am Ende zu genau dem kommt, womit jeder bereits gerechnet hat?«

»Du hast eine ziemlich sachliche Einstellung zu diesem Thema. Wie kommt das?« Astrid fing Heikes Blick auf und glaubte, darin so etwas wie Belustigung zu sehen.

»Ich könnte auch sagen, dass du eine eher kindliche Angst gegenüber diesem Thema hast. Wer entscheidet hier, was der Maßstab ist? Unser Leben ist geknüpft an den Tod. Alle Menschen, die leben, werden auch sterben. Es ist also keine Ausnahmeerscheinung, wenn man auf einen Toten trifft.«

Astrid wollte ihren Mund öffnen, doch es ging nicht. Ein riesiges Stück Panzertape klebte darauf, und sie schaffte es nicht, das abzuziehen.

Herzloses Miststück!

KAPITEL 26

Kriminalhauptkommissar Ullrich Otte legte den Bericht ab und grübelte. Halb vier Uhr am Nachmittag. Er nutzte das Büro eines Kollegen in Bad Doberan. Sein eigenes in Rostock war ihm momentan zu weit weg. Er hatte Roland Richter gesagt, er würde ihn schnellstmöglich kontaktieren, um mit ihm zu besprechen, wie es weitergehen würde. Ein kurzes Gespräch zu dem Zustand seiner Frau hatten sie bereits geführt, doch die neuesten Ereignisse hatte er ihm darin verschwiegen.

Otte spürte, dass er an einem Punkt angekommen war, an dem er eine Entscheidung treffen musste. Stand Roland Richter auf seiner Liste oder nicht? Er tendierte zu ›eher nicht‹, dennoch würde er sich an das Prozedere halten und Richter im Detail vernehmen müssen. Dringenden Tatverdacht hegte er nicht gegen ihn, auch wenn der Mann sie quasi zu dieser Horrorvilla geführt hatte. Es war naheliegend, dass Astrid Richter sich die Geschichte in der Nacht vor zwei Tagen nicht eingebildet hatte. Sie war Zeugin eines Gewaltverbrechens gewesen. Mutmaßlich an dem Mann, der im selben Haus gelegen hatte. Denn nur derjenige, den sie dabei beobachtet hatte, schien auf den ersten Blick ein Interesse daran zu haben, sie auszuschalten. Ihr Mann war zu dem Zeitpunkt des Verbrechens, bei ihr in der Suite gewesen. Er schied als Verdächtiger aus.

Für einen Moment hatte Otte die Möglichkeit in Betracht gezogen, dass dies ein perfider, von langer Hand vorbereiteter, gemeinsamer Plan der Eheleute Richter sein könnte. Die Alarmierung der Polizei, das angebliche Handgemenge. Otte hatte darüber in dem Bericht seines Kollegen gelesen. Alles, um sie als Verdächtige auszuschließen. Dazu müsste eine Verbindung zwischen ihnen und dem Opfer bestehen und über die würde Otte früher oder später stolpern. Die Schwere der Verletzung an Frau Richters Kopf ließ ihn diesen Gedanken jedoch schnell verwerfen. Hier gab es keinen Raum für fantasievolle Konstrukte. Manchmal ist eine Ente eben eine Ente. Um einen erneuten Anschlag auf Astrid Richters Leben zu verhindern, hatte Otte einen Polizisten zu ihrem Schutz ins Krankenhaus geschickt. Hoffentlich wachte sie bald auf und war vernehmungsfähig. Unter Umständen war es Otte dann möglich, beide Verbrechen aufzuklären.

Mit dem Toten hatte er zunächst nicht gerechnet, als er den alten Fürstenhof gemeinsam mit Andy abgesucht hatte. Ein beklemmendes Gefühl … ja, das war da gewesen, als er die Frau blutüberströmt in der Tür hatte stehen sehen. Es war eine unwirtliche Szene, ganz im Stil von Großmeister Stephen King gewesen.

Selbstverständlich hatte er das Haus unter die Lupe nehmen müssen. Er musste herausfinden, wer sie in der letzten Nacht dort festgehalten hatte und warum. Den Täter hatte er dort nicht mehr vermutet. Ein weiteres Opfer jedoch auch nicht. Oder gab es die Möglichkeit, dass der tote Mann beides war? War Astrid Richter aufgewacht und hatte sich gegen ihren Peiniger gewehrt? Die Obduktion würde Auskunft über den Zeitpunkt seines Todes geben.

Otte hielt diese Variante jedoch für unwahrscheinlich. Nicht bei der Schwere ihrer Verletzung. Er selbst vermutete zudem, dass dieser Mann bereits länger als dreißig Stunden tot war. Der Leichengeruch war nicht übermäßig streng. Sicherlich hatten er und Andy ihn aufgrund langjähriger Erfahrung so früh wahrgenommen.

Doch hätte Astrid Richter ihn direkt nach ihrer Entführung getötet, kämen sie auf nur achtzehn Stunden post mortem. Das war zu wenig. Dagegen sprach sowohl die Geruchsentwicklung als auch die Leichenstarre, die bereits bei dem Toten nachgelassen hatte. Ungefähr vierunddreißig Stunden vor dem Auffinden des Körpers, hatte Astrid Richter die Szene in der Dunkelheit beobachtet. Das passte perfekt. Außerdem erinnerte er sich an den Moment, in dem der Arzt den Körper gewendet hatte. Das einst strahlend weiße Hemd des Mannes zeigte eine fast schwarze Rückfront. Das Gleiche hatte er auf dem Rücken von Astrid Richter gesehen. Beide Opfer hatte man durch das Haus geschleift: den einen tot, die andere bewusstlos.

Astrid Richter hatte behauptet, dass vor ihrem Fenster ein Mann ermordet worden war. Otte hatte nun eine Leiche. Dann musste ihn der Täter höchstwahrscheinlich mit einem Auto fortgeschafft haben. Von der Rabatte bis zur Straße waren es nur ein paar Meter. Er hatte ihn zum verlassenen Fürstenhof gefahren und durch eine der offenen Türen zu seinem letzten Ruheort geschleift, sicherheitshalber im ersten Stock. Dann war einige Stunden später Astrid Richter aufgetaucht. Näheres musste er noch herausfinden. Der Täter hatte seine Chance gesehen. Sie war allein. Bei diesem Wetter gab es keine Zeugen und sie war bereits in der Nähe. Er hatte sie mit einem stumpfen Gegenstand niedergeschlagen. Sie würden die Umgebung und auch das Haus nach diesem Objekt absuchen müssen. Bisher war er nicht aufgetaucht. Dann hatte man sie ebenfalls in das Haus gebracht und entweder zum Sterben dort gelassen. Oder dem Täter war tatsächlich nicht aufgefallen, dass noch Leben in ihr war. Otte war auf das psychologische Profil gespannt, das erstellt werden würde.

Was für ein kalter Fisch! Er bahrte seine Leichen in diesem leerstehenden Gebäude auf, wie Müll auf einer Deponie. Er musste Spuren hinterlassen haben. Damit würden sie ihn früher oder später überführen. Wahrscheinlich hatte niemand seit Jahren einen Fuß dort hineingesetzt. Doch konnte man sich darauf verlassen? War das etwas, das jemand tun würde, der hier fremd war, ein Gast des Hotels, ein Tourist? Oder musste man dafür Ortskenntnis besitzen? Ihm schwirrte der Kopf.

Ganz langsam, dachte er. Noch einmal ganz in Ruhe. Vorgestern Nacht beobachtet Astrid Richter einen mutmaßlichen Mord. Kurz vor sechs Uhr abends am nächsten Tag geht sie zum Parkplatz und wird niedergeschlagen. Heute Mittag taucht sie wieder auf. Sie tritt aus dem verlassenen Haus am Parkplatz und wird gefunden. Nach Durchsuchung des Hauses wird eine Leiche entdeckt. Dieser Mann war nicht als vermisst gemeldet worden. Möglicherweise war er derjenige, dessen Tod sie beobachtet hat.

Otte griff nach einem Stapel Papier, den Andy vor einer Weile vorbeigebracht hatte; der zeigte unter anderem Ausdrucke der letzten Bilder von Valencia Anders' Handy. Die Tote aus Nienhagen. Valencia Anders. Diese Frau wird ein paar Stunden nach dem Handgemenge, das Frau Richter beobachtet haben will, tot an der Steilküste in Nienhagen gefunden. Augenscheinlich fand ihr junges Leben ein jähes Ende, nachdem sie kopfüber die Klippen heruntergestürzt war. Diese Frau war ebenfalls Gast im ›Grand Hotel Heiligendamm‹. Otte betrachtete die Ausdrucke eine Weile. Auf einem Bild stand sie am Strand neben einem Mann. Der Mann war eine lebendige Version des Toten, den er im ehemaligen Fürstenhof gefunden hatte. Rothaarig, leicht untersetzt, schätzungsweise Anfang vierzig. Der Einzige aus der Gruppe, den Otte bisher nicht hatte lokalisieren können.

Michael Lotse.

Otte hatte nach dem Tod der Frau an der Steilküste mit dem Kursleiter Sven Seefeldt und einem weiteren Teilnehmer Herrn Jörg Hansen gesprochen. Michael Lotse hatte er versucht, zu erreichen, ohne Erfolg.

Otte warf einen Blick auf seine Armbanduhr, erhob sich von seinem Platz und ging zu dem Schrank, in den er seinen Mantel gehängt hatte. Er hatte eine Verabredung mit Nina Heinze.

KAPITEL 27

Gegen vier saß Nina in der ›Nelson Bar‹. Vor ihr stand eine große Tasse Cappuccino, ihr gegenüber saß Kriminalhauptkommissar Otte. Nina hatte sich auf dieses Treffen ehrlich gefreut. Sie mochte den Kriminalhauptkommissar und genoss es, einmal nicht verdächtig zu sein. Es fühlte sich fast ein wenig so an, als wären sie im selben Team. Definitiv standen sie auf derselben Seite. Nina hätte aber auch nichts dagegen gehabt etwas aktiver in die Spurensuche einzusteigen.

Otte war nicht dumm. Also hatte er ihr gleich zu Beginn den Wind aus den Segeln genommen.

»Frau Heinze. Ich möchte eines von Anfang an klarstellen. Sie helfen Ihrer Freundin am besten, wenn Sie für sie und deren Familie da sind. Wir kümmern uns um den Rest. Das verspreche ich Ihnen.«

Reflexartig hatte Nina genickt und versucht, weitere Details aus ihm herauszuquetschen. Er hatte sie eingeweiht, dass eine Leiche im Fürstenhof gefunden worden war. Sie hatte ein Bild gezeigt bekommen. Doch der Mann darauf sagte ihr gar nichts.

»Wissen Sie schon, um wen es sich bei dem Toten handelt?«

»Wir haben eine Vermutung, ja. Die amtliche Identifikation der Leiche wird gerade in diesem Moment in Rostock vorgenommen.«

»Stand er in irgendeiner Beziehung zu Astrid?«

»Dazu kann ich Ihnen leider nichts sagen. Wir ermitteln noch. Ich kann Ihnen aber so viel sagen: Der Mann war ebenfalls Gast in Ihrem Hotel.«

Nina sah ihn eine Weile skeptisch an. »Sie nehmen doch sicher an, dass er es ist, den Astrid beobachtet hat, richtig? Ich meine, er ist tot. Nach so jemandem haben Sie doch Ausschau gehalten.«

Sicher nicht die glücklichste Formulierung, dachte Nina.

»Das ist möglich«, gab Otte zu. Er blieb emotionslos.

Nina ordnete die Puzzleteile, bis sich immer neue Fragen ergaben.

»Das heißt, es sind innerhalb eines Tages zwei Hotelgäste angegriffen worden. Was ist das für eine Geschichte mit der toten Frau aus dem Gespensterwald?«

Nina sah, wie sich Otte zurückzog. Er war auf der Hut. »Die Frau war doch auch Hotelgast. Wie passt das ins Bild?«

»Frau Heinze, ich denke an dieser Stelle muss ich Sie enttäuschen. Dieser Fall hat zunächst nichts mit dem Ihrer Freundin zu tun. Ich möchte hier nicht weiter ins Detail gehen.«

»Entschuldigung. Ich finde nur, dass es danach klingt, als gäbe es einen Zusammenhang.«

»Das wollte ich auch nicht damit ausschließen. Nur reden kann ich nicht mit Ihnen darüber.«

»Ja klar. Das verstehe ich.« Nina griff enttäuscht nach ihrer Tasse und nahm einen Schluck, der sich zunächst kühl anfühlte und ihr dann die Zunge verbrannte, als der heiße Kaffee sich durch den Milchschaum gekämpft hatte.

»Melden Sie sich gern bei mir, wenn Ihnen etwas einfällt oder etwas passiert, das ich wissen sollte.« Der Kommissar erhob sich. Nina nahm gehorsam seine Karte entgegen, als er sich von ihr verabschiedete.

KAPITEL 28

Sie sah Kriminalhauptkommissar Otte nach, während er die Bar verließ. Es war später Nachmittag. Er hatte Nina im Krankenhaus erreicht und darum gebeten, dass sie sich bei Gelegenheit noch einmal persönlich unter vier Augen unterhalten könnten. Noch vor ein paar Tagen hatte sie nicht im Traum daran gedacht, dass sie ihn noch einmal wiedersehen würde. Ihr letztes Aufeinandertreffen lag vier Monate zurück: beim Hochzeitsfest ihrer Schwester, das durch einen Leichenfund nachhaltig gestört worden war.

Sie kaute auf dem Nagel ihres linken Daumens und neigte sich zur Seite, um zu sehen, ob er tatsächlich gegangen war. Am liebsten hätte sie Erik angerufen. Alles an diesem Ort erinnerte sie an ihn, sogar der Mord. Vor vier Monaten hatte es ebenfalls Tote gegeben, irgendwie hatten sie gemeinsam ermittelt. Doch er war nicht hier. Womöglich würde sie ihn nicht mehr wiedersehen, so sehr hatte sie ihn nach ihrem letzten Treffen verletzt. Innerlich schalt sie sich mit den Gedanken, in die Realität zurückzukehren. Doch das fiel ihr schwerer und schwerer, je mehr Zeit verging und sie nichts von ihm hörte.

Wenn er jetzt nur hier wäre!

Sie spürte eine schmerzende Leere in ihrer Magengegend und verzweifelte geradezu, als ihr klar wurde, dass sie die Leere mit nichts würde füllen können. Sie hatte ihn schändlich behandelt und das war ihre gerechte Strafe. Vielleicht hatte ja all das hier mit Karma zu tun. Ihre Freundin war wieder aufgewacht, doch nur durch eine glückliche Fügung. Es grenzte geradezu an ein Wunder.

Der Kommissar hatte sich von vornherein an Nina erinnert und ein sehr freundliches Gespräch mit ihr geführt. Sie empfand es als angenehm, einmal nicht auf der Seite der Verdächtigen zu stehen und hatte bemerkt, wie entspannt er und auch sie deswegen gewesen waren. Er hatte sie über das Gespräch, das sie mit Astrid geführt hatte, befragt und sich für die Szene interessiert, die Astrid in der verhängnisvollen Nacht vor ihrem Fenster beobachtet hatte. Otte hatte sich nicht verabschiedet, ohne sie noch zu bitten, dem Schriftsteller beste Grüße zu übermitteln. Erik. Sie hatte geschluckt und genickt, während sie sich zu einem Lächeln gezwungen hatte.

Jetzt saß sie grübelnd über einer weiteren Tasse Kaffee, die ein vornehm gekleideter Kellner mit perfekten Manieren eben neben ihr abgestellt hatte.

Wie kann ich den beiden helfen?

Untätig hier herumzusitzen, das passte nicht zu ihr. Leider hatte sie überhaupt keine Ahnung, wer die Leute waren, die zu dem Kreis der Verdächtigen zählten. Astrid hatte ihr am Telefon berichtet, dass sie zwei Männer unter ihrem Fenster beim Streit beobachtet hatte. Augenscheinlich wohnten oder arbeiteten diese Leute in diesem Hotel. Nein, falsch. Der Tote war definitiv ein Gast gewesen, so viel hatte sie schon herausbekommen. Wenn man die späte Stunde dieser Konversation berücksichtigt, war es eher unwahrscheinlich, dass es sich beim Täter um jemanden vom Personal handelte.

Obwohl …

Derjenige hätte ja zu einem Treffen zurückgekommen sein können. Der Gedanke, dass ein Gast sich mit einem Mitarbeiter des ›Grand Hotel‹ in die Haare bekam, widerstrebte ihr. Was hätte der Grund sein sollen? Hatte der Gast sich über zähes Fleisch beklagt oder darüber, dass ein bestimmter Cocktail nur in der ›Nelson Bar‹ angeboten wurde und nicht im Restaurant ›Kurhaus‹? Es konnte natürlich sein, dass sich die beiden von früher kannten. Sie überlegte, wie sie an nähere Informationen kommen konnte. Roland hatte keine weiteren Auskünfte erhalten und die Polizei würde ihr sicherlich nichts erzählen. Das hatte Otte deutlich gesagt.

Gedankenverloren rieb sie ihre Hände an der warmen Tasse. Der Duft des frisch gemahlenen Kaffees stieg ihr in die Nase und sie starrte ins Leere. Vom Nachbartisch stand ein Mann auf und ging langsam auf sie zu. Er bewegte sich nicht sehr zielstrebig und nur deshalb fiel er ihr auf. Sie hob den Kopf und blickte ihm direkt ins Gesicht. Am gegenüberliegenden Ende ihres Tisches blieb er stehen, sichtlich bemüht etwas zu sagen.

»Bitte entschuldigen Sie, dass ich Sie belästige. Ich habe Sie eben mit dem Kriminalhauptkommissar reden sehen.«

»Ja?«

»Mein Name ist Jörg Hansen. Ich war ein guter Freund von Valencia.«

Sie sah ihn irritiert an, erhob sich aber, um seine ausgestreckte Hand zu ergreifen und zu schütteln.

»Ich bin Nina Heinze. Bitte verzeihen Sie ... aber ich verstehe nicht ganz.«

»Darf ich mich setzten?«

»Natürlich.« Sie wies mit der Hand auf den leeren Stuhl vor sich und starrte ihn an.

»Ich habe mit Valencia und Michael zusammen diese Fastenkur gemacht. Wir haben uns während der Zeit angefreundet und jetzt, da ... alles so eine dramatische Wendung genommen hat. Ich meine ... ich habe gesehen, dass Sie sich mit dem Kommissar unterhielten, und da dachte ich, Sie wären ebenfalls eine Freundin von ihr. Ich wollte Ihnen mein herzlichstes Beileid aussprechen.«

Jetzt war offensichtlich raus, womit er sich so lang gequält hatte, er sah sie mitleidig aber auch eine Spur erleichtert an. Michael und Valencia? Bei den beiden Namen, die er erwähnt hatte, klingelte nichts bei Nina. Dramatische Wendung ... Beileid ... Hatte er sie verwechselt oder war dies eine glückliche Fügung des Schicksals? Nina wagte optimistisch einen Schuss ins Blaue.

»Sie sagen, Sie waren ein Freund von Michael. Das ist der Mann, den man im Fürstenhof gefunden hat, richtig?« Hoffentlich blamierte sie sich nicht bis auf die Knochen.

»Ja. Er war in unserer Gruppe.« Jörg blickte sie misstrauisch an.

»Ihre Reisegruppe?«

»Nein. Unsere Fastengruppe.« Seine Augen wurden schmal.

»Um ehrlich zu sein, ich kenne diese Personen nicht. Ich bin die Freundin der Frau, die niedergeschlagen wurde, weil ... ähh ... an demselben Tag, an dem dieser Michael starb.« Nina war unsicher, ob die Information über Astrids Beobachtung bereits die Runde gemacht hatte.

»Oh, das tut mir leid. Davon habe ich noch gar nichts gehört. Wie furchtbar.« Er sah verschreckt aus. »Dann will ich Sie nicht weiter belästigen.« Er machte bereits Anstalten aufzustehen. Nina hatte einen Einfall.

»Bitte gehen Sie nicht. Ich habe ein paar schreckliche Stunden hinter mir und könnte etwas Gesellschaft gebrauchen. Bitte lassen Sie mich Ihnen mein herzlichstes Beileid aussprechen, dass Ihr Freund gestorben ist. Das muss ein schwerer Schock für Sie gewesen sein.«

Jörg Hansen lächelte etwas verlegen. Zum einen höchstwahrscheinlich, weil Nina ihn so freundlich gebeten hatte, zum anderen ganz sicher, weil sie ihre Hand auf seine gelegt hatte, während er aufstand. Er setzte sich wieder hin und sie nahm ihre Hand zurück.

»Ja. Das war es, aber ich muss gestehen, dass mich der Tod von Valencia noch mehr belastet.«

»Kommissar Otte hat diese Valencia gar nicht erwähnt. Was ist passiert?«

Das war eine ziemlich unverblümte Frage an einen Fremden, der von ihr ebenfalls nichts wusste, aber sie hatte nichts zu verlieren. Sie sah, wie er überlegte, und schenkte ihm einen grandiosen Augenaufschlag. Jörg Hansen wirkte wie ein harmloser schüchterner Mensch, der anderen gegenüber eher scheu reagierte. Seine penibel ordentliche Kleidung war klassisch und tendierte mehr dazu, altmodisch zu sein als zeitlos. Mit seinem schütteren Haar, der Brille auf der Nase und dem grauen Teint machte er sich sicherlich keine Illusionen über die eigene Wirkung auf das weibliche Geschlecht. Seine schlaksige Statur unterstrich diese Vermutung noch. Er war etwa in Ninas Alter. Ende dreißig.

»Sie starb in derselben Nacht wie Michael. Ein paar Stunden nach ihm. Gut, wenn man es genau nimmt, war es bereits Morgen. Sie ist die Steilküste hinabgestürzt. Der Kriminalhauptkommissar hat mich gestern aufgesucht und mir von ihrem Tod berichtet. Von Michael habe ich eben erst erfahren.«

Nina griff sich erschrocken an die Kehle.

»Das ist ja grauenhaft. In derselben Nacht? Weiß man schon, wie es passiert ist?«

»Valencia starb drüben in Nienhagen, unterhalb vom Gespensterwald. Sie ist die Steilküste hinabgestürzt. Wir haben aber keine weiteren Auskünfte erhalten. Von Michael weiß ich offiziell noch nichts. Kriminalhauptkommissar Otte hat mit mir gestern nur über Valencia gesprochen. Micha haben sie ja erst heute gefunden. Allerdings hat Kriminalhauptkommissar Otte unseren Gruppenleiter informiert. Der hat mich angerufen.«

Als sie ihn ansah, ergänzte er: »Ich bin nicht verheiratet. Als ich vorhin ›wir‹ sagte, meinte ich den Rest der Gruppe. Yvonne, Inga und mich.« Mit einem Blick auf Nina errötete er. Möglicherweise war ihm gerade bewusst geworden, dass sein Familienstand überhaupt nicht in ihrem Interesse lag.

Sie redete schnell weiter, um ihn zu retten.

»Den Wald kenne ich. Ich war in diesem Sommer dort. Wunderschön. Also ist es im Bereich des Möglichen, dass zwei Mitglieder aus Ihrer Gruppe in ein und derselben Nacht ermordet wurden? Haben Sie jetzt Angst um Ihr eigenes Leben?«

Er wirkte kurz etwas abwesend. Offensichtlich hatte er über diese Möglichkeit noch nicht nachgedacht.

»Nein. Aber jetzt, wo Sie es sagen.« Er lächelte zaghaft. Sie merkte, dass sie ihn auf irgendeine Art nervös machte.

»Eigentlich gehen wir eher von einem Unfall aus. Bei Valencia, wissen Sie? Der Gedanke, dass sie vielleicht freiwillig ...« Er richtete seinen Blick auf den Tisch und betrachtete seine Hände.

»Es tut mir sehr leid für Ihre Freundin. Standen Sie sich sehr nahe?« Das kurze Aufblitzen in seinen Augen war schnell wieder verschwunden und Nina wusste, dass sie einen Volltreffer gelandet hatte.

»Ach, wissen Sie. Ich habe sie erst vor ein paar Tagen kennengelernt. Aber ich mochte sie natürlich gern. Es war unmöglich, sie nicht zu mögen. Sie war hinreißend.« Traurig blickte er auf die spiegelglatte Fläche des Tisches.

»Irgendwie sind wir beide ungewollt in diese Sache hineingezogen worden. Das macht uns doch zu so etwas wie Verbündeten, oder?«

Nina lächelte zaghaft. »Sie können ganz beruhigt sein. Kriminalhauptkommissar Otte ist ein fähiger Mann. Er wird die Geschichte aufklären und den Schuldigen für diese Fälle zur Rechenschaft ziehen. Da bin ich mir sicher. Und … sollte ihr Tod ein Unfall gewesen sein, wird er es auch herausfinden.«

Hansen schaute sie forschend an. »Sie kennen ihn?«

»Ja. Ich habe ihn zufällig im Sommer kennengelernt«, antwortete Nina ausweichend. »Er ist sehr nett.«

»Das stimmt wohl.«

»Können Sie sich vorstellen, was passiert ist?«

»Sie meinen mit Valencia?«

»Oder mit dem anderen aus Ihrer Gruppe?«

Er lehnte sich in seinem Stuhl zurück und starrte erneut auf den Tisch. »Ich weiß es nicht. Es gab wenig Unstimmigkeiten in den Tagen zuvor. Nichts, was nicht in einem vollkommen normalen Rahmen liegen würde, wenn lauter fremde Menschen aufeinandertreffen. Eigentlich glaube ich nicht, dass die Sache etwas mit uns zu tun hatte.«

»Dann kannten sich diese Valencia und Michael zuvor schon. Waren sie ein Paar?«

»Nein.« Er schien schockiert. »Wie kommen Sie darauf?«

»Wenn Sie sagen, dass es nichts mit ihrer Gruppe zu tun hat, müssten sie doch eine andere Gemeinsamkeit haben. Wenn nicht, ist die Gruppe der einzige Nenner.«

Er starrte sie sekundenlang an. Hatte er diesen Gedanken noch nicht gehabt? Oder wollte er nur vor einer Fremden nicht darüber reden?

»Da haben Sie recht. Doch es ist vollkommen ausgeschlossen, dass es einer von uns gewesen ist.«

Am liebsten hätte Nina gefragt, wieso. Doch sie hielt das für unhöflich. Stattdessen sagte sie: »Was glauben Sie, wer es gewesen ist? Wäre es möglich, dass Valencia etwas mit dem Tod von diesem Michael zu tun haben könnte und dann aus Reue heraus ...« Nina ließ den Satz unvollendet.

»Auf keinen Fall!«, platze er heraus.

Nina hielt kurz die Luft an und nickte. »Na, gut. Kennen Sie jemanden, dem Sie beide Morde zutrauen würden?«

Er zuckte mit den Schultern und lächelte sie an. »Es liegt mir fern, über andere schlecht zu reden. Das ist nicht meine Art.«

»Selbst wenn es hier um zweifachen Mord geht? Fast wären es drei gewesen. Meine Freundin hätte beinahe ihr Leben verloren.« Sie legte die ganze Wut darüber in ihre Augen. Aus ihrer Stimme war Verbitterung zu hören.

»Was hat Ihre Freundin mit Valencia und Michael zu tun? Kannte sie die beiden?«

Ertappt!

»Nein, ich glaube nicht.«

»Sehen Sie, dann geht es vielleicht doch nicht um unsere Gruppe.«

»Sie meinen, dass ein Verrückter im Hotel sein Unwesen treibt?«

»Ich finde, es sieht ganz danach aus.« Jörg Hansen schien sich mit diesem Gedanken anzufreunden.

»Ich weiß nicht, wie das alles zusammenhängt, aber ich vermute, dass meine Freundin unschuldig in das Ganze hineingezogen wurde. Es gab keinen Grund für diese schreckliche Tat an ihr.« Nina merkte, dass sie ein wenig zu heftig reagiert hatte, und lehnte sich bemüht entspannt nach hinten.

»Es tut mir sehr leid. Ich kann Sie gut verstehen. Ich fühle mich auch elend, seit Valencia tot ist.«

Sie legte erneut die Hand auf seine. Er errötete wieder. Er glaubte wohl, sich mit Informationen revanchieren zu müssen und erwiderte: »Valencias Freund war ziemlich speziell. Christian Kleinert. Er ist uns Männern immer etwas feindselig begegnet. Grund hatte er allerdings nicht dazu. Vielleicht mochte er uns einfach nicht. Er und Valencia kamen aus völlig anderen Welten. Als wir, meine ich. Ihr hat dieses Hotel wesentlich besser gestanden als mir.«

Er lächelte wie zu einer Entschuldigung und Nina sah ihn kurz gelöst und entspannt. Sie vermutete, dass er mit diesem offenen Auftreten deutlich mehr Erfolg beim weiblichen Geschlecht haben würde.

»Ist ihr Freund noch im Hotel? Wissen Sie das vielleicht?«

»Er ist abgereist, bereits vor ein paar Tagen. Ich habe seitdem nichts mehr von ihm gehört. Ist nicht so, als hätten wir Nummern ausgetauscht.«

»Was haben Sie gemeint, als Sie sagten, dass sie aus verschiedenen Welten kamen?« Sie war schon wieder sehr direkt, doch sie hoffte, dass sie das Eisen schmieden könne, solange es heiß war. Jörg wollte reden. Warum sonst saß er hier mit einer vollkommen unbekannten Frau und erzählte ihr diese Interna?

»Tja, wissen Sie, Michael hat mit Möbeln gehandelt, glaube ich. Inga und Yvonne sind Lehrerinnen vom Beruf, ich Steuerberater. Valencia hingegen ... Valencia war Influencerin. Vor ein paar Jahren hatte ich noch gedacht, dass man dagegen impfen könnte.«

Nina lachte kurz auf und verschluckte sich an ihrem Kaffee. Laut prustend winkte sie dem Kellner ab, der in diesem Augenblick vorbeigegangen war und die Augenbrauen als Frage-Andeutung gehoben hatte. Jörg bestellte sich einen Cognac. Er grinste sie verschmitzt an und wieder sah sie einen vollkommen anderen Mann vor sich, der nichts mit diesem Buchhaltertypen gemeinsam hatte, für den sie ihn vor Verkündung seiner Profession gehalten hatte.

»Sie war ein richtiger Paradiesvogel. Hat all die Dinge getan, von denen wahrscheinlich die meisten Menschen träumen. Schauen Sie sich mal ihren Account an. Sie ist in so ziemlich jedem sozialen Netzwerk vertreten. Sie hieß Valencia Anders. Schicke Hotels, internationaler Jetset ... sie hat einen Einblick geboten in ein Leben, das selbst viele Gäste dieses Hotels nicht führen würden. Sie war jung und alles andere als zurückhaltend.«

Nina überlegte, wie er das gemeint haben könnte. Hatte Valencia ihn näher an sich herangelassen, obwohl er, wie er selbst feststellte, nicht in ihrer Liga spielte? Hatten sie mehr geteilt als die Gemüsebrühe zum Frühstück?

Nina hatte Astrid einmal von so einem Fastenkurs reden hören, den sie vor Jahren gemacht hatte. Sie wusste, dass sie selbst nicht die nötige Willensstärke besaß, um so etwas durchzuziehen. Dafür aß sie einfach zu gern. Als Stuntfrau war sie ohnehin sehr sportlich und musste sich zumindest zum Thema Gewichtsverlust keine Gedanken übers Fasten machen. Ihr war aber klar, dass dies nicht alles war, worum es dabei ging. »Sie wird ein aufregendes Leben geführt haben.«

»Das glaube ich auch.«

»Wenn man solche Menschen kennenlernt, gibt es einem das Gefühl, ein Teil davon zu sein. Finden Sie nicht auch?«

Interessiert sah er sie an. »Das haben Sie treffend beschrieben.« Er nahm einen großen Schluck von seinem Cognac, der soeben vor ihm abgestellt worden war.

»Was ist mit diesem Michael?«

»Michael Lotse.«

»Ja, genau. Er hat mit Möbeln gehandelt?«

»Ich glaube, mich daran zu erinnern. Ehrlich gesagt, weiß ich nicht viel über ihn.« Er musterte sie einen Moment über sein Glas hinweg. »Ich würde mich freuen, wenn wir uns duzen. Was hältst du davon? Ich bin noch ein paar Tage hier und der Gedanke gefällt mir, eine Verbündete hier zu haben.« Wieder dieses strahlende Lächeln.

»Sehr gern, Jörg. Ich bin Nina.« Sie strahlte zurück und überlegte einen Moment, warum er seine anderen Mitstreiter nicht als Verbündete bezeichnete.

»Entschuldige. Ich habe dich gar nicht gefragt. Bist du eigentlich allein hier?«

Nina spürte einen winzigen Stich in ihrem Herzen, als sie unwillkürlich an Erik denken musste. Drei Meter weiter, an der Bar vor ihr, hatten sie vor einigen Monaten noch gestanden und er hatte sie voller Bewunderung angeblickt in ihrem schlichten Abendkleid, als wäre sie ein französisches Model und nicht eine normale Frau aus Hamburg. Ihr Kopf war voll gewesen zu jener Zeit: mit Gedanken an ihr vermurkstes Liebesleben und die Vorbereitungen für die Hochzeit ihrer Schwester. So hatte sie sich bewusst ferngehalten von allem, was ihre Situation hätte verschlimmern können. Zumindest sah sie das rückblickend so. Als sie sich viele Wochen später erneut gesehen hatten, hatte sie wieder alles vermurkst, was möglich war. Es schien, als wäre sie gar nicht imstande, eine normale glückliche Beziehung zu führen.

Jörg musste ihren grimmigen Gesichtsausdruck gesehen haben, denn er sagte: »Entschuldige, war das zu direkt?«

»Nein, nein. Es tut mir leid. Ich war kurz abgelenkt. Ja. Ich bin allein hier. Es gibt auch niemanden, der mitgekommen wäre, selbst wenn ich es gewollt hätte. Ich will meiner Freundin beistehen, deshalb ist das weniger ein Erholungsurlaub für mich.«

Er sah etwas enttäuscht aus. Nina konnte nicht genau sagen wieso.

»Schade.«

»Wieso?«

»Ich hatte gehofft, du hättest Lust, heute Abend mit mir essen zu gehen.«

Sie überlegte kurz. Dann lächelte sie. »Essen gehe ich natürlich trotzdem, ich will ja nicht vom Fleisch fallen. Was hältst du von sieben Uhr?«

Er sah sehr erfreut aus. »Darüber mach dir mal keine Gedanken. Du bist großartig in Form. Treffen wir uns doch vor dem Restaurant.« Er stand auf und verabschiedete sich höflich aber mit einem Augenzwinkern von ihr. Nina dachte über seine letzte Bemerkung nach und hoffte, er würde ihre Freundlichkeit nicht falsch verstehen.

KAPITEL 29

Die Sonne war untergegangen und zwischen einzelnen Wolken konnte Nina die Sterne erkennen. Jörg kam ihr lächelnd vor der Terrasse des ›Kurhaus‹ entgegen.

»Du siehst fantastisch aus. Wollen wir?« Er bot Nina seinen Arm an und strahlte. Sie fühlte sich geschmeichelt, aber auch irgendwie unwohl in ihrer Haut. Das hier war ganz und gar nicht richtig. Auch wenn sie diesen Mann in die Kategorie ›vollkommen harmlos‹ gesteckt hatte, so fühlte sie sich, als würde sie Erik betrügen.

Das ist doch albern, rief sie sich selbst zu. Ich gehe mit jemandem Essen. Das hat überhaupt keinen romantischen Hintergrund. Gleichzeitig wusste sie, dass sie sich nichts vormachen konnte. Der Glanz in Jörgs Augen hatte dieses schlechte Gefühl bei ihr ausgelöst. Auch wenn sie ihn in keiner Weise attraktiv fand, so war es doch möglich, dass Jörg sich Hoffnung machte. Sie nahm sich vor, potenzielle Erwartungen seinerseits an diesem Abend im Keim zu ersticken.

Sie wurden an einen Vierertisch geleitet, da alle anderen Tische bereits besetzt waren. Nina bedankte sich bei dem Kellner, der ihr den Stuhl heranschob und faltete die

Serviette auseinander, die sie sich dann sorgsam auf den Schoss legte. Sie schindete Zeit. Jörg schien ihre Zurückhaltung aufzufallen. Er musterte sie aufmerksam.

»Ist alles in Ordnung.«

»Ja. Natürlich. Alles bestens. Ich habe gerade nur an meine Freundin gedacht«, antwortete sie ausweichend. Jörg sah betroffen aus.

»Wie geht es ihr?«

»Besser. Wirklich. Aber sie wird noch eine Weile im Krankenhaus bleiben müssen.«

»Weiß man denn, wieso sie niedergeschlagen wurde?«

Nina wählte ihre Worte mit Bedacht. »Ich weiß es nicht. Der Kommissar lässt uns nur wenige Einblicke in seine Ermittlungen. Aber er hat angeboten, dass ich mich jederzeit melden kann, wenn ich Fragen habe.«

Einen Augenblick herrschte Stille. Nina ergriff die Initiative, um zu verhindern, dass sie weiter die Befragte mimte. »Es muss ein Schock für dich gewesen sein, als der Kriminalhauptkommissar dich kontaktiert hat.« Sie stellte sich dumm. »Wie läuft das ab? Rufen die vorher an und warnen einen vor, oder hat er dich hier im Hotel überrascht?«

Jörg schnaufte. »Er hat mich angerufen und hat dann vorbeigeschaut. Ich glaube, ich habe ziemlich verstört ausgesehen. Ich wusste nicht, dass Valencia tot ist bis zu dem Zeitpunkt, an dem er mich gestern in der ›Nelson Bar‹ aufgesucht hat. Keine Vorwarnung. Er rief nur an und bat um ein Gespräch.«

Nina glaubte zu sehen, dass dieses Geständnis seine damaligen Emotionen hervorholte. Seine ohnehin milchige Haut hellte sich noch eine weitere Nuance auf. So muss es auch gewesen sein, als ihm klar wurde, dass die Polizei ermittelte. Dieser Mann schien im normalen Gespräch immer zu lächeln. Jetzt traf das definitiv nicht zu. Er sah gehetzt aus: hin und wieder nervös nach oben gezogene Mundwinkel, die ein Lächeln andeuten sollten, das aber nicht bis zu den Augen reichte. Sein schütteres Haar und die dünne, aber nicht sportliche Statur unterstrichen in ihrer Feingliedrigkeit die Vorstellung einer leicht zerbrechlichen Seele. Für jemanden, der die Tote erst vor ein paar Tagen kennengelernt hatte, eine intensive Reaktion.

»Hat er dich ausgefragt?«

Jörg rollte mit den Augen. »Er wollte natürlich wissen, wann ich sie das letzte Mal gesehen hatte.«

Nina schwieg. Er warf einen durchdringenden Blick auf sie. Dann sagte er: »Das war an dem Abend vor ihrem Tod. Wir sind zusammen essen gegangen.«

»Entschuldige. Bin ich zu neugierig?«

»Nein, schon gut. Ich habe mich mit ihr vor dem Restaurant ›Kurhaus‹ getroffen. Sie hatte die Zeit nach der letzten Zusammenkunft mit unseren Mitstreitern im Spa verbracht und wirkte frisch und erholt.«

Jörg Hansen griff nach seinem Bier und nahm einen kräftigen Schluck. Entweder musste er seine Stimme ölen, die hin und wieder brach, oder er benötigte Zeit. Zeit, die ihm Nina nicht geben wollte.

»Erzähl doch von dem Abend. Vielleicht fällt uns beiden was auf.«

Erneut ein forschender Blick.

»Ich habe sie auf der Terrasse getroffen. Sie war hübsch zurechtgemacht. Ganz bezaubernd sah sie aus.«

Er räusperte sich verlegen. »Während wir reingingen, schimpfte sie über den Wind, der ihre ganze Mühe, die sie auf ihre Haare verschwendet hatte, zunichtemachte. Sie war mit einem Schirm gekommen, um sich vor dem Regen zu schützen, konnte aber nicht verhindern, dass die Haare zerzaust wurden. Ich fand, es stand ihr, aber sie wischte diese Bemerkung beiseite und begann mit mir ein Gespräch über eine Reise, die sie mit ihrem Freund im Sommer nach Bali gemacht hatte.«

»Sie wies dich darauf hin, dass sie vergeben sei?« Nina bereute die Frage sofort.

Jörg zuckte leicht zusammen. »Das musste sie nicht. Ich hatte Christian ja kennengelernt. Außerdem glaube ich nicht, dass sie davon ausgegangen ist, dass ich mehr als freundschaftliches Interesse für sie hatte.« Ein weiterer Schluck vom Bier. Der Mann war bedient.

»Du sagtest mir ja bereits, dass du sie sehr mochtest.« Unternahm Nina einen weiteren Vorstoß. »Du hast dich offensichtlich nur zu zweit mit ihr verabredet und nicht gemeinsam mit den anderen Teilnehmern aus eurer Gruppe?«

Jörgs Griff zum Glas war geradezu obligatorisch. Er blinzelte sie einen Moment an. Dachte er, sie wäre eifersüchtig? Nach einem kräftigen Schluck sagte er: »Ich denke, das war mein Vorschlag, ja. Nach der ganzen Woche habe ich mich gefreut einige Zeit mit ihr allein zu verbringen. Sie schien das auch ganz angenehm zu finden. Weißt du, die anderen waren alle sehr nett, aber es ist doch so, dass man während einer so langen Zeit gemeinsam das eine oder andere Mal aneinandergerät. Dazu sind die Leute einfach zu verschieden.«

»Was meinst du mit ›aneinandergeraten‹?«

»Ohh.«

Jörg presste die Luft nach außen und schaute verwirrt drein. »Ganz genau kann ich das gar nicht so sagen. Aber es ist doch so, dass manche Eigenarten mit der Zeit nervig sein können und dann freut man sich über ein bisschen Abstand. Es gab keine Reibereien oder so.«

»Hattest du Stress mit Valencias Freund?« Nina wagte kaum, ihm ins Gesicht zu sehen. Sie musste einen Gang runterschalten. Er würde dichtmachen.

Jörg schlug die Beine übereinander und setzte sich aufrechter hin. »Mit Christian? Ach, woher? Ich war ziemlich genervt von Michaels ewigen Sprüchen. Er hatte viel Humor, sicherlich, doch ich mag es nicht, in den Mittelpunkt gezerrt zu werden, damit er die Lacher erntet.« Er meinte offensichtlich den Mann, neben dem Astrid aufgewacht war und dessen Ermordung sie gesehen hatte. Zum ersten Mal hatte er die Sprache auf diesen Mann gebracht.

»Ist dieser Michael gut mit Valencia ausgekommen oder war sie ebenfalls genervt?«

Ich wette, ich kenne die Antwort, dachte Nina.

»Nein, sie fand ihn sehr lustig. Ich denke, die beiden haben sich hier sehr angefreundet.«

»Hatte ihr Freund nichts dagegen?«

Jörg überlegte nicht mal. »Den Eindruck hat er nicht auf mich gemacht. Ich glaube, er ist mit Michael gut ausgekommen.«

»Also gehst du nicht davon aus, dass er abgereist ist, weil er eifersüchtig war?«

Der Gedanke schien ihn zu belustigen. »Ich kann mir nicht vorstellen, dass ihn Michael in irgendeiner Weise beunruhigt hat. Er spielte in einer anderen Liga. Valencia ebenfalls.«

Nina biss sich auf die Zunge. »Hältst du ihn für fähig, einen Mord zu begehen?«

»Das kann ich nicht beantworten. Ich glaube, ich kenne niemanden, den ich so einschätzen würde.«

»Weißt du denn, ob Valencia noch irgendwohin wollte an diesem Abend oder am nächsten Tag?«

Er runzelte die Stirn.

»Bist du sicher, dass du nicht für die Polizei arbeitest?«

»Entschuldige. Du hast vollkommen recht. Wir können auch über etwas anderes reden. Es ist nur … diese ganze Sache ist ziemlich mysteriös, findest du nicht? Ich hab mich davon einfangen lassen. Bitte entschuldige. Ich hatte das Gefühl, irgendetwas tun zu müssen, um meiner Freundin zu helfen.« Nina legte eine herzzerreißende Miene auf, die Jörg schließlich erweichte.

»Schon gut. Das ist doch verständlich. Sie kann sich glücklich schätzen, eine so gute Freundin zu haben. Du solltest aber auch vorsichtig sein.«

»Vorsichtig?« Sie sah ihn aus schmalen Augen an.

»Na klar. Stell dir nur mal vor, was passiert, wenn du der falschen Person zu viele Fragen stellst.«

»Ja? Was passiert dann?«

»Na, hast du denn keine Angst, dass du das Schicksal von Micha und Valencia teilen könntest?«

Nina ließ diese unverhohlene Aussage einen Augenblick im Raum stehen. Was sollte sie auch dazu sagen. Sie trank einen Schluck Wein. Dann hatte sie die Antwort.

»Ich habe festgestellt, dass es besser ist, sich nicht von seinen Ängsten leiten zu lassen. Ich möchte in meinem Leben nicht immer auf Nummer sicher gehen. Außerdem … einer muss doch Fragen stellen. Oder wäre es dir lieber, wenn Valencia keine Gerechtigkeit widerfahren würde.«

»Doch, natürlich. aber haben wir dafür nicht die Polizei?«

»Klar. Hast du denn der Polizei die komplette Wahrheit gesagt?« Sie lächelte ihn herausfordernd an. Nach Kritik war ihr heute Abend nicht zumute. Er hatte sich getäuscht, wenn er glaubte, sie einschüchtern zu können. Hier ging es um ihre Freundin, ihre Familie.

»Du glaubst, ich hätte die angelogen?«

»Nein, das will ich damit nicht sagen. Aber es wurden zwei Verbrechen begangen, und ich kann es einfach nicht leiden, wenn sich die Leute einfach umdrehen und zur Tagesordnung übergehen. Die Polizei ist ja dafür da. Die wird's schon richten. Warum sollten wir nicht mithelfen?«

Er betrachtete sie eine Weile in Gedanken versunken. Seine Augen suchten ihr Gesicht ab. Suchten vielleicht nach einem Hinweis, wie ernst ihr die letzten Worte gewesen waren.

»Du hast recht. Hut ab! Man trifft nur noch selten Menschen mit so einem ausgeprägten Gerechtigkeitssinn. Also gut. Was war deine letzte Frage. Ach ja. Ob ich wusste, was sie am nächsten Tag vorhatte. Beziehungsweise, dass sie in den Wald wollte. Nein, wusste ich nicht. Davon hat sie nichts gesagt. Sie wollte die Tage viel ins Spa gehen und den Sturm vorüberziehen lassen.« Er ließ sie mit seinen Blicken immer noch nicht los. »Und ja, ich habe der Polizei die volle Wahrheit gesagt.«

Nina schmunzelte. Es tat ihr nicht leid, dass sie so deutlich gewesen war. Im Gegenteil. Sie fühlte sich erleichtert. »Wie war sie drauf, als ihr euch zum Essen getroffen habt?«

»Hmm. Ich würde sagen, sie wirkte entspannt.« Jörg starrte auf das Glas in seiner Hand. »Ich bin damals ziemlich einfältig gewesen. Der Kriminalhauptkommissar ruft mich an, und ich realisiere nicht, was das bedeutet.«

»Was meinst du?«

»Die Polizei sieht es scheinbar seit Beginn so wie du. Otte ermittelt wegen Mordes. Ich meine … ich bitte dich! Kriminalhauptkommissar! Dass mir das nicht eher aufgefallen ist. Das liegt doch auf der Hand. Das Gespräch mit dir hat es mir noch mal vor Augen geführt. Otte wies mich schon darauf hin, dass bisher nicht zweifelsfrei festgestellt werden konnte, dass Valencias Tod ein Unfall war. Ich Idiot habe mit ihm geredet, als wäre Suizid die einzige Alternative.« Seine Hand zitterte ein wenig. Er stellte sein Glas ab und bemühte sich, seine Souveränität wieder zu erlangen.

»Was ist mit dir?«, fuhr er fort. »Was hältst du von der Sache? Du hast ja jetzt einiges gehört. Glaubst du denn zweifelsfrei, dass das, was deiner Freundin widerfahren ist, etwas mit den Toden in meinem Bekanntenkreis zu tun hat?«

Nina sah ihm in die Augen. Er lächelte. »Ich weiß nicht. Sie kennt die anderen Personen nicht, aber es ist schon merkwürdig, meinst du nicht? Drei Opfer an ein und demselben Tag, nur ein paar Stunden voneinander getrennt?«

Jörg nickte. »Ja. Das ist ein bisschen viel des Zufalls. Scheint, als würde hier ein Wahnsinniger herumlaufen, der es auf gut betuchte Gäste abgesehen hat.« Sein Grinsen reichte von Ohr zu Ohr.

»Was denn für ein Wahnsinniger?«

Die Stimme stammte von einer Quelle hinter Nina.

KAPITEL 30

Nina und Jörg fuhren beide gleichzeitig erschreckt herum. Sie waren so bei sich und in ihr Thema versunken gewesen, dass sie die Neuankömmlinge nicht bemerkt hatten.

»Dürfen wir uns zu euch setzen? Die anderen Tische sind belegt, und wir haben der Dame am Eingang gesagt, dass ihr bestimmt nichts dagegen habt. Entschuldigung ...«

Die große blonde Frau wandte sich an Nina und streckte ihre Hand aus. »Ich bin Yvonne. Wir beide kennen uns natürlich noch nicht.«

Nina war ebenfalls aufgestanden und schüttelte der Frau die Hand. Im Anschluss stellte sich ihre Freundin als Inga vor.

»Sehr gern«, erwiderte Jörg, dessen Gesichtsausdruck nicht ganz zu diesem Ausspruch passte. Er erweckte den Anschein, als wäre er enttäuscht.

»Setzt euch doch. Nina, das sind zwei meiner Mitstreiter aus dem Fastenkurs. Die beiden haben genau wie ich noch eine Woche verlängert.«

Nina lächelte verschwörerisch. »Wäre doch ärgerlich, sich das gute Essen hier komplett entgehen zu lassen, oder? Freut mich, Sie kennenzulernen. Sie haben sich hier in

Heiligendamm kennengelernt, wenn ich das richtig verstanden habe.«

Die Mädels nickten gleichzeitig.

»Ich wusste gar nicht, dass das Hotel auch Fastenkurse anbietet.« Nina strahlte die Frauen an.

»Im Grunde tut es das nicht. Wir haben den Kurs bei einem ortsansässigen Heilpraktiker gebucht. Sven Seefeldt ist sein Name. Falls du in der Zukunft mal Interesse hast. Wir waren sehr zufrieden mit seiner Organisation. Er kümmert sich um alles. Wir haben die Zimmer hier im Hotel gebucht und die Getränke und so weiter wurden vom Hotel gebracht. Er hat hier einen Raum für uns angemietet, den wir nutzen können. Die Spaziergänge leitet er«, erklärte Inga. Sie hob die Hand, als sie die Kellnerin vorbeilaufen sah und signalisierte ihren Wunsch zu bestellen.

»Verstehe. Ich habe Jörg heute Nachmittag erst kennengelernt und musste feststellen, dass ihr alle erst kürzlich in sehr tragische Ereignisse hineingezogen wurdet. Das tut mir aufrichtig leid.«

Nina blickte in die Runde und auf verhaltene Gesichter. Sie glaubte, dass der Tisch kollektiv den Atem angehalten hatte. Vielleicht war das ein bisschen zu forsch gewesen.

»Einfach unverbesserlich«, murmelte Jörg unter Schmunzeln. Nina presste die Lippen aufeinander.

»Ninas Freundin wurde am selben Tag niedergeschlagen. Hier im Hotel. Sie liegt im Krankenhaus und wird behandelt.« Jörg kam ihr schließlich zu Hilfe. Er lockerte damit die Spannung am Tisch.

»Oh, wie schrecklich.« Yvonne griff sich an den Hals und sah sie sorgenvoll an. »Ist sie hier in Bad Doberan?«

»Ja. Das ist sie. Die Ärzte sind aber optimistisch, dass sie sich wieder erholen wird. Sie wurde auch nicht direkt im Hotel attackiert. Es war draußen beim Parkplatz.«

Ein weiterer Moment der Stille. Jeder hing seinen eigenen Gedanken nach, bis die Frau im dunkelgrünen

Baumwollkleid, die sich als Inga vorgestellt hatte, das Wort ergriff.

»Richte deiner Freundin bitte beste Genesungswünsche von uns aus.«

Ihre Partnerin warf ihr einen sanften Blick zu. Nina hatte sofort erraten, dass diese beiden Mädels ein Paar waren Ihre Körpersprache verriet sie.

»Hat der Kommissar bereits mit euch beiden gesprochen?« Jörg schaltete sich wieder ein.

Nina entging der verstohlene Blick nicht, den Yvonne auf sie warf, um Jörg wohl zu signalisieren, dass dies kein Thema für Fremde war. Jörg bemerkte ihn ebenfalls.

Aufmerksamer Mann, dachte Nina.

»Mach dir keine Gedanken, Yvi. Nina ist längst im Bilde. Wir haben uns heute in der ›Nelson Bar‹ kennengelernt und bereits über den Fall ausgetauscht. Wir vermuten, dass es einen globalen Zusammenhang gibt.«

»Einen globalen Zusammenhang?«, fragte Inga.

»Ja. Der Tod von Valencia und Michael in ein und derselben Nacht kann doch kein Zufall sein.«

Die beiden schienen kurz über seine Worte nachzudenken.

»Und deine Freundin? Wie passt die in diesen Zusammenhang?«, fragte Inga. Nina fiel auf, dass sie im Gegensatz zu ihrer Partnerin nur wenig Make-up trug. Dennoch wirkte sie mit ihrer gesunden Gesichtsfarbe nicht unauffällig.

»Ich weiß nicht, vielleicht hat sie ja ... etwas gesehen.« Sie wagte sich ein Stück nach vorn. Sie wusste, dass sie die drei mit irgendetwas ködern musste.

»Hat sie dir gesagt was?« Jörg schien ehrlich interessiert.

»Nein, nein. Das war nur so eine Vermutung von mir. Nichts weiter.«

»Aber was hat sie zu dir gesagt? Oder ist sie nicht bei Bewusstsein?« Yvonne hob die Augenbrauen.

»Doch, sie ist aufgewacht, aber sie kann sich an nichts mehr erinnern.« Nina zuckte mit den Schultern.

»Das ist ja tragisch. Also kann sie ihren Angreifer nicht einmal identifizieren?« Yvonnes Gesicht war voller Bedauern.

»Nein. Vorerst nicht. Habt ihr eine Idee, was mit euren Freunden passiert ist?« Es war langsam Zeit, aus der Defensive zu kommen, fand Nina.

»Tja, um zunächst Jörgs Frage von vorhin zu beantworten: Die Polizei hat mit uns beiden noch nicht gesprochen. Aber Sven, unser ehemaliger Kursleiter, hat uns angerufen. Es sieht so aus, als hätte er Michael identifizieren müssen.« Inga hob langsam die Augenbrauen.

»Das stimmt nicht, Inga. Bleib fair. Er hat sich bereiterklärt. Michas Tochter wohnt nicht in Deutschland. Ich vermute, sie haben ihn gefragt, um Zeit zu sparen«, sagte Yvonne zu Nina.

»Das stelle ich mir ganz und gar nicht spaßig vor. Seid froh, dass sie euch nicht gefragt haben«, warf Nina ein.

»Das kannst du laut sagen«, sagte Inga.

»Ja«, ergänzte Yvonne, »wir stehen jetzt schon völlig unter Schock.«

Nach einem Moment des Schweigens fügte Inga nachdenklich hinzu: »Ich kann mir nur vorstellen, dass irgendetwas in ihrer Vergangenheit dazu geführt hat, dass ...« Sie ließ den Rest des Satzes offen.

Darauf reagierte Jörg umgehend. »Nina hat mich vorhin schon darauf hingewiesen, dass sich Valencia und Michael dazu gekannt haben müssten, sonst wäre es ein ungewöhnlicher Zufall.« Jörg trank einen Schluck von dem Wein, den ihm der Kellner gerade eingegossen hatte. »Wäre nur Valencia gestorben, hätte man sich das so denken können, aber da Michael ermordet wurde ... ihre Vergangenheit müsste an irgendeiner Stelle eine Überschneidung, eine Gemeinsamkeit aufweisen.«

»Da hat sie recht.« Inga nickte anerkennend. »Doch soviel ich gehört habe, könnte es sich bei Valencias Tod auch um einen Unfall gehandelt haben.«

»Immer noch ein zu großer Zufall.« Jörg ließ nicht locker. Offenbar hatte sie ihn überzeugt, stellte Nina mit Genugtuung fest.

»Du hast recht. Ich geb's zu. Das klingt weit hergeholt.« Inga lächelte.

»Ich verstehe nicht, wer den beiden überhaupt etwas hätte antun können. Sie waren wirklich liebe Menschen. Ich kann das alles immer noch nicht fassen.«

Yvonnes Stimme klang heiser. Sie betupfte ihre Stirn und Nina bewunderte perfekt manikürte Fingernägel. Das Essen wurde serviert; für eine Weile herrschte Schweigen am Tisch. Nina betrachtete gedankenverloren den riesigen Kristalllüster über sich und ließ ihre Gedanken schweifen.

»Warst du schon einmal in diesem Hotel?«, wollte Inga von ihr wissen.

»Ja. Vor einigen Monaten, tatsächlich. Zu der Hochzeit meiner Schwester, und weil es mir so gut gefiel, habe ich es meiner Freundin und ihrer Familie weiterempfohlen.«

»Das klingt nett. Es muss traumhaft sein, hier zu heiraten«, warf Yvonne ein.

»Ganz bestimmt«, sagte Nina, die kein Interesse verspürte, die Gründe fürs Scheitern der Hochzeit aufzuwärmen. Sie erhaschte einen verstohlenen Blick zwischen Inga und Yvonne.

»Wie steht es mit euch beiden? Wart ihr schon einmal hier?«, fragte sie.

»Nein, nicht wirklich«, antwortete Inga, noch bevor Yvonne etwas sagen konnte. Damit war das Thema offensichtlich beendet. Nina warf Jörg einen Blick zu, der unauffällig mit den Augen rollte. Dann meldete sich Yvonne doch zu Wort. »Wir könnten öfter in solche Hotels fahren, finde ich. Vielleicht nicht unbedingt wieder hierher, nach allem, was passiert ist, aber der Fünf-Sterne-Service hat mir schon sehr gefallen.«

»Mir auch, Süße, aber wir müssen es auch finanzieren können.« Entschuldigend lächelte Inga in die Runde. Yvonne biss sich auf die Oberlippe.

»Das könnten wir schon, hin und wieder.«

»Es ist eine Nummer zu groß für uns, meinst du nicht?«

»Du weißt gut genug, dass ich gewisse Rücklagen habe«, zischte Yvonne laut genug zurück, sodass Nina und Jörg es hören konnten.

Inga kommentierte das nicht weiter und schien sich auf ihr Essen zu konzentrieren.

»Nina, du solltest beim nächsten Mal unbedingt das Lamm probieren. Es ist köstlich.« Jörg durchschnitt die Spannung.

»Du verhältst dich, als würden wir am Hungertuch nagen. Das ganze Gegenteil ist der Fall«, bemerkte Yvonne hartnäckig. Inga nickte. Die Diskussion war ihr sichtbar peinlich.

»Ich muss gestehen, dass ich mir diese Art Hotels normalerweise auch nicht leiste. Das ist eine Ausnahme. Ich bin gekommen, um meiner Freundin beizustehen und ihr zu helfen, wo ich kann.« Nina hoffte, die beiden von einem möglichen Streit abzulenken.

»Willst du Detektiv spielen?«, fragte Yvonne ganz direkt.

Nina schluckte ihren Bissen herunter und riss die Augen überrascht auf. Jörg untersuchte erneut die Tischdecke.

»Nein. Natürlich nicht. Wo denkst du hin? Die Polizei kann auf meine Einmischung sicher verzichten!« Nina hoffte, dass sie ihr das abkaufen würden. Jörg zeigte ihr ein breites Grinsen.

»Nina kennt den Kriminalhauptkommissar persönlich«, warf er wenig hilfreich ein. Er feierte auf seinem Platz.

Wo war dieser introvertierte Mann von heute Nachmittag geblieben, dachte Nina.

»Tatsächlich? Wie ist er so?«, fragte Inga und zog damit Ninas Aufmerksamkeit wieder auf sich. Nina bewunderte einen Moment gedankenverloren das Selbstbewusstsein, mit dem Inga ihre ersten grauen Haare nicht färbte. Die Frau war schätzungsweise Mitte dreißig.

»Er ist ein wirklich netter Mann, Mitte fünfzig, denke ich, und wirkt auf mich wie ein richtiger Seebär. Ihr wisst, was ich meine, man sieht ihm an, dass er an der Küste lebt, oft draußen ist und mitten im Leben steht. Er ist gerissen, würde ich sagen, und ich habe vollstes Vertrauen zu ihm. Dass man sich einmischt, mag er tatsächlich nicht, aber ich vermute, das trifft auf die Polizei im Allgemeinen zu.«

Nina schmunzelte. Jörg zog die Brauen nach oben, als hätte sie etwas vollkommen Überraschendes gesagt. Sie rollte genervt mit den Augen.

Inga lächelte zurück. »Das klingt, als hättest du so deine Erfahrungen gemacht.«

Jörg schien sich an seinem Getränk verschluckt zu haben. Nina ließ den Satz auf allen Ebenen unkommentiert stehen, rollte mit den Augen und schlug die Wimpern nach oben, während sie einen großen Schluck von ihrem Weißwein nahm.

»Wart ihr drei eigentlich schon mal in Nienhagen im Gespensterwald? Ich weiß, ihr habt jetzt keine guten Assoziationen damit, aber es könnte ja sein, dass ihr ihn bereits kennt. Ich selbst habe ihn im Sommer besucht und war überrascht, wie nahe mir dieses Erlebnis gegangen ist.«

Kauend sahen alle drei Nina an, die einen letzten verzweifelten Versuch unternahm, das Gespräch in produktivere Bahnen zu lenken. Als Erstes meldete sich Inga.

»Wir beide haben ihn uns in den ersten Tagen gleich angesehen. Wirklich fantastisch. Ich fand, er hat eine magische Atmosphäre.«

»Ja. Ging mir genauso«, ergänzte Yvonne. »Die Stimmung ist friedlich und geradezu hoffnungsvoll dort. Den Namen finde ich wirklich irreführend. Ich wurde übermannt von einer Welle der Zuversicht, würde ich sagen. Das ist sicher kein Ort, an dem man das Bedürfnis hat, sich umzubringen.«

Das folgende Schweigen schien endgültig. Besser hätte Nina ihre eigenen Gedanken dazu nicht in Worte fassen können.

Yvonne schien die Bedeutung ihrer Bemerkung aufzufallen und so fuhr sie zügig fort: »Ich kann mir aber genauso wenig vorstellen, dass jemand einen Grund gehabt hätte, Valencia zu ermorden. Sie war doch wirklich immer nett zu jedem. Meint ihr nicht auch?« Sie sah in die Runde.

Ein gemeinschaftliches »Ja, ja« war die Antwort von Inga und Jörg.

»Das ist doch wirklich albern! Wir haben uns alle erst vor ein paar Tagen kennengelernt. Wir reden hier über Mord an einem Menschen. Es ist vollkommen absurd, dass jemand von uns etwas damit zu tun hat«, schloss sie.

Nina beobachtete die drei. Sie schienen sich zum ersten Mal an diesem Abend einig zu sein.

Komisch, die Frage nach einem Täter aus der eigenen Mitte war überhaupt nicht gestellt worden, dachte Nina.

KAPITEL 31

Nachdem das Ehepaar Otte zu Abend gegessen hatte, fand sich Otte mit einem Geschirrtuch in der Hand neben seiner Frau wieder, die das gute Porzellan wusch. »Die arme Frau. Du sagst, sie hat zwei kleine Kinder?« Thea Otte zog die Augenbrauen besorgt zusammen.

»Ja. Die Tochter ist noch in der Kita und der Sohn geht bereits in die Schule.«

»Schrecklich. Wie du es Tag für Tag aushältst mit diesen fürchterlichen Schicksalsschlägen konfrontiert zu werden, ist mir ein Rätsel.«

Das war ein guter Abend. Thea war ganz die Alte – neugierig auf die Schilderung seines Falles –, die saftigen Details hatte er weggelassen. Sie war voller Mitgefühl, als er in die Schilderung um Astrid Richter eingestiegen war. Diese Thea hatte er lange vermisst. Möglich, dass sie ihm sein pünktliches Erscheinen zum Essen zu seinem Vorteil ausgelegt hatte.

»Und du weißt, wer der Kerl ist?«

»Ja, genau. Er hat mit der toten Frau, die in Nienhagen unterhalb des Gespensterwaldes gefunden wurde, gemeinsam einen Fastenkurs besucht. Sie hatten sich angefreundet.«

Otte hatte sich an die Bilder aus Valencia Anders' Handy erinnert. Auf einem war sie mit einem leicht untersetzten Mann zu sehen; um die vierzig, kurze rote Haare. Eine Nachfrage im Hotel hatte seine Theorie bestätigt. Mit einem Foto des Toten hatten sie ihn schließlich am Nachmittag zweifelsfrei identifizieren lassen können. Es handelte sich um Michael Lotse.

Um dieses Ergebnis offiziell abzusichern, hatte Sven Seefeldt sich bereiterklärt, den Toten persönlich in Augenschein zu nehmen. Er war sehr still gewesen und hatte beim Anblick der Leiche nur genickt, bevor er augenblicklich den kalten Raum des Leichenschauhauses verlassen hatte.

»Das heißt, dieser Mörder hat höchstwahrscheinlich drei Menschen auf dem Gewissen. Pardon … zwei und einen Mordanschlag.«

»Davon gehe ich aus. Die Fälle müssen zusammenhängen. Nachdem wir gestern herausgefunden hatten, wer die Tote von der Steilküste war und mit wem sie zusammen reiste, hatte ich versucht mit ihren Kontaktpersonen zu sprechen. Das ist mir nur zum Teil gelungen. Ich konnte den Kursleiter erreichen und einen Herrn Hansen, einen weiteren Teilnehmer aus der Fastengruppe. Michael Lotse hatte ich versucht zu kontaktieren, doch niemand wusste etwas über seinen Aufenthaltsort. Jetzt ist mir klar wieso. Zu diesem Zeitpunkt war auch er bereits tot. Er ist sogar länger tot als sie, obwohl wir sie zuerst gefunden haben.«

»Dann fing alles mit ihm an.«

»Ich weiß nicht.«

»Zwei Tote in diesem Fastenkurs. Ich glaube, ich verabschiede mich von der Idee, dass wir so etwas ausprobieren.« Thea grinste.

»Nur über meine Leiche.« Den Steilpass konnte sich Otte einfach nicht entgehen lassen. »Entschuldige.« Er hatte ihren schockierten Gesichtsausdruck gesehen.

Thea reagierte nicht. Sie wusch völlig in Gedanken das Geschirr und starrte dabei aus dem Fenster. Sehen konnte sie dort nichts. Es war dunkel. Otte wusste, dass sie an die kleinsten Mitglieder der Richter-Familie dachte. Er ging an sie heran und legte seinen Arm um sie. Er musste wirklich aufhören, ihr diese Horrorgeschichten zu erzählen. Sein Alltag war alles andere als alltäglich für den Rest der Bevölkerung. »Die beiden Kleinen werden ihre Mutter bald wieder haben. Mach dir keine Gedanken! Roland Richter sagt, dass sie stabil ist. Sie hat unglaubliches Glück gehabt. Wahrscheinlich ein Dutzend Schutzengel.«

Thea nickte. »Das sind die schlimmsten Fälle, finde ich, wenn Kinder in irgendeiner Art betroffen sind.«

Otte senkte den Blick, während er seine Frau sanft an sich drückte und ihr einen Kuss auf die Stirn gab. Von den schlimmen Fällen hatte er ihr noch nie berichtet.

KAPITEL 32

Das Dinner hatte seine zähen Momente gehabt, was sicherlich nicht dem Essen zuzuschreiben gewesen war. Als allgemeine Aufbruchstimmung herrschte, entschuldigte sich Nina und ging zur Toilette, um sich frisch zu machen.

Sie war im Begriff, die Gästetoiletten im Eingangsbereich des Restaurants ›Kurhaus‹ zu verlassen, als sie vertraute Stimmen hörte. Die Tür schloss sich bereits hinter ihr, doch sie wagte nicht, nach vorn in den Flurbereich zu treten. Um die Ecke, keine fünf Meter von ihr entfernt, stritten Inga und Yvonne. Sie mussten das Lokal kurz nach ihr und Jörg verlassen haben. Jörg stand derzeit vor dem Gebäude und wartete auf Nina. Sie blieb, wo sie war.

Inga schien stinkesauer zu sein. »Wenn ich dir plötzlich nicht mehr gut genug bin, dann solltest du keine Mördergrube aus deiner Seele machen.«

»Sei bitte nicht albern. Das hat nicht das Geringste mit dir zu tun. Ich will einfach nur eine Entwicklung sehen. Ein bisschen Hoffnung haben, wenn du so willst«, hörte Nina Yvonnes Antwort. Sie konnte die beiden nicht sehen.

»Ehrlich, Yvonne, ich habe von Anfang an gewusst, dass es keine gute Idee ist hierherzukommen. Ich wünschte, deine

Eltern hätten mir einen Wink gegeben, dann hätte ich ihnen gleich meine Meinung zu diesem Geschenk sagen können.«

»Und was dann? Sollen sie dich in Zukunft um deinen Segen bitten, oder was?«

Nina sog gespannt die Luft ein.

»So ein Blödsinn! Du bist wirklich unmöglich. Ich weiß, dass du traurig wegen Valencia bist, aber lass das bitte nicht an mir aus. Ich habe dir nichts getan und auch sonst niemand.«

»Das hat nichts mit Valencia zu tun!«

»Nun, mit mir auch nicht!«, konterte Inga. »Ich habe die Nase voll. Du benimmst dich wie ein verzogenes Gör. Wir haben beide gut bezahlte Jobs und führen ein angenehmes Leben. Doch so große Sprünge, wie du sie dir wünschst, können wir nicht machen.«

Nina hörte, wie die beiden sich weiter entfernten. Sie liefen durch den schmalen Gang, der Richtung Sushi-Bar und dann aus dem Hotel führte. Nina nahm den anderen Weg, zurück zu Jörg. Sie wollte ihnen nicht in die Arme laufen.

KAPITEL 33

»Hast du Lust, noch etwas trinken zu gehen. Die machen tolle Cocktails in der ›Nelson Bar‹.« Jörg lächelte sie an, als Nina aus dem Gebäude in die Nacht trat.

Nina schüttelte den Kopf und verdrängte aufkeimende Gedanken an Mai Tais, die sie vor einigen Monaten dort getrunken hatte.

»Nein, wirklich nicht. Ich laufe noch ein bisschen herum und gehe dann schlafen. Sei nicht böse, aber ich muss über einiges nachdenken.«

Jörg sah enttäuscht aus. »Es tut mir leid, wie der Abend gelaufen ist. Ich hatte mich darauf gefreut, mich mit dir zu unterhalten, aber dann sind meine Bekannten aufgetaucht.« Er wirkte sehr zerknirscht.

Nina fand, dass es an der Zeit war, reinen Tisch zu machen. Sie schlenderten über die Terrasse vor dem Restaurant. Die löchrige Wolkendecke ließ vereinzelt den Blick auf einige Sterne zu. »Jörg, ich will ganz aufrichtig zu dir sein. Es gibt da jemanden. Wir befinden uns zwar momentan in einer schwer zu definierenden Phase, doch ich bin mir sicher, wir werden das irgendwie klären.«

Glaubte sie das wirklich? Jörg sah erschrocken aus.

»Oh, Nina, bitte entschuldige. Ich wollte dich in keiner Weise unter Druck setzen. Bei dieser Verabredung hatte ich keinerlei Hintergedanken. Wir kennen uns schließlich kaum. Nein, ich fand dich nett und wollte ganz freundschaftlich einen schönen Abend mit dir verbringen.« Er lächelte sie vorsichtig an.

»Das ist mir jetzt unangenehm. Ich wollte nichts unterstellen.«

»Du bist vorsichtig. Das kann man doch verstehen. Ich lasse dich jetzt allein und gehe schlafen. Vielleicht sehen wir uns die Tage ja noch einmal. Das wäre nett.«

Er lächelte und winkte ihr zum Abschied. Dann ging er zielstrebig auf das Haupthaus zu, ohne sich noch einmal umzudrehen. Sie sah ihm nach, bis sich die gläserne Tür des Haupteingangs hinter ihm schloss.

Sie war auf einmal allein auf dem Weg vor dem ›Kurhaus‹. Hoffentlich hatte sie ihn nicht beleidigt. Sie schaute durch die großen verglasten Doppelflügeltüren in das Restaurant und betrachtete die Menschen an ihren Tischen, die in warmem Licht der Lüster mehrere exquisite Gänge zu sich nahmen.

Zu ihrer Linken traf sie der dämmrige Schein der Lampen aus der ›Nelson Bar‹, wo erste Gäste auf bequemen Sesseln und Couchen dem Klavierspiel lauschten und Cocktails schlürften. Das Gelächter drang trotz geschlossener Fenster an ihre Ohren. Hinter ihr lag der Weg, der zur Seebrücke und zum Strand führte. Sie hörte die Brandung.

Nina entschied sich für einen Verdauungsspaziergang, bevor sie aufs Zimmer ging. Also hielt sie schnurstracks auf die kleine Pforte zu, für die man eine Zimmerkarte benötigte.

Der Wind blies immer noch kräftig, wenn er auch deutlich in den letzten Stunden an Schrecken verloren hatte. Nina zog ihren Mantel dichter zusammen und beglückwünschte sich dazu, dass sie so weise gewesen war, an diesem Abend eine Hose zu tragen. Wenige Leute kamen ihr von der beleuchteten Seebrücke entgegen. Sie ging langsam über die Bohlen raus aufs Meer. Die Brandung hatte sich noch nicht beruhigt. Die Gischt schäumte so stark, dass ganze Berge aus braunem Schaum den Strand zierten. Unmengen von angespülten Miesmuscheln und toten Fischen, die wie ein Band am Strand lagen, zeugten von der Sturmflut.

Nina sah hinaus in die Nacht. Am Horizont konnte sie ein einsames Leuchten sehen. Sicher ein größeres Schiff, das dort vor Anker lag. Sie hatte keine Lust, die zweihundert Meter bis ans Ende der Brücke zu laufen, deshalb machte sie auf dem Absatz kehrt und ging die Treppe zum Strand hinunter. Hier war sie ganz für sich. Das Leuchten der Lampen von der Strandpromenade zu ihrer Rechten erhellte den Sand gerade so weit, dass sie nicht aus Versehen ins Wasser trat.

Jetzt hatte sie die überlebenden Mitglieder dieses Kurses kennengelernt, doch war immer noch keinen Deut schlauer. Jeder war auf seine Art speziell, doch einen Mord wollte sie keinem von den dreien zutrauen.

Die Wellen hatten eine meditative Wirkung auf sie. Ganz in Gedanken versunken, dem Rätsel auf die Spur zu kommen, verlor sie sich in dem Rauschen. Das leise Zurückrollen der Wellen auf dem Sand beruhigte sie mehr und mehr. Sie spürte eine Klarheit in ihrem Kopf, doch half sie ihr nicht, in diesem Fall klar zu sehen. Sie atmete tief die frische Luft ein. Wie konnte sie auch? Sie kannte zu wenige Fakten. Wie viel ihres Wissens durfte sie mit anderen teilen, ohne Astrid in Gefahr zu bringen? Wenn sie daran dachte, was Astrid ihr erzählt hatte, so wusste der Mörder bereits, dass sie ihn gesehen hatte. Das war also keine neue Info für ihn. Er hatte bereits versucht, sie umzubringen. Weshalb sollte sie also dieses Detail verschweigen? Aus Vorsicht. Es fiel ihr gerade in letzter Zeit immer schwerer, den Menschen zu trauen. Einen Tod musste man sterben, hatte einmal jemand zu ihr gesagt. Sie war sich nicht sicher, ob das nicht sogar Erik gewesen war. Der Schriftsteller geisterte durch ihren Kopf, als wäre dieser sein Schloss. Seine Abwesenheit tat ihr inzwischen physisch weh.

Unsicher nahm sie ihr Handy aus der Tasche und starrte auf den Bildschirm. Eine ganze Weile verging, während sie in der Dunkelheit stand und das kleine Ding mit Blicken durchbohrte. Sie drückte den Knopf an der Seite und entsperrte den Bildschirm. Dann suchte sie den Chat mit seinen Nachrichten. Die letzte hatte sie vor gefühlt einer Ewigkeit erhalten und die war vollkommen belanglos gewesen. Sie atmete tief ein und schaute erneut zum Horizont. Dann tippte sie.

Bin mit Freunden in Heiligendamm. Musste gerade an dich denken.

Nachdem sie noch ein, zwei Mal tief eingeatmet hatte, drückte sie auf ›Senden‹. Im Anschluss las sie die Nachricht noch einige Male durch, nur um zu prüfen, ob man sie irgendwie falsch verstehen konnte. Sie war sich dessen nicht sicher.

Als einige Minuten verstrichen waren und sie noch keine Antwort erhalten hatte, wurde sie nervös.

So ein Mist!

Hätte sie nur die Finger davon gelassen. Sie würde die nächsten Stunden und Tage damit verbringen, ihr Handy anzustarren und ihre Nachrichten zu checken, bis er sie von ihrer Qual erlöste. Die Zeit bis dahin würde sie unleidig sein und den Personen in ihrer Gegenwart das Leben zur Hölle machen. Erik war derzeit in England, soviel sie wusste. Dort musste es gerade halb neun sein. Eine Zeit, zu der man durchaus an sein Handy gehen konnte, um eine Nachricht einer Freundin zu beantworten.

Sie steckte das vermaledeite Ding in ihre Manteltasche und stapfte weiter, den Blick auf den Sand zu ihren Füßen gerichtet. Das war das Problem. Sie war eine Freundin, nicht seine. Warum sollte er sich für sie ein Bein ausreißen? Sie hatte ihm schreiben wollen, wie sehr er ihr fehlte, doch das wäre nicht fair gewesen. Zu oft hatte sie ihn schon enttäuscht.

Ohnmacht überkam sie. Für dieses Problem gab es nur eine Lösung. Der Gedanke daran schmerzte sie so sehr, dass sie die Augenbrauen zusammenzog. Sie musste loslassen.

KAPITEL 34

Kriminalhauptkommissar Ullrich Otte hatte es sich vor geraumer Zeit in seinem Lesesessel gemütlich gemacht. Mit der Lesebrille auf der Nase schmökerte er in seinem Roman. Er war aufrichtig bemüht, sich von seinem Fall abzulenken. Das Telefon klingelte.

»Guten Abend. Hier ist Nina Heinze. Bitte entschuldigen Sie die späte Störung, doch Sie sagten mir ja, ich könnte zu jeder Zeit anrufen, wenn mir etwas auffällt.«

Ein kräftiger Wind war durch die Leitung zu hören, der einige Wörter beinahe vollständig schluckte. Sie schien draußen unterwegs zu sein.

»Guten Abend. Ja, natürlich. Kein Problem. Was gibt es denn?«

»Ich habe heute durch reinen Zufall die verbleibenden Mitglieder dieser Fastenkur kennengelernt.«

Otte drehte stumm die Augen nach oben. »Ja? Wie ist Ihnen das so schnell gelungen?«

»Mir ist da etwas aufgefallen, vielmehr habe ich eine Frage.«

»Schießen Sie los!«

»Astrid ist doch vermutlich angegriffen worden, weil sie beobachtet hat, wie dieser Michael Lotse ermordet wurde. Ich vermute, das ist der Name des Mannes, dessen Foto Sie mir gezeigt haben.«

»Ja. Das haben Sie richtig erkannt.«

»Inzwischen weiß ich auch, dass es nicht nur diesen einen Toten gegeben hat. Vielmehr wurde vor zwei Tagen eine seiner Bekannten tot aufgefunden.«

»Frau Heinze ...«

»Ja, ich weiß. Sie werden mit mir nicht über laufende Ermittlungen reden. Ich möchte Sie nur kurz bitten mich anzuhören.«

»In Ordnung.« Otte atmete hörbar aus.

»Diese Frau und der Mann, den Astrid gesehen hat, kannten sich. Sie haben denselben Fastenkurs besucht. Astrid beobachtet den Mord an diesem Michael Lotse und ein paar Stunden nach diesem Mord kommt diese Influencerin zu Tode.« Nina Heinze machte eine kurze Pause.

»Korrekt.« Otte kniff wütend die Lippen zusammen. Er war abgespannt, seine Konzentration schon im Freizeitmodus.

»Ich habe bisher immer den Mord an diesem Mann im Fokus gehabt. Schließlich war es das einzige Puzzleteil, das ich in diesem Fall kannte. Die einzige Verbindung zu Astrid. Im Gespräch mit den drei anderen ist mir ins Auge gefallen, dass Michael Lotse kaum erwähnt wurde. Nicht einmal sein Geist war anwesend, doch sie konnten sich nicht von Valencia Anders losreißen. Ich habe mich gefragt, ob sie als Erste gestorben sein könnte. Möglicherweise hatte das zweite Opfer etwas damit zu tun und ist später mit seinem Komplizen in Streit geraten.«

»Puhh, Frau Heinze. Das beschäftigt Sie um diese Uhrzeit?«

»Es tut mir leid. Sie haben völlig recht. Das hätte auch bis morgen warten können. Ich dachte nur, dass es vielleicht wichtig sein könnte. Ich möchte Familie Richter nur helfen.«

Otte nickte. »Ich verstehe Sie ja. Das ist für Sie alle eine schwierige Zeit. Ich beantworte Ihre Frage gern. Nach den mir vorliegenden Daten ist es am wahrscheinlichsten, dass Michael Lotse ein paar Stunden vor dem zweiten Opfer gestorben ist.«

»In Ordnung. Ich dachte nur, weil sich alles um diese Frau zu drehen scheint. Man könnte meinen, Michael Lotse wäre nie hier gewesen. Niemand spricht von ihm.«

»Es gibt Menschen, denen geht es zu Lebzeiten so. Warum sollte das im Tode anders sein? Ich weiß aber, was Sie meinen. Ich werde Ihren Hinweis gern berücksichtigen.«

»Ich danke Ihnen. Tut mir leid, dass ich Sie so spät gestört habe. Ich dachte, ich hätte einen Geistesblitz gehabt.« Die Frau klang zerknirscht. Otte war sicher, dass sie ihren Anruf längst bereute.

»Ich danke Ihnen. Es ist gut, wenn Sie aufmerksam sind.«

Sie verabschiedeten sich voneinander. Otte legte den Roman zur Seite und starrte aus dem Fenster in die Dunkelheit. Das Leben der ersten Siedler im Wilden Westen vermochte ihn heute nicht mehr in seinen Bann zu ziehen, doch ein Bild in seinem Kopf ließ ihn einfach nicht los. Die Sache, die Frau Heinze angesprochen hatte, geisterte auch schon geraume Zeit durch seine Gedanken. Er blickte hinab auf die Lehne seines Sessels, auf der das umgedrehte Buch lag. Das Cover zeigte einen alten Planwagen in Schwarz-Weiß, ein Mann auf dem Bock, davor war ein Pferd gespannt. Er faltete seine Hände und stützte sein Gesicht darauf ab.

Der Karren und das Pferd. Möglich, dass er die Sache falsch angegangen war. Was, wenn jemand den Karren vor das Pferd gespannt hatte? Ruhig und tief atmete er ein. Die Reihenfolge. Sie war auf jeden Fall wichtig. Valencia Anders war zuerst gefunden worden, doch Michael Lotse war zu diesem Zeitpunkt längst tot. Diese Delikte hingen definitiv zusammen, so viel stand für ihn fest. Die Frau war gestoßen worden, das hatte ihm der Spezialist bestätigt. Bei einem Abrutsch wäre der Körper ganz anders aufgekommen. Valencia Anders war eindeutig mit dem Kopf zuerst gelandet. Viele verschiedene Fußspuren an der Stelle, von der Sand nachgerutscht war, ließen die Vermutung zu, dass jemand danach versucht hat, die Kante zum Abbruch zu bewegen – mit heftigen Tritten. Damit hatte der Täter zum Teil auch Erfolg gehabt. Eine größere Menge des nachrutschenden Sandes war auf der toten Frau gelandet. Der Tod war schnell eingetreten. Ihr Genick brach direkt, als sie mit dem Gesicht den Boden berührte. Nichts wies darauf hin, dass sie den gesamten Hang hinuntergerutscht wäre. Im Gegenteil. Sie war ein gutes Stück von der Kante weggestoßen worden und so am Fuße der Klippe gelandet.

Doch Michael Lotse war vor ihr gestorben. Wieso? Seine Leiche hatte man versteckt. Valencia Anders' Tod hingegen, war öffentlich zur Schau gestellt worden. Wenn er davon ausging, dass er nur nach einem Täter suchen musste, dann war dieses Spiel mit der Zeit kein Zufall. Lotse sollte nach Valencia gefunden werden, aber wieso? Wieso sind sie in dieser Reihenfolge gestorben? Möglich, dass Valencia etwas gesehen hatte – so wie Astrid Richter. Doch gleich zwei verschiedene Zeugen für ein und dasselbe Verbrechen? Vielleicht hatte sie auch etwas gewusst. Möglich, dass sie den Mörder hätte identifizieren können, nachdem die Leiche gefunden worden wäre. Aber wenn es andersherum war?

Wenn der Mord an Valencia geplant war und Michael Lotse hatte das herausbekommen? Die Morde passten ohnehin nicht zueinander. Der Tod der Frau war als Unfall getarnt gewesen. Jemand hatte sie zu diesem Zeitpunkt in den Wald gelockt, in der Hoffnung, dass es dort keine Zeugen geben würde. Lotse war, wie bereits Astrid Richter bestätigt hatte, im Handgemenge gestorben. Das klang sehr nach einer Affekthandlung. Und dann die Art der Beseitigung der Leiche; der Täter hatte sich etwas einfallen lassen müssen. Astrid Richter hatte er an denselben Ort geschafft. Das war auch nicht geplant gewesen. Das war schlechtes Timing. Sonst nichts. Das Monster, das er suchte, schien nicht vollkommen berechnend zu agieren. Der Täter oder die Täterin hatte einen Fehler gemacht, als er Astrid Richter niederschlug. Möglich, dass es sich bei Michael Lotse auch schon um einen solchen Fehler gehandelt hatte. Astrid stand ihm im Wege und wurde in den Fürstenhof verfrachtet. Michael Lotse schien ihm als der Typ Mann, der sich auch in den Weg stellen würde.

Wenn Otte dieser Theorie folgte, dann war der eigentliche Mord, um den es sich hier drehte, der Mord an Valencia Anders. Jemand hatte sie so sehr gehasst, dass er jedes Hindernis aus dem Weg schaffte, das auftauchte und drohte ihn an seinem Plan zu hindern. Wo fand er diesen hasserfüllten Menschen?

KAPITEL 35

Nina steckte ihr Handy in die Tasche und rieb sich die Oberarme. Mist! Sie hatte überhaupt nicht auf die Uhrzeit geachtet. Ihre Gedanken kreisten nur noch um das eine Thema, und ihre Sehnsucht nach Erik belastete sie zusätzlich. Sie hätte mit diesem Anruf ein paar Tage warten müssen, bis sie mehr Informationen besaß. Was sollte der Kommissar schon mit ihren Gefühlen anfangen? Auf die konnte sie derzeit ohnehin nicht vertrauen. Das brachte sie wieder auf das Thema, über das sie eigentlich gegrübelt hatte.

Sie musste Erik loslassen. Traurig über ihre Erkenntnis schaute Nina auf. Sie war mutterseelenallein am Strand. Die Promenade, die zu dem kleinen italienischen Restaurant führte, hatte sie lange hinter sich gelassen. Der Schein der Lampen, von dem sie annahm, dass er sie die ganze Zeit begleitet hatte, war dem Licht des Mondes gewichen, der ihren Weg erleuchtete.

Trotzdem war es deutlich dunkler als zuvor, nur war sie so in Gedanken gewesen, dass sie nicht bemerkt hatte, wie sie sich mehrere Hundert Meter von der Zivilisation entfernte. Sie fröstelte und sie wollte auf der Stelle umkehren.

Ein Geräusch zu ihrer Linken in den Dünen ließ sie zusammenzucken. Sie hielt an. Bis auf Strandhafer, der im Wind nach unten gedrückt wurde, konnte sie nichts sehen. Sie setzte ihren Weg Richtung Hotel fort, diesmal deutlich zügiger. Das unbestimmte Gefühl überkam sie, hier draußen beobachtet zu werden. Nina zwang sich, einen kühlen Kopf zu bewahren. Die Angst, jemand könnte die Distanz zu ihr von Minute zu Minute verkürzen, um dann plötzlich direkt hinter ihr aufzutauchen, bevor sie auf dem beleuchteten Pfad ankam, ließ ihr das Blut in den Adern gefrieren.

Reiß dich zusammen! Es ist alles in Ordnung.

Das bleiche Licht des Mondes hinter Nina, zeichnete ihren Schatten auf den Sand. Noch sah sie dort unten, vor sich, nur eine Gestalt, einen Umriss – ihren eigenen. Hastig drehte sie sich um.

Sie hörte ihren schweren Atem und das stetige Rollen der Wellen am Strand. Der Wind raschelte durch die Dünen. Weiter hörte sie nichts. Der Mond stand hoch und tauchte die Landschaft in ein silbrig kühles Licht und wie sie ihren Blick über die Linien der Dünen streifen ließ, sah sie es. Dort hinten, wo sie eben noch kehrtgemacht hatte, stand jemand.

Sie schluckte schwer und sog geräuschvoll den Atem ein. Sie konnte die Person kaum sehen, so weit war sie inzwischen von ihr entfernt. Nur ein Kopf und ein Körper. Eine schwarze Silhouette gegen das Licht, das vom Himmel kam. Völlig regungslos. Nina befahl ihren Beinen weiterzugehen. Sie schätzte kurz die Entfernung ab. Sie hatte noch gut zweihundert Meter vor sich. Mehr als zwischen ihr und der Gestalt lagen. Nina fühlte sich hilflos ausgeliefert. Ihr Herz pochte ihr bis zum Hals und sie spürte eine lähmende Schwere, die sich auf ihre Gliedmaßen legte.

Los jetzt! Lauf!

Den Bruchteil einer Sekunde später rannte sie durch den Sand. Das war schwer, da sie versuchte diagonal Richtung Promenade zu laufen. So kam sie schnell in den Teil mit dem trockenen weichen Sand, in dem Laufen zur Höchststrafe wurde. Hektisch wandte sie ein, zwei Mal den Kopf nach hinten, konnte aber niemanden sehen. Ein wenig erleichterter preschte sie nach vorn und erreichte innerhalb kürzester Zeit den befestigten Weg, der zurück zum Hotel führte.

Hier waren Menschen. Sie kamen aus dem Lokal und schlenderten entlang der teils renovierten historischen Villen am Strand – der sogenannten Perlenkette – zurück zu ihren Zimmern. Nina mischte sich atemlos unter sie. Sie drehte sich Richtung Nordosten und schaute zu der Stelle, die ihr noch vor ein paar Minuten solch eine Angst gemacht hatte.

Nichts.

Das konnte allerdings auch daran liegen, dass es die Helligkeit auf der Promenade vollkommen unmöglich machte, etwas Entferntes in der Dunkelheit zu erkennen. Sie war wie die Bewohnerin eines Mietshauses nachts in der Großstadt. Ihre Nachbarn in den Häusern gegenüber konnten jede ihrer Bewegungen sehen, während sie sich vollkommen unbeobachtet und allein in ihrer Wohnung fühlte. Und sicher. Nina drehte sich um und ging zügig die Promenade entlang, bis sie zu der kleinen Pforte kam, die sie zurück in die Hotelanlage führte. Hastig kramte sie ihre Zimmerkarte hervor, öffnete sie und warf sie erleichtert hinter sich ins Schloss. Dann ging sie am Haus Mecklenburg entlang, blickte auf die vielen hell erleuchteten Fenster und entspannte sich so langsam.

In diesem Moment ertönte ein Piepen von ihrem Handy. Nina zuckte kurz zusammen und nahm es dann mit zittrigen Händen aus ihrer Manteltasche. Eine Nachricht von Erik! Sie blieb stehen und öffnete den Chat.

Das freut mich für dich. Ich wünsche Euch viel Spaß! Erik

Enttäuscht starrte sie auf das Display. Er hatte nicht einmal Grüße vor seinen Namen gesetzt. Ninas Herz wurde schwer.

Langsam ging sie weiter zu der großen Glastür, die ihr Einlass in das Haus Mecklenburg bot. Sie schritt träge hindurch und wandte sich zum Fahrstuhl. Es dauerte eine Weile, bis er kam. Erik schien sie nicht zu vermissen und er war offensichtlich nicht so sentimental wie sie, wenn er Heiligendamm hörte. Sollte sie etwas darauf erwidern? Die Vernunft ermahnte sie, sich vor Verletzungen zu schützen.

Nina konnte nicht auf sie hören.

Du fehlst mir hier.

Sie schickte die Nachricht los, ohne ein weiteres Mal drüberzulesen. Wozu? Mit Vernunft hatte dies ohnehin nichts mehr zu tun. Sie wagte sich in gefährliche Gewässer vor. Jene, in denen ihr Herz brechen konnte.

Eine Zeitlang geschah nichts. Sie schob es zunächst darauf, dass sie im Fahrstuhl keinen Empfang gehabt hatte. Als sie ausstieg, war der Bildschirm vom Handy immer noch schwarz. Sie ging langsam zu ihrer Tür, nachdenklich auf das Display starrend. Als sie vor ihrem Zimmer stand, piepte es erneut. Sie blieb stehen. Ängstlich starrte sie auf den Hinweis, dass eine Nachricht auf sie wartete. Dann nahm sie ihren Mut zusammen, atmete tief ein und wieder aus und öffnete ihre Zimmertür.

KAPITEL 36

Endlich riss die dichte Wolkendecke hier und dort auf und ließ vereinzelte Sonnenstrahlen durch. Ein weiterhin kräftiger Wind blies Otte um die Nase, als er am Strand von Heiligendamm stand. Es war früh am Morgen. Er zog den Reißverschluss seiner Wachsjacke ein Stück höher, direkt bis unters Kinn. Seine Wangen brannten von dem Wind, doch er genoss diese Verbindung mit der Natur und ihren Gewalten.

Eine junge Frau trat von der Promenade auf den kleinen Pfad, der durch einen Streifen Strandhafer auf den Strand führte. Sie war in den Dreißigern und trug hellblondes langes Haar. Otte erkannte sie sofort von einem der Bilder aus Valencia Anders' Handy. Er ging direkt auf Yvonne Schweiger zu und hob zur Erkennung die Hand. Er holte seinen Ausweis heraus und stellte sich vor. Sie lächelte schüchtern und gab ihm die Hand.

»Ich freue mich, dass Sie es so schnell einrichten konnten. Ich hätte gern früher den Kontakt zu Ihnen gesucht, doch leider war mir das gestern aufgrund bestimmter Umstände nicht möglich.«

»Sie haben Michael gestern gefunden«, erwiderte sie und schluckte.

»Das ist korrekt. Wer hat es Ihnen erzählt?« Otte kannte die Antwort im Grunde schon.

»Sven hat uns angerufen. Er war gestern Nachmittag ziemlich durch den Wind, und ich glaube er brauchte jemanden zum Reden.« Sie schwieg.

»Leider war das notwendig. Wie wir erfahren haben, lebt Lotses Tochter als nächste Angehörige in den Staaten. Herr Seefeldt hat es freundlicherweise angeboten.«

»Wird sie dennoch herkommen? Seine Tochter, meine ich.«

»Ja. Es kann allerdings ein paar Tage dauern.«

Yvonne Schweiger lächelte knapp und nickte. »Ich weiß, dass er sie sehr vermisst hat. Sie lebt in San Diego. Er hat selten über sie geredet, aber das wenige hat er erzählt. Ich denke, es hat ihn sehr geschmerzt, sie so lang nicht gesehen zu haben. Ich hatte den Eindruck, dass es da ein Zerwürfnis gegeben haben muss, kann mich aber auch irren.«

»Frau Schweiger, ich würde zunächst gern mit Ihnen über Valencia Anders reden.«

»Ja, natürlich. Das war eine tragische Sache. Ich kann immer noch nicht fassen, dass sie das getan hat.«

»Halten Sie es für wahrscheinlich, dass es ein Suizid war?«

»Sie etwa nicht? Was soll sonst passiert sein?«

»Das kann ich zu diesem Zeitpunkt nicht beantworten. Ich habe gehofft, dass Sie mir über Ihre beiden ehemaligen Gruppenmitglieder mehr erzählen könnten.«

»Glauben Sie, dass ihr Tod mit Michaels Tod zusammenhängt?« Yvonne Schweiger zog die Brauen nach oben und blickte ihn aus gutmütigen Augen an.

»Ich würde es mal so formulieren, ein Drittel der Teilnehmer ihrer Fastengruppe ist tot. Wir sollten es zumindest in Betracht ziehen.«

»Ich war davon ausgegangen, dass Valencia Opfer eines Unfalls war.« Ihre Stimme war leise.

»Das ist alles möglich. Ebenso die Suizid-Idee, die Sie zuvor geäußert haben.« Er beschwichtigte sie mit einer Handbewegung, als sie aufbegehren wollte. »Wussten Sie, dass sie an dem Morgen zum Gespensterwald gehen wollte?«

»Nein. Sie hat zwar immer wieder darüber geredet, dass sie sich dieses Schauspiel ansehen wolle, aber wann sie genau hinwollte, hat sie nicht erwähnt.«

»Was halten Sie von der Uhrzeit, zu der sie dort gewesen ist? Wissen Sie, ob sie der Typ Frühaufsteher war?«

»Ich hätte sie so nicht eingeschätzt, aber ich kannte sie auch nur eine Woche. Soweit ich weiß, wusste sie, dass der Wald am magischsten in der Dämmerung bei Sonnenauf- oder Sonnenuntergang zu erleben ist. Ich denke, sie hätte dieses Opfer für eine tolle Story gebracht. Sie war nicht der Typ, der nur in seiner Komfortzone lebte. Sie hat mir eines Tages bei einer unserer Wanderungen erzählt, dass sich in ihrem Leben alles zum Besseren gewandt hat, seit sie sich ihren Ängsten gestellt hat. Das klingt einfach wundervoll, oder?«

»Sie haben sie gemocht, nicht wahr?«

»Schon, ja. Sie war sehr nett.«

»Gab es jemanden in ihrer Gruppe, der nicht so gut mit ihr ausgekommen ist?« Otte betrachtete ihr Gesicht, während sie beide langsam an der Grenze zwischen trockenem und feuchtem Sand entlangschritten.

»Dazu gab es keinerlei Anlass. Sie war zu jedem freundlich und überhaupt nicht streitlustig. Ich würde sagen, sie ist einer der wenigen Menschen, die ich kenne ... kannte, die mit sich und ihrem Leben zufrieden waren. Sie ruhte quasi in sich.«

»Das finde ich eine interessante Beschreibung. Meinen Sie, sie hatte herausgefunden, was sie vom Leben wollte und hat es umgesetzt?«

»Perfekt. Ja. Das beschreibt sie genau.«

»War ihr Freund ähnlich gestrickt?«

»Christian? Hmm. Ich würde sagen, Nein. Um es mit ihren Worten zu sagen, ich denke, er war noch auf der Suche nach seinem Element. Er schien mir eher unzufrieden, mit sich und der Welt.«

Diese Frau gefiel Otte. Sie brachte die Dinge auf den Punkt. Eine gute Beobachterin war sie außerdem. Sie raffte ihren Kamelhaarmantel vor der Brust zusammen und hielt die Nase in den Wind, die Augen leicht zusammengekniffen.

»Haben Sie Unstimmigkeiten zwischen den beiden mitbekommen?«

Yvonne Schweiger schien eine Weile zu überlegen. Dann erwiderte sie: »Nicht wirklich. Es war eher so, dass er uninteressiert wirkte an der ganzen Fastenkur. Ich hatte den Verdacht, dass er nur ihr zuliebe mitgefahren war. Grundsätzlich ein netter Schachzug von ihm, doch er hat damit nicht wirklich hinterm Berg halten können. Ich vermute, am Ende war es ihm nicht mehr möglich, gute Miene zu machen und er ist deshalb früher abgereist.«

»Sie glauben also nicht, dass er einen dringenden Termin hatte?«

»Nein. Ich habe ihm von Anfang an angesehen, dass er sich bei uns nicht wohlfühlte.«

»Hat Valencia sich wohlgefühlt?« Otte überlegte, dass diese Frage normalerweise zu intim wäre, um sie von einer Person beantworten zu lassen, die das Opfer gerade erst kennengelernt hatte. Doch Yvonne schien eine sehr gute Beobachterin zu sein. Sie gab eine perfekte Zeugin ab.

»Ich schätze, wir wären nicht Valencias erste Wahl gewesen, aber sie hatte die Fähigkeit, sich schnell den Gegebenheiten anzupassen und sich auf die Menschen einzulassen, die sie kennenlernte. Es war schwer, sie nicht zu mögen.«

»Was ist mit Michael Lotse?«

»Ob ich ihn mochte?«

»Eigentlich wollte ich wissen, wie er mit Valencia auskam, aber es interessiert mich natürlich ebenso, wie Sie ihn sahen.«

Die junge Frau neben ihm wurde rot. Die leicht glühenden Wangen standen ihr. Otte hatte sie während des Gespräches eingehender gemustert. Sie war eine natürliche Schönheit. Soweit er es einschätzen konnte: mit ungefärbtem hellblonden Haar und dem passenden hellen Hautton dazu, der weder blass noch rosa wirkte, sondern einen edlen Schimmer besaß. Ihrer schlichten Kleidung sah man die Hochwertigkeit an. Sie passte perfekt in dieses Hotel mit ihrem Understatement.

»Ich hatte nichts gegen ihn. Er war schon in Ordnung, doch manchmal war er mir ein bisschen ... zu laut.« Sie presste das Wort regelrecht heraus.

»Erzählen Sie mir davon. Bitte.«

Sie atmete aus und sah nach unten auf ihre Stiefel, während sie langsam an der Brandung vorbeischritten.

»Er hat jeden mal auf die Schippe genommen. Valencia, Christian, Inga und natürlich Jörg. Er hat ganz schön geschimpft. Michael fand relativ schnell die Macken anderer Leute und hat sie dann damit aufgezogen. Am meisten hatte wahrscheinlich Jörg unter ihm zu leiden. Er ...«

Sie pausierte.

»Ja?«

»Ach, wissen Sie, ich fühle mich nicht wohl, über meine Mitstreiter herzuziehen. Wir haben uns doch ziemlich angefreundet über die letzten Tage. Ich möchte das nicht einfach so wegwerfen. Es wäre sicherlich besser, wenn Jörg es Ihnen selbst erzählt.«

Otte blieb stehen und hielt sie am Arm. »Frau Schweiger, zwei Ihrer Mitstreiter sind tot. Sie sind eine intelligente, junge Frau, die ganz bestimmt weiß, dass ich bei Mord keinerlei Rücksicht auf derlei Befindlichkeiten nehmen kann. Valencia war eine sehr gute Freundin von Ihnen, so scheint es mir. Sie können ihr helfen.«

Sie wandte den Blick wieder nach unten. »Also schön. Ich denke, dass Jörg mehr als nur freundschaftliche Gefühle für

Valencia gehegt hat. Aber das ist nur meine Vermutung. Das weiß ich nicht mit Sicherheit«, schickte sie hinterher.

»Das ist in Ordnung. Ich werde es als solches werten. Was ist mit Sven Seefeldt? Wie stand er zu den beiden?«

Sie zuckte mit den Schultern. »Schwer zu sagen. Er hat sich wenig in unsere privaten Themen reingehängt. Manchmal wirkte er genervt durch Michael und die Lustlosigkeit von Christian, aber ich würde sagen, er hatte wenig Befindlichkeiten uns gegenüber. Wir waren seine Kunden, nicht mehr und nicht weniger.«

»Klingt nicht, als wären Sie sehr mit ihm warm geworden.«

»Das tut mir leid. Das war gar nicht meine Absicht.«

Otte überlegte, wie viel Wahrheitsgehalt in diesen Worten lag. Diese Zeugin war nicht dumm. Er brannte darauf zu erfahren, was Andy parallel im Gespräch mit der Letzten im Bunde herausgefunden hatte. Sie würden sich gegen Mittag treffen und auf den neuesten Stand bringen, direkt nachdem er im Krankenhaus Astrid Richter einen Besuch abgestattet hatte.

»Wann haben Sie Michael Lotse das letzte Mal gesehen?«

»Das war am Tag vor seinem Tode. Der Kurs endete gegen Mittag. Ich habe mich mit ihm und Valencia am Nachmittag im Schwimmbad verabredet. Danach wollten wir noch in die Sauna. Nach der Sauna hat er sich von uns verabschiedet. Valencia und ich hatten geplant, noch eine Stunde in den Ruheraum zu gehen und zu relaxen, doch dazu hatte Michael keine Lust.«

»Hat er gesagt, ob er noch etwas vorhatte?«

»Nein, gar nicht. Er wollte einfach nicht mitkommen. Er hat sich von uns verabschiedet und den Weg zu seinem Zimmer eingeschlagen. Seitdem habe ich ihn nicht mehr gesehen.«

»Auch am Abend beim Essen nicht?«

»Nein. Tatsächlich haben Inga und ich auf dem Zimmer gegessen, weil sie sich nicht so wohlgefühlt hat. Ein Magenproblem.«

»Nachdem sie eine Woche gefastet hatte? Die Arme.«

»Ich sag's mal so. Sie konnte sich nach Abschluss des Kurses nicht beherrschen und hat eine Alexandrinenschnitte zum Kaffee vertilgt. Sie wissen schon, diese schwere, kompakte Schokotorte. Das war sicher nicht die schlaueste Idee. Normalerweise ist sie sehr diszipliniert, doch wer kann es ihr verübeln. Haben Sie die Auslage an Kuchen und Gebäck in der ›Nelson Bar‹ gesehen? Da wird auch der Stärkste schwach. Nach so einer Kur ist es wichtig, langsam wieder mit den normalen Essgewohnheiten zu starten. Es gibt eine Übergangszeit. Sie hat es leider etwas überstürzt.« Die Frau kicherte. »Das hat sich ziemlich schnell gerächt.«

»Geht es ihr wieder besser?«

»Oh ja, natürlich. Alles gut. Das war nur eine kurze Irritation.«

»Gut. Das war also das letzte Mal, dass Sie Herrn Lotse lebend gesehen haben. Wie sieht es mit Frau Anders aus?«

»Ähnlich. Wir haben uns etwa eine Stunde später verabschiedet und dann bin ich zu Inga aufs Zimmer gegangen. Sie hatte bereits ihre ... Probleme und ich entschied, das Abendessen dort einzunehmen. Valencia habe ich danach nicht wieder gesehen.«

Yvonne Schweiger starrte düster auf ihre Füße, während sie lief. »Ich habe nicht geahnt, dass es das letzte Mal sein würde, dass ich die beiden sehe.« Sie klang verzweifelt. »Wir sind doch davon ausgegangen, dass wir noch eine ganze gemeinsame Woche vor uns hätten. Deshalb wurden keine weiteren Pläne geschmiedet. Wir trafen uns ja ohnehin jeden Tag auf dem Gelände.« Sie warf Otte einen vorwurfsvollen Blick zu. »Wie hätte ich denn wissen können, dass es unsere letzten gemeinsamen Augenblicke mit den beiden waren?«

»Machen Sie sich keine Vorwürfe. Ich hätte noch eine letzte Frage an Sie und dann sind Sie entlassen, versprochen.«

Otte lächelte und schaffte es, sie so ebenfalls zu einem Lächeln zu bewegen.

»Wo waren Sie vorgestern zwischen siebzehn und neunzehn Uhr?«

Sie blieb stehen. »Vor zwei Tagen? Wieso ist das wichtig? Ich dachte, Michael war zu dem Zeitpunkt bereits tot?«

»Das ist korrekt, dennoch ist es für die laufenden Ermittlungen wichtig.«

»Ich denke, zunächst auf dem Zimmer und dann so kurz vor sieben sind wir zum Essen gegangen.«

»Mit wem sind sie zum Essen gegangen?«

»Nur mit Inga.«

»Kann sie diese Zeitangaben bestätigen?«

»Ich denke schon.«

»Das heißt, Sie waren die ganze Zeit zusammen?«

Yvonne wurde unruhig und benötigte einige Zeit zum Antworten.

»Nein. Wir waren nur gemeinsam beim Essen. Inga war vor dem Essen im Sportraum und ich habe sie so etwa Viertel nach sechs angerufen. Ursprünglich wollten wir erst um sieben zum Essen, doch ich hatte Hunger. Sie kam also gleich darauf aufs Zimmer und ging unter die Dusche. Dann sind wir zum Essen gegangen.«

»Wann ist Frau Reinhardt in den Sportraum gegangen?«

»Etwa gegen fünf.«

»Somit waren Sie zwischen fünf und etwa halb sieben allein auf ihrem Zimmer? Haben Sie sich etwas bestellt oder aus einem anderen Grund vom Zimmer bei der Rezeption angerufen?«

»Nein. Leider nicht.« Die Frau sah ihn enttäuscht an. Otte bedankte sich bei ihr und wünschte noch einen schönen Tag. Er hatte aber so eine Ahnung, dass das für sie schwer werden würde.

KAPITEL 37

Ein regelmäßiges Piepen drang an Astrids Ohren. Es lullte sie immer wieder ein und trug sie davon. Da war dieser drängende Schmerz, der sich wie ein Spinnennetz von ihrer Schädeldecke über ihr Gesicht, ihren Hals bis in die Fingerspitzen ausbreitete. Er raubte ihr die letzte Kraft.

Astrid bewegte die Augenlider und sah sich im Raum um. Wie mit einem Ölfilm vor der Netzhaut sah sie alles verschwommen. Nach und nach wurde das Bild schärfer. Ein zarter Lichtstrahl schien durch das Fenster zu ihrer Rechten und durchschnitt den grauen Raum. Der Staub in der Luft funkelte wie Diamantsplitter. Die Zeit stand still und sie bemühte sich, ihr Umfeld nur über die Bewegung ihrer Augen zu erfassen. Sie wagte nicht, den Kopf zu drehen.

Neben ihr saß Roland, völlig regungslos und stieß kleine entspannte Schnarchlaute aus. Ein Lächeln schlich sich auf ihre Lippen. Vollkommen friedlich ruhte er sich aus. Als sie so langsam ein Gefühl für ihren Körper bekam, stellte sie fest, dass ihre Hand in seiner lag. Sie drückte seine Finger leicht. Roland zuckte ein wenig, schmatzte und ging wieder zu sonoren Schnarchern über. Sie rollte innerlich mit den Augen und startete einen weiteren Versuch. Jetzt drang es ihm zu Bewusstsein und er schreckte hoch. Sein Gesicht durchlebte augenblicklich unterschiedliche Gefühlsregungen. Anfängliche Verärgerung, dass man ihn in seinem Schläfchen gestört hatte, wich sofort erstaunter Freude, als er in die offenen Augen seiner Frau sah.

»Oh, mein Gott. Schatz! Endlich. Ich rufe den Arzt.« Er betätigte den Notknopf und einige Momente später steckte eine junge braunhaarige Schwester den Kopf zur Tür herein. Roland informierte sie über Astrids Zustand und sie verschwand augenblicklich, um den Doktor zu holen.

Er drückte ihre Hand ganz fest. »Bin ich froh, dass du wach bist. Wie geht es dir?«

Astrid hatte Angst vor dieser Frage gehabt, denn sie wusste, dass es jetzt an ihr war zu reagieren. Sie wagte es nicht zu sprechen, da sie fürchtete, es würde ihre Qualen nur noch vergrößern. Möglichst ganz flach atmen und nicht bewegen.

»Schmerzen«, brachte sie heraus.

Rolands Augen sahen sie mitleidig an und er zog die Stirn in Falten. »Das tut mir wahnsinnig leid, mein Schatz ...« In diesem Moment trat der Arzt ein. »Kann sie noch etwas gegen die Schmerzen bekommen?«, fragte Roland sofort.

Der Mann mit kurzem adretten Haarschnitt im weißen Kittel kam dicht neben Astrid und leuchtete ihr zunächst mit einem grellen Licht in jedes Auge. Sie zuckte unwillkürlich unter den ungewohnten Blitzen zusammen. Dann schien er etwas an ihrem Kopf zu betrachten. Sie schloss die Augen. Er wickelte und löste einige Lagen, dann kam er wieder nach vorn und sie konnte ihn direkt ansehen.

Roland zerriss es innerlich. Während der Arzt mit ernster Miene seine Frau untersuchte, wuchs die Anspannung in ihm ins Unermessliche. Nach einigen Minuten schaute er zu ihm und sagte: »Ich werde ihr ein stärkeres Mittel geben lassen.«

»Was hat das zu bedeuten? Ist es schlimmer geworden?«

»Nein. Machen Sie sich keine Sorgen. Wir befinden uns mit der Medikation in einem normalen Rahmen. Sie macht sehr gute Fortschritte, soweit ich das momentan beurteilen kann.«

Roland atmete erleichtert durch. Als der Arzt nach einer Weile gegangen war, rutschte er dichter an seine Frau und griff sich wieder ihre Hand. Sie hatte ein wenig Farbe bekommen. Es war gerade elf Uhr morgens.

»Ich habe Hunger«, sagte sie.

Roland ging eilig zu dem kleinen Tisch an der gegenüberliegenden Wand und holte das Tablett, das vor einer halben Stunde gebracht worden war.

»Sie hatten gehofft, dass du rechtzeitig wach wirst«, sagte er mit einem Lächeln und begann, ihr Schnitzel in kleine Teile zu schneiden. Dann reichte er ihr einen Bissen auf der Gabel. Sie kaute zunächst noch vorsichtig, griff dann aber entschlossen nach dem Besteck und begann gierig das Essen in sich hinein zu stopfen. Das war ganz bestimmt ein gutes Zeichen. Als sie so langsam zum Ende kam, konnte Roland seine Neugierde nicht mehr unter Kontrolle halten. Er wollte sie nach dem Abend fragen, an dem sie verschwand, doch Astrid kam ihm zuvor.

»Wo sind die Kinder?«

»Sie sind mit Nina im Hotel. Das Wetter hat endlich aufgeklart. Sie machen einen ausgedehnten Strandspaziergang. Danach wollte sie mit ihnen hier vorbeischauen und mich abholen. Ich gehe mit den Kindern zum Italiener und sie leistet dir ein bisschen Gesellschaft.«

»Nina? Da bin ich froh. Ich dachte schon, du hättest sie bei Heike und Axel gelassen.« Sie sah erleichtert aus, was Roland nur noch mehr verwirrte.

»Heike und Axel? Wer ist das?«

»Wie meinst du das, wer das ist?« Sie sah ihn an, als hätte er gerade zwei kräftige Schläge auf den Kopf erhalten und nicht sie.

»Mach keine Witze, die Frau, die ihre Nachbarin auf dem Gewissen hat und in dem Haus ihrer Tanten lebt. Ach … die Geschichte habe ich dir noch gar nicht erzählt.« Sie war für einen kurzen Moment nachdenklich. Roland überlegte, was in dieser Situation besser wäre. Augenscheinlich fantasierte sie. Sollte er den Arzt darüber informieren? Er begann sich Sorgen zu machen.

»Ich bin erleichtert, dass sie bei Nina sind. Was macht Nina überhaupt hier? Ist sie mit Erik gekommen?«

»Nein, mein Schatz. Du hast sie vor einigen Tagen eingeladen. Hast du das vergessen? Du wolltest, dass sie diesen Erik mal für einen Moment vergisst.«

»Hmm.« Sie überdachte das eine Sekunde. »Kann sein. Ich weiß nicht mehr so genau, was in den letzten Tagen passiert ist.«

»Erinnerst du dich denn an den Abend, an dem du niedergeschlagen wurdest?«

»Ich wurde niedergeschlagen?« Hastig griff sie an ihren Kopf und verzog sofort das Gesicht. Roland war sicher, dass sie diese unbedachte Bewegung sofort bereut hatte.

»Ja, mein Schatz.« Er nahm ihre Hand. »Du bist zum Parkplatz gegangen, um die Schuhe für Leni zu holen und bist angegriffen worden.«

Sie sah ihn an, als wäre er vollkommen begriffsstutzig. Insgeheim freute er sich, dass sie wieder genug Kraft hatte, um sich über ihn lustig zu machen. Seit fünfzehn Jahren waren sie ein Paar und seit zehn Jahren verheiratet. Diese Reaktion war typisch für sie und das machte ihm Mut, bald wieder die alte Astrid an seiner Seite zu haben.

»Ich bin doch mit dir an dem Abend zum Essen gegangen und da haben wir Wagners gesehen.«

»Meine Süße, ich kenne diese Leute nicht.«

Jetzt sah sie beunruhigt aus. »Roland, was ist hier los?«

»Jemand hat versucht, dich umzubringen.« Und dann erzählte er ihr alles, was er wusste. Angefangen von ihrem Gang zum Parkplatz während des Sturms, bis hin zu dem Zeitpunkt, als er sie blutüberströmt am Fürstenhof hatte stehen sehen. Sie war sichtlich geschockt, und am Gepiepse des Überwachungsmonitors hörte er, dass sich ihr Puls beschleunigt hatte. Sie zitterte leicht. Er reichte ihr etwas zu trinken.

»Ich habe überhaupt keine Erinnerung mehr an das alles. Ich weiß schon noch, dass ich losgezogen bin, um Lenis Schuhe zu holen, aber danach sind vollkommen andere Ereignisse in meinem Kopf abgespeichert.« Sie berichtete ihm von dem schrägen Pärchen, das sie kennengelernt hatten. Roland beeindruckte die Geschichte, die sich um diese Leute rankte. Dann musste er sie aufklären, dass so jemand nicht existierte und dass sie diese Ereignisse mit Sicherheit geträumt hatte. Sie wirkte enttäuscht.

»Du müsstest eigentlich erleichtert sein. Nach deiner Beschreibung handelt es sich um schreckliche Leute.«

»Völlig richtig«, sagte sie abwesend, »Aber irgendwie sind sie mir inzwischen ans Herz gewachsen. Es ist ein komisches Gefühl zu erfahren, dass sie gar nicht existieren.«

Roland war erleichtert, dass sie sich mit der eigentlich drängenden Frage noch gar nicht beschäftigt hatte, doch dann sagte sie: »Wer hat versucht, mich umzubringen?«

»Ich hatte gehofft, dass du uns da weiterhelfen könntest. Hast du überhaupt nichts gesehen?«

»Ich kann mich nicht einmal erinnern, dass ich angegriffen wurde. Ich weiß noch, dass ich irgendwann in diesem Haus war und ...« Sie starrte ihn mit erschreckten großen Augen an. Er wusste schon, was jetzt kam.

»Da war ein Mann neben mir, als ich aufgewacht bin.«

Sie hatte ihn also gesehen. Arme Astrid.

»Er hat gestunken, Roland und die Ratten sind überall über ihn drüber gelaufen.« Ihr Herzschlag wurde schneller.

»Bleib ruhig. Schön ruhig bleiben. Trink noch was.«

Sie nahm einen Schluck.

»Er war tot. Aber es war, als würde er mich die ganze Zeit anstarren. Der ganze Raum roch nach Tod! Was war das?«

Er strich ihr über die Stirn, wollte sie beruhigen.

»Kriminalhauptkommissar Otte hat mich heute früh angerufen und mich um ein Gespräch gebeten. Wir haben uns gleich um acht getroffen und er hatte ein paar Fragen an mich. Reine Routine. Dann sagte er mir, dass sie einen Toten gefunden haben, direkt nachdem wir dich von diesem schrecklichen Haus weggeholt hatten. Ich habe auch schon ein Bild von ihm zu sehen bekommen.« Er sah den erschreckten Gesichtsausdruck seiner Frau. »Eines, als er noch lebte«, sagte er beschwichtigend. Sie nickte.

»Ich habe diesen Mann noch nie gesehen. Er wird dir wahrscheinlich auch dieses Bild zeigen und dich fragen. Möglicherweise schon recht bald.«

An der Krankenzimmertür klopfte es und wenig später trat Otte ein. Roland zuckte zusammen und erkannte schnell, dass er keine Zeit mehr hatte, seine Frau auf dieses Gespräch vorzubereiten.

»Hallo, Herr Richter. Erlauben Sie, dass ich einen Augenblick mit Ihrer Frau allein rede?«

Der Kommissar betrat selbstbewusst den Raum, als wäre Rolands Antwort reine Formsache und steuerte auf einen leeren Stuhl zu. Roland nickte und küsste seine Astrid noch einmal. Er verließ das Krankenzimmer.

KAPITEL 38

Nina bugsierte Leni und Emil durch die schmalen Gänge in Richtung des Krankenzimmers ihrer Mutter. Als sie schließlich im richtigen Gang angekommen war, kam ihr Roland entgegen. Er freute sich, als er die beiden sah, beeilte sich dann aber zu sagen: »Mäuse, es tut mir leid. Mami unterhält sich gerade mit jemandem von der Polizei. Da dürfen wir nicht stören.«

Augenscheinlich schätzte Roland seinen Sohn völlig falsch ein. Emil bekam große Augen, riss den Mund auf und glotzte ihn herausfordernd an. »Ein richtiger Polizist?« Er stürmte an seinem Vater vorbei durch die Tür in das Zimmer seiner Mutter. Nina stürzte hinterher.

Astrid saß aufrecht. Nina fand, dass sie angestrengt aussah.

Emil blieb wie angewurzelt stehen, als er Otte sah. Der war nicht minder verblüfft.

»Was macht ihr denn hier?«, rief Astrid. Sie streckte die Arme nach ihren Kindern aus. Leni war inzwischen zaghaft durch die Tür geschlüpft, an Roland vorbei.

»Bitte entschuldigen Sie. Die Kinder wollten ihre Mutter sehen. Ich konnte sie nicht aufhalten«, entschuldigte sich Nina gegenüber Otte.

»Das ist doch vollkommen verständlich. Ich warte ein paar Minuten draußen. Nehmen Sie sich die Zeit. Kein Problem.«

Der Kriminalhauptkommissar verließ den Raum und ließ die vier allein. Roland gesellte sich nicht zu ihnen, sodass Nina annahm, er würde sich mit dem Beamten draußen unterhalten. Möglicherweise gab es neue Erkenntnisse.

Sie beobachtete, wie ihre Freundin mit ihren Sprösslingen schmuste, und das Herz wurde ihr weich.

Nach einiger Zeit trat der Kriminalhauptkommissar wieder ein und Nina bemühte sich, die Kleinen einzufangen.

»Kommt, ich bring euch zu Papa.« Nina konnte Roland im offenen Türrahmen stehen sehen.

»Kannst du dann wiederkommen?«, hörte sie Astrid hinter sich flehen. Nina warf Otte einen Blick zu. Der schien die richtige Antwort von ihr zu erwarten.

»Bitte, kann sie dableiben?«, fragte Astrid erneut.

Er gab sich geschlagen. »In Ordnung. Bleiben Sie hier. Wir haben ohnehin nur noch einen Punkt, zu dem ich Sie gern befragen würde. Es geht um den Abend, an dem Sie zum Parkplatz gegangen sind.«

Nina setzte sich mit langsamen Bewegungen und beobachtete ihn.

»Erzählen Sie mir einfach alles, an das Sie sich erinnern.«

Astrid nickte. Dann startete sie ihren Bericht.

»Alles wegen dieser verflixten Gummistiefel. Den ganzen Nachmittag hatte meine Tochter sie getragen, und als wir dann auf dem Hotelparkplatz angekommen waren, hatte ich vergessen, sie gegen die Halbschuhe auszutauschen. Wir wollten zum Abendessen gehen und alles, was Leni im Zimmer zur Verfügung hatte, waren die Gummistiefel. Die guten, aber warmen Schuhe lagen noch im Auto. Ihre restliche Auswahl beschränkte sich auf Ballerinas in verschiedenen Farben. Alles nicht geeignet für dieses Mistwetter.«

Astrid räusperte sich. Otte sah sie geduldig an. Nina schmunzelte. Wahrscheinlich war ihm die Kleiderfrage eher unwichtig.

»Mein Mann hatte bereits den ganzen Tag Kopfschmerzen gehabt, was sicherlich an dem verdammten Sturm lag. Mit Mühe hatte ich ihn dazu bekommen, sich für das Abendessen umzuziehen. Ich wollte nicht, wie er vorgeschlagen hatte, auf den Zimmerservice ausweichen. Er war nicht in der Lage, die Schuhe aus dem Auto zu holen. Das konnte ich sehen. Also habe ich ihn nicht danach gefragt.«

Otte nickte.

»Ich hastete aus dem Hotelgelände. Der Sturm hatte seit Mittag deutlich aufgedreht. Gott sei Dank regnete es nicht mehr. Mit dem Autoschlüssel in der Hand lief ich zum Parkplatz. Die Sonne ging gerade unter. Kein Mensch war weit und breit zu sehen. Ich weiß noch, dass ich geflucht habe, weil der Parkplatz so weit weg vom Gelände lag.«

»Wie lang haben Sie gebraucht?«

»Ich schätze etwa zehn Minuten. Der Wind pfiff, als würde man über einen Flaschenhals pusten. Es war sehr frisch. Ich legte noch einen Zahn zu. Als ich ankam, habe ich noch das alte Backsteingebäude bewundert, 19. Jahrhundert, wenn ich mich nicht irre. Als ich es das erste Mal gesehen hatte, hatte ich mich direkt verliebt. Ich hätte nie gedacht, dass ich eines Tages ...« Astrid hatte sich verfangen. Ihr Monitor piepste aufgeregt.

Otte blickte schnell zu dem Gerät und streckte eine Hand in ihre Richtung aus. »Lassen Sie sich Zeit. Wir haben keine Eile.«

»Ich ging rasch zu unserem Mercedes, der direkt in erster Reihe stand. Der Wind riss mir die Tür beinahe aus der Hand. Ich musste meine ganze Kraft aufbringen, um zu verhindern, dass sie gegen den Nachbarwagen geschlagen wurde.«

»Haben Sie auf dem Parkplatz jemanden bemerkt?«

»Nein, überhaupt nicht. Ich fühlte mich vollkommen allein. Zumindest vorerst. Ich bückte mich und kramte im Fußraum des Sitzplatzes meiner Tochter nach den Halbschuhen. Dort lag viel zu viel Zeugs. Ich beschloss, am nächsten Morgen bei mehr Tageslicht einmal gründlich aufzuräumen. Als ich sie fand, tauchte ich aus dem Inneren des Wagens wieder auf. Dann merkte ich, dass ich nicht allein war.«

»Haben Sie die Person gesehen, die Sie angegriffen hat.«

Astrid rieb ihre Arme. Sie rutschte in dem unbequemen Bett ein Stück nach hinten. Sie starrte auf ihre Bettdecke. Spielte ein wenig mit dem Stoff. Dann sah sie den Kriminalhauptkommissar an. Er sah aus, als erkannte er die Gedanken in ihren Augen. Wusste, was sie sagen würde. Sie schluckte. Es schien ihr peinlich.

»Ich weiß es nicht.«

»Sie wissen nicht, wen Sie gesehen haben? Heißt das, die Person war Ihnen fremd? Könnten Sie sie beschreiben?«

»Das heißt, ich kann mich an keine Person erinnern.« Das schlechte Gewissen stand ihr ins Gesicht geschrieben.

Otte wirkte enttäuscht.

»Was haben Sie gesehen?«

»Nichts. Ich weiß es nicht. Ich habe mich umgedreht. Ganz bestimmt. Doch dann war ich plötzlich im Restaurant ›Kurhaus‹ und habe mit meinem Mann zu Abend gegessen. Ich war Golfspielen und in der ›Nelson Bar‹.«

»Sie haben nichts gesehen, das uns weiterhelfen könnte?«

»Nur diesen Mann, als ich wieder aufgewacht bin.« Nina sah, wie Astrid zitterte. Ottes Blick ruhte auf ihr.

»Ist das der Mann, den Sie in der Nacht zuvor gesehen haben?«

»Ich weiß nicht. Tut mir leid.«

Nina drückte ihre Hand. Das sollte ihr Kraft geben. Otte zeigte Astrid noch verschiedene Fotos, nachdem sie geendet hatte, doch niemand darauf kam Astrid bekannt vor.

»Wer sind diese Leute?«, wollte Astrid wissen.

»Ich ermittle gerade in einem anderen Fall, der mit Ihrem zusammenhängen könnte. Möglich, dass Sie schon jemanden von denen gesehen haben.«

Astrid schüttelte den Kopf. Dann verzerrte sie ihr Gesicht zur Grimasse und griff sich an die Stirn. Nina konnte sehen, dass ihre Freundin Schmerzen hatte. Sie selbst hatte einige der Personen als die Mitglieder der Fastengruppe erkannt.

Zwei Männer waren auch ihr fremd. Einer sah aus, als wäre er in den Fünfzigern. Ein weiterer schien der typische Sunnyboy zu sein. Für einen Moment hatte sie geglaubt, Leo wiederzuerkennen. Doch er war es nicht.

Wann lassen mich diese alten Geister endlich ruhen?

Der Typ auf dem Bild hatte schulterlange aschblonde Haare und ein umwerfendes Lächeln. Eine echte Sahneschnitte. Mitte dreißig schätzte sie ihn und fragte sich, was er mit den anderen Leuten zu schaffen gehabt hatte.

KAPITEL 39

Nach dem Gespräch im Krankenhaus hatte Kriminalhauptkommissar Otte seinen Kollegen zum Mittag in Bad Doberan getroffen. Otte und Andy saßen in einem kleinen Bistro an der Nordseite des Kamps. Auf der anderen Seite des Parks kündigte ein langgezogenes Tuten die Einfahrt der heimischen Schmalspurbahn in den Bahnhof Bad Doberan an.

Andy hatte gerade seine Portion Fisch mit Pommes bekommen und griff beherzt nach dem Besteck, während Otte seine Soljanka löffelte.

»Reicht dir das?« Andy sah skeptisch auf Ottes Suppenterrine.

»Ja. Völlig.« Otte schnaufte.

»Thea hat dich auf Diät gesetzt, oder?« Andy lächelte diabolisch.

Otte ließ seinen Löffel sinken und sah ihn über die künstliche Blume in der Mitte des Tisches hinweg genervt an. »Sie droht mir mit einer Fastenkur, wenn ich nicht etwas leichter esse.«

Andy grinste und schüttelte den Kopf, sagte aber nichts dazu. Sie hatten zuvor eine Weile darüber diskutiert, welchen

Faden sie weiterspinnen wollten. Otte konnte sich Andy absolut nicht anschließen, der sich auf Michael Lotse konzentrieren wollte.

»Du meinst also, wir sollten im Leben von Michael Lotse rumstochern und Frau Anders' Tod als Unfall werten?«, lenkte er das Gespräch wieder auf den Fall.

Andy zuckte mit den Schultern.

»Es war kein Unfall«, entschied Otte.

»Das weißt du nicht.«

»Das sagt mir meine Erfahrung. Glaubst du tatsächlich an einen Zufall? Daran, dass einer aus der Gruppe verunglückt und der andere ermordet wird – in derselben Nacht?«

»Vielleicht hat Valencia Anders ihn ja ermordet und später Gewissensbisse bekommen? Um ihn zu erwürgen, muss sie nicht sehr kräftig sein. Das gelingt auch einer so zierlichen Frau.«

Trotz des noch ausstehenden Obduktionsberichtes wiesen alle Anzeichen darauf hin, dass Michael Lotse erwürgt worden war. Diese Theorie deckte sich ebenfalls mit den Beobachtungen von Frau Richter.

»Sie hätte ihn niemals ohne fremde Hilfe weggeschafft.«

»Dann gab es eben einen Komplizen.«

»Und der soll dann Astrid Richter niedergeschlagen haben?«

»Möglich.«

»Da bleibt ja kaum noch einer in dieser Gruppe, der keinen Dreck am Stecken hatte, oder? Ich weiß nicht. Mein Gefühl rät mir, die ganze Sache einfach zu halten. Genau ein Täter.«

»Na gut, Ulli. Was schlägst du vor?«

»Zum einen hoffe ich, dass Astrid Richter sich schnellstmöglich an irgendetwas erinnern kann.«

Andy nickte zustimmend und blies die Backen auf.

»Sie hat ziemlich zusammenhangsloses Zeug geredet, als ich bei ihr war.«

»War sie allein?«

»Ja. Ihr Mann hat draußen gewartet, aber er hatte sie natürlich schon gebrieft. Etwas später ist ihre Freundin aufgetaucht, aber die wichtigen Punkte hatten wir schon besprochen.«

»Glaubst du ihm?«

»Ich denke schon. Er liebt seine Frau bedingungslos.«

»Kaum zu glauben, was für ein Glück sie hatte. Normalerweise hätte sie diese Schläge nicht überleben dürfen und sie wird noch nicht mal beatmet.«

»Hat sie jemanden auf den Fotos erkannt?«

»Fehlanzeige.« Otte hatte ihr Bilder der Kursteilnehmer gezeigt. Doch Astrid hatte niemanden zuordnen können. Alles, was mit dem Anschlag zusammenhing, war bei ihr ausgelöscht worden. Selbst Michael Lotse hatte sie im lebenden Zustand nicht erkannt. Er nickte nachdenklich. »Momentan ist sie unsere einzige Spur. Wir müssen sicherstellen, dass ihr und ihrer Familie nichts passiert.«

»Was hältst du von diesem Buchhalter?«

»Steuerberater«, korrigierte ihn Otte.

»Ja. Den. Jörg Hansen.«

»Irgendwas an ihm ist mir zu selbstgefällig. Ich weiß nicht. Er hatte eine Schwäche für die Frau, das ist eindeutig. Er ist emotional sehr stark beteiligt. Das dürfen wir nicht außer Acht lassen. Michael Lotse und er waren keine Freunde. Die Rivalität zwischen den beiden liegt auf der Hand. Wir sollten uns jedoch auch eingehend mit Sven Seefeldt befassen.«

Andy nickte und tunkte seine Pommes in Ketchup. »Und ihr Freund, Christian Kleinert?«

Otte hatte ihn kennengelernt ein paar Stunden, bevor sie Astrid Richter gefunden hatten. Christian Kleinert war nach Rostock gekommen, um die sterblichen Überreste seiner Freundin zu identifizieren.

»Der hatte so was wie ein Motiv. Ich kann mich irren, doch er wirkte auf mich nicht wie ein jähzorniger Mensch. Eher wie jemand, dem man keine Fesseln anlegen kann. Er hat mir berichtet, dass sie ihn hier in Heiligendamm verlassen hat. Das war grundsätzlich keine Überraschung für ihn, nur der Zeitpunkt kam unerwartet. Scheinbar hatten sie sich schon eine ganze Weile auseinandergelebt. Warum sie so plötzlich einen Schlussstrich zog, konnte er nicht sagen.«

»Hast du ihm das geglaubt?« Andy sah skeptisch aus.

»Ja. Sie hat ihn verlassen … okay … wahrscheinlich erholt er sich davon schnell und grast dann auf grüneren Weiden. Finanziell von ihr abhängig schien er nicht. Ich wette, dass die Familie bei ihm noch ordentlich zubuttert.« Otte hatte gestern einen jungen Mann kennengelernt, der sich als DJ versuchte und dem elterlichen Unternehmen und den familiären Erwartungen in ihn den Rücken gekehrt hatte.

»Du willst ihn aber noch nicht abschreiben, oder?«

»Auf keinen Fall. Ich denke, ich bitte einen der Kollegen vor Ort, noch einmal bei ihm anzurufen. Sein Alibi ist im Grunde keins, und es gibt eine Sache, die wir bei ihm nicht unterschätzen dürfen.«

»Was meinst du?«

»Sein Ego. Seine Freundin war deutlich erfolgreicher als er. Nach allem, was wir bisher über sie erfahren haben, hat sie sich aus dem Nichts in einem fremden Land etwas aufgebaut, um das sie so manch treuer Steuerzahler beneiden würde. Kleinert kommt aus wohlhabendem Hause und steht praktisch immer noch da, wo er mal angefangen hat. Das allein ist kein Grund für einen Mord, doch ein interessanter Aspekt.«

Andy wischte sich mit dem Handrücken über den Mund, bevor er redete. »Michael Lotse ist als Erster gestorben. Wenn die beiden Verbrechen von ein und demselben Täter begangen wurden, müssen er und Valencia Anders in irgendwas dringesteckt haben. Oder sie sollte mundtot gemacht werden, weil sie etwas über seinen Tod wusste.«

»Ich denke, da liegst du richtig«, sagte Otte. »Möglich, dass die Anders das Verbrechen an ihm beobachtet hat. Aber warum hat sie niemanden alarmiert, so wie Astrid Richter?«

»Ihr Zimmer lag im Severin-Palais. Das passt. Direkt daneben ist es passiert. Allerdings schaute es Richtung Ostsee. Sie hätte demnach nicht einfach so aus dem Fenster gucken können, um den Angriff auf Lotse zu beobachten. Wie Astrid Richter.«

Otte wurde nachdenklich. »Jemandem war es sehr wichtig, dass seine Leiche nicht gefunden wird – oder erst sehr spät. Möglich, dass sein Tod der Schlüssel zu allem ist. Dass er zuerst gestorben ist, sollte nicht herauskommen. Ich bin mir sicher, sobald wir seinen Mörder haben, finden wir auch denjenigen, der Frau Anders in den Tod gestoßen hat.«

Otte überlegte, was Valencia Anders über Lotse gewusst haben könnte, um sterben zu müssen. War sie Zeuge des Verbrechens gewesen oder hätte sie sofort gewusst, wer es gewesen ist? Niemand der Beteiligten schien Lotse vor diesem Kurs gekannt zu haben. Wenn ihn jemand Außenstehendes ermordet hatte – wo war dann der Zusammenhang zu Valencia Anders? Nein, die Lösung musste in dieser speziellen Gruppe liegen. Otte griff nach seinem Handy, holte aus seiner Jackentasche eine Visitenkarte und wählte die darauf stehende Nummer.

»Wen rufst du an?«, fragte Andy, während er an seinen Pommes kaute.

Otte winkte beruhigend mit einer Hand ab.

»Ja. Hallo, Herr Seefeldt. Kriminalhauptkommissar Ullrich Otte am Apparat. Ich habe eine Frage an Sie. Ich hoffe, Sie können mir da weiterhelfen. Bitte sagen Sie mir, ob jeder Teilnehmer oder dessen Partner seinen Kurs selbst gebucht hat oder ob jemand anderes für ihn die Buchung vorgenommen hat.«

Andy nickte stumm.

»Ja. Okay. Ich danke Ihnen. Das war schon alles. Ich wünsche Ihnen noch einen schönen Tag. Auf Wiederhören.« Otte beendete das Gespräch.

»Das war leider eine Sackgasse. Aber den Versuch war es wert.« Es hätte ja sein können, dass so eine frühere

Verbindung zwischen zwei Teilnehmern deutlich wird, die sich angeblich hier zum ersten Mal getroffen hatten, sich tatsächlich aber bereits kannten.

Andy zuckte mit den Schultern und widmete sich den Resten auf seinem Teller. »Wir müssen mehr über Lotse erfahren. Ich denke, er ist der Schlüssel zu allem.«

»Wer weiß, aber du hast recht. Das werde ich erledigen. Soviel ich bisher weiß, hatte er ein Geschäft in Berlin. Hat offensichtlich mit Möbeln gehandelt. Ich wollte nachher ohnehin die Kollegen vor Ort kontaktieren. Versuch du, mit den Leuten im Hotel zu sprechen, mit dem Personal. Wir benötigen mehr Zeugen. Es scheint, als suchten wir jemanden, der mit beiden und Michael Lotse im Besonderen ein Hühnchen zu rupfen hatte. Nach allem, was ich bisher gehört habe, hat ihn niemand wirklich sehr geschätzt. Er wurde als laut beschrieben, aufdringlich, manchmal sogar demütigend.«

»Wem würde diese Eigenart am meisten zusetzen?« Andy sah Otte an. Der nickte.

»Jörg Hansen.«

»Doch der hat das zweite Opfer verehrt. Hältst du ihn fähig dazu, ihr etwas anzutun?«

»Nachdem, was ich gehört habe, hat sie seine Zuneigung nicht uneingeschränkt erwidert. Wir sollten dem auf den Grund gehen.«

KAPITEL 40

Am Nachmittag machte Nina mit den beiden Kleinen einen Spaziergang am Strand entlang. Sie folgte den beiden die Treppenstufen nach unten zum Wasser und genoss bei jedem Atemzug die frische Luft, die in ihre Lunge schnitt. Sie gingen an den Strandkörben vorbei auf die Brücke zu, die nach Kühlungsborn führte. Diese Konstruktion war nicht hoch, höchstens eineinhalb Meter über dem Boden, doch sie war notwendig, da der Untergrund aus grobem Geröll bestand. In etwa auf der Mitte sah Nina Yvonne stehen. Allein, in Gedanken versunken, lehnte die schöne Frau an dem Geländer und schaute raus aufs Meer, als suchte sie dort etwas.

»Hallo, Yvonne, geht's dir gut?«, sagte Nina, als Yvonne sich umdrehte. Die Kinder waren zuvor kreischend an ihr vorbeigestürmt.

»Hey! Das ist ja schön, dich zu sehen!«

Einen Moment hatte Nina geglaubt, Yvonne wäre alles andere als erfreut gewesen. Sie hatte sich wohl getäuscht.

»Ich bringe die Rasselbande dazu, sich ein bisschen zu bewegen. Die sitzen mir momentan zu viel vor dem Fernseher.«

Yvonne sah sie durchdringend an. Der Subtext in Ninas Worten stand unausgesprochen als Barriere zwischen ihnen. Die Mutter der beiden war angegriffen worden und sie versuchten alles, um sie abzulenken und glücklich zu halten.

Nina war sicher, dass Yvonne verstand, was sie gemeint, aber nicht ausgesprochen hatte. Nina zuckte mit den Achseln, entschuldigend. Eigentlich wusste sie nicht, wieso. »Willst du uns ein Stück begleiten? Ich muss den beiden folgen, würde mich aber freuen, wenn wir ein bisschen schnattern könnten.«

Yvonne zögerte einen Moment und sah dabei erneut raus aufs Meer. Dann fing sie Ninas Blick wieder ein und lächelte sie an. »Sehr gern. Ich wandere ohne Ziel durch die Gegend. Ich freu mich, wenn wir uns ein bisschen kennenlernen können.«

»Ist deine Freundin im Spa?«, hangelte sich Nina an ihrer Neugierde entlang.

»Nein. Sie ist beim Sport. Normalerweise bleibe ich dann auf dem Zimmer und nutze die Chance zum Lesen, aber heute musste ich einfach mal raus. Weißt du, was ich meine?«

Sie streckte die Nase in den Wind und Nina glaubte, dass sie so den Bezug ihrer Worte zum Wetter herstellen wollte. Nina hatte den Streit der beiden vom gestrigen Abend noch im Kopf. So leicht ließ sie sich nicht austricksen. Yvonne wollte Abstand von den Spannungen, die offensichtlich herrschten.

»Inga wirkt sehr sportlich auf mich. Vielleicht schließe ich mich ihr einmal an, solange ich hier bin. Ich habe jetzt einige Tage nichts für die Fitness getan. Das wird sich bald rächen.« Nina strahlte sie an.

»Da wird sie sich bestimmt freuen. Sie schimpft immer mit mir, aber ich kann mich einfach nicht aufraffen. Ich bin ein ziemlicher Couchpotato.«

Den Eindruck machte die Frau äußerlich nicht auf Nina. »Immerhin teilt ihr die Leidenschaft für eine gesunde

Lebensweise. Ihr macht diese Fastenkuren sicher regelmäßig.«

»Ja, das stimmt. Inga geht vollkommen in dieser Fastengeschichte auf. Gesundheit steht für sie an erster Stelle. Sie treibt viel Sport und achtet auf gesunde Ernährung. Ohne Ausnahme bio. Ich finde das gut. Es ist ein Wert, den ich wirklich unterstützen kann. Und es hilft mir, in Form zu bleiben. Sicher nehme ich es damit nicht ganz so genau wie sie. Aber ja, wir stehen bei dem Thema auf derselben Seite.«

Wieder spürte Nina eine gehörige Menge Subtext in den Worten mitschwingen.

»Was ist mit den anderen Leuten aus eurem Kurs? Waren das auch Profis, wie man so schön sagt?«

»Sowohl als auch. Jörg ist ein alter Hase. Das hat er dir bestimmt erzählt. Bei Micha weiß ich tatsächlich nicht so genau, ob es sein erstes Mal gewesen ist oder ...«

Nina ergänzte in Gedanken »sein letztes« und wurde sofort rot. Yvonne, die während des Gehens stur nach vorn geschaut hatte, bemerkte es nicht.

»... oder ob er schon einmal hier war.«

»Ach? Du denkst, dass diese Leute auch in diesem Hotel schon einmal gefastet hätten?«

»Ich weiß es nicht. Gesagt hat niemand etwas.«

»Was ist mit Valencia Anders?«

Yvonne schaute auf den Sand vor ihren Füßen, über den sie inzwischen gingen. Sie hatten die Brücke hinter sich gelassen und liefen wieder über den Strand, der sich an die niedrige Steilküste anschmiegte. »Für sie war das alles nicht neu. Doch ich glaube nicht, dass sie andere Gründe für diesen Kurs hatte als ihre Recherche.«

Nina blickte nach vorn und sah Emil und Leni im Sand buddeln. Sie und Yvonne blieben stehen. Sie strich ihre Haare hinter die Ohren. Vollkommen unnötig. Der leichte Wind zerrte sie sofort wieder raus und schob sie ihr vors Gesicht.

»Jörg hat mir erzählt, dass sie Influencerin war. Hat sie noch etwas anderes gemacht oder konnte sie davon leben?« Nina feixte.

Yvonne lachte. Es klang gelöst und entspannt. »Ich habe keine Ahnung. Ich habe ihr zugetraut, dass sie davon leben konnte. Es war für mich und Inga ungewohnt, auf jemanden wie sie zu treffen. Du weißt schon, ohne richtigen Job.« Sie setzte Gänsefüßchen in der Luft, um zu unterstreichen, dass ihre Generation mit diesen neumodischen Sachen umgehen konnte, dachte Nina. Ihre Eltern hätten die sicher weggelassen.

»Wusstest du, dass sie an dem Morgen zum Gespensterwald wollte?«, fragte Nina geradeaus.

»Nein, gar nicht. Sie hat niemanden informiert, soweit ich weiß. Wir wären ohnehin nicht mitgekommen. Inga und ich sind Langschläfer.«

»Verständlich im Urlaub«, bemerkte Nina. »Jörg hat mir erzählt, dass sie mit ihrem Freund hier war, der aber ein paar Tage vorher abgereist ist. Das klingt doch verdächtig, oder?«

Yvonne schien darüber nachzudenken. »Du glaubst immer noch nicht an einen Unfall, oder?«

»Nicht wirklich«, gab Nina zu.

»Inwieweit ist deine Freundin in diese Sache verstrickt? Ich verstehe noch nicht, was sie mit unseren beiden Freunden zu tun hat.« Yvonne sah Nina aufmerksam an.

Nina prüfte schnell ihre Alternativen. Sie musste etwas anbieten, um weitere Informationen zu bekommen. Die Frau sollte ihr trauen. Außerdem wusste Astrids Angreifer höchstwahrscheinlich ganz genau, wer sie war. »Die Polizei vermutet, dass es derselbe Täter ist. Möglich, dass Astrid etwas gesehen hat.«

»Etwas gesehen? Du meinst als Zeugin eines Mordes zum Beispiel?« Yvonne hielt Nina am Arm fest. »Sie hat ihn gesehen?«

Die Frage war trotz des störenden Windes im näheren Umkreis gut zu hören. Nina drehte sich kurz um, um nach

Touristen am Strand Ausschau zu halten, musste dann aber feststellen, dass sie allein waren. »Das wird vermutet, ja.«

»Und sie kann sich an nichts erinnern?«

»Sieht so aus.«

Yvonne musterte Nina genau. Sie schien in ihrem Gesicht den Wahrheitsgehalt ihrer Worte ablesen zu wollen.

Irgendwie musste Nina das Gespräch wieder übernehmen. Ein Themenwechsel wäre sinnvoll.

KAPITEL 41

Die Bäume vor dem Klinikum schwankten noch bedrohlich im Wind. Dennoch, das Schlimmste schien vorüber zu sein und die Sonne fand hier und dort ihren Weg vorbei durch die Wolken. Roland hatte eine Weile aus dem Fenster gesehen und sich von der meditativen Wirkung dieser Szenerie einlullen lassen. Hinter sich hörte er, wie seine Frau erwachte, und drehte dem Draußen den Rücken, um sich wieder ganz auf die Situation hier drin zu konzentrieren.

»Hey, mein Schatz. Wie geht es dir?« Roland beugte sich über sie und gab ihr einen dicken Kuss. Astrid lächelte zaghaft.

»Ich habe eine Weile geschlafen, nachdem der Kriminalhauptkommissar gegangen war. Es hat mich ziemlich angestrengt, aber jetzt ist es schon besser. Was machen die Kinder?«

»Denen geht's prima. Nina kümmert sich um sie, wenn ich hier bin, und ich versuche sie im Hotel so gut abzulenken, wie es nur geht. Sie sind wahnsinnig gern im Kids-Club. Ich glaube die haben da eine Playstation.« Roland verzog das Gesicht.

»Das ist schön. Wie geht's Nina? Was denkst du? Mir gegenüber zeigt sie keine Schwäche.«

»Die schlägt sich wacker als Patentante. Sie war am Anfang sehr niedergeschlagen. Ich hatte das Gefühl, das lag nicht nur an deinem Zustand.«

»Sie hadert mit ihrer Beziehung. Ich hoffe sie findet eine Lösung mit diesem Mann. Er schien perfekt für sie zu sein.«

»Dir geht's wirklich schon wieder besser.« Ihr Mann grinste sie an. »Was macht deine Erinnerung? Tut sich da irgendetwas?«

»Nein. Tut mir leid. Es ist, als hättest du eine vollkommen andere Realität erlebt als ich. Dieses Paar ... ich kann sie nicht vergessen. Es ist eine merkwürdige Geschichte. Ich liege manchmal da und überlege, ob Heike ihre Nachbarin … die hieß Anneliese … ermordet hat oder nicht und dann fällt mir wieder ein, dass das alles gar nicht stattgefunden hat. Das macht mich irgendwie traurig. Ich werde nie erfahren, wie es weitergeht.«

»Du hast es geträumt«, sagte Roland und legte seine Hand behutsam auf ihre.

»Schon möglich ... ja, natürlich. Du hast recht. Aber ich weiß noch, dass ich Nina am Telefon von ihnen erzählt habe.«

»Das hast du auch geträumt.«

»Aber sie hat mir doch bei dieser Gelegenheit gesagt, dass sie Abstand von der Sache mit Erik benötigt und ich habe sie dann hierher eingeladen.«

»Du hast mit ihr telefoniert. Das ist richtig. Doch das war deutlich früher. Noch vor dem Angriff auf dich. Noch bevor du losgegangen bist, die Halbschuhe zu holen. Dabei werdet ihr diesen Plan geschmiedet haben. Alles, an was du dich zusätzlich erinnerst, hast du sicher im Traum dazugedichtet.«

Astrid schluckte schwer. Die Vorstellung, dass sie ihren eigenen Erinnerungen nicht mehr trauen konnte, machte ihr Angst. Roland streichelte ihre Hand. »Es wird wiederkommen. Ganz sicher. Mach dir keine Sorgen. Der Arzt ist da sehr optimistisch.«

»Vielleicht hat Nina ja Lust, mich morgen zu besuchen. Ich würde gern mit ihr sprechen.«

»Ich sag's ihr. Sie kommt ganz bestimmt. Vielleicht hilft dir das Gespräch auch mit der Erinnerung weiter.«

Astrid war nachdenklich. Sie hätte zu gern gewusst, wieso Heike von ihren Pflegefällen immer »schöne Dinge« mitbrachte, wenn sie von der Arbeit kam.

KAPITEL 42

»Er hat mit allerhand schönen Dingen gehandelt.« Otte sah seinen Kollegen an und schob ihm einige Papiere rüber.

»Was meinst du?« Andy beugte sich nach vorn, als hätte er ein Problem mit seinen Ohren.

»Michael Lotse«, sagte Otte ruhig, während er den Kriminaloberkommissar anschaute. »Er war Antiquitätenhändler.«

»Aha. Ich muss gestehen, ich hatte bei einem Menschen seines Alters nichts dergleichen vermutet.«

»Es scheint ein altes Familiengeschäft im Herzen von Berlin zu sein. Michael Lotse hat Antiquitäten gekauft und verkauft. Ich habe vorhin mit einer seiner Angestellten telefoniert. Sehr aufgelöstes junges Ding. Sie war untröstlich. Er ist oft nach England oder Frankreich gereist, für ein paar gute Stücke. Viel von dem, was sie verkauften, kam natürlich aus Deutschland. Von Auktionen, Haushaltsauflösungen, mit viel Glück aber ganz selten auch mal vom Flohmarkt, sagte sie. An den Laden angeschlossen war eine Tischlerei, die die edlen Stücke restauriert hat und in einen neuwertigen Zustand versetzte.«

»Interessant. Soll ich runterfahren?«

»Nein. Diesmal nicht. Lass die Kollegen das machen, in deren Zuständigkeit es fällt und uns dann über ihren Bericht sprechen. Ich habe bereits alles Nötige veranlasst. Lotse hatte einige Angestellte. Sie werden sich mit allen unterhalten müssen.«

»Vielleicht hat er ja jemanden um seine Erbstücke gebracht?« Andy zuckte mit den Schultern.

»Seine Kollegin wusste von nichts. Ihr war keinerlei Ärger bekannt, in den er verstrickt gewesen sein könnte.«

»Weißt du, ob sie ihm sehr nahe stand?«

»Würde ich nicht sagen. Wir müssen herausfinden, ob er eine Freundin hatte. Vielleicht bringt uns das weiter. Er hatte eine Tochter. Die Frau hat sich bereits vor zehn Jahren von ihm scheiden lassen. Das ist eine Sackgasse. Sie ist vor drei Jahren gestorben.«

»Woran?«

»Krebs. Scheinbar hatte er seitdem keinen Kontakt zu seiner Tochter.«

»Verstehe. Scheidungskind.«

»Sieht so aus.«

Andy tippte sich mit dem Zeigefinger an die Stirn und stand auf.

KAPITEL 43

Nina und Yvonne hatten inzwischen den Rückweg angetreten. Der Himmel verdunkelte sich zusehends und Nina wollte die Kinder im Hotel haben, bevor ein Guss sie erwischte.

»Was hältst du von Valencias Freund? Ich finde, seine frühe Abreise sieht verdächtig aus.«

»Tja, ja, mag sein.« Yvonne wand sich. Nina wusste allerdings nicht warum.

»Was war denn los?«

»So richtig weiß ich das nicht. Er sagte, er hätte noch einen Termin, den er nicht absagen könne. Ich hatte eher das Gefühl, dass er wegwollte.«

»Hatten sie sich gestritten?«

Yvonne zuckte mit den Schultern. »Was machst du eigentlich beruflich, Nina?«

Mit dieser Wendung des Gespräches hatte Nina nicht gerechnet. Sollte das eine Anspielung sein? »Ich arbeite als Stuntfrau im Filmgeschäft.«

»Wow!« Yvonne starrte sie mit großen Augen an. »Das klingt aufregend. Jetzt verstehe ich, dass du dich fit halten willst.«

»Ja, da habe ich keine Wahl, wenn ich nicht unter die Räder kommen will. Im wahrsten Sinne des Wortes. Was machst du?«

»Oh, also das ist weniger spektakulär und neben deinem Job geradezu langweilig ...«, Yvonne lächelte schüchtern, »Ich bin Lehrerin. Genau wie Inga.«

Nina schwieg.

Nach einer Weile sagte Yvonne: »Üblicherweise würden wir in anderen Hotelkategorien absteigen, wenn wir zum Fasten fahren, was normalerweise einmal im Jahr der Fall ist. Das hier ist das Geburtstagsgeschenk meiner Eltern.«

»Nicht schlecht«, würdigte Nina das Geschenk.

»Ja. Inga ist davon nicht so begeistert. Das hast du gestern sicher mitbekommen.«

Nina nickte mit schmalen Lippen. Das Gespräch war ihr gestern Abend sehr unangenehm.

»Sie befürchtet, dass ich mich nach etwas sehnen könnte, das im Grunde unerreichbar ist. Na ja.«

»Wie ist sie denn mit Valencia ausgekommen?« Nina hoffte, dass Yvonne über die Frage nicht empört sein würde. Darin lag ja jede Menge Suggestion. Yvonne blieb entspannt.

»Ich würde sagen, sie sind respektvoll miteinander umgegangen. Die beiden kommen aus verschiedenen Welten.«

»Spielst du auf das Finanzielle an?«

»Ich meine nicht nur finanziell. Inga steht ungern im Mittelpunkt. Sie hat feste Moralvorstellungen und ist sehr geerdet. Ich denke, Valencia war ihr einfach zu schillernd.«

»Mir ist aufgefallen, dass ihr alle wenig über diesen Michael erzählt. Woran liegt das? War er eher ein unauffälliger Typ?«

»Micha? Ganz und gar nicht. Er hatte den Schalk im Nacken.« Yvonne lachte. »Wir haben den ein oder anderen Abend gemeinsam in der ›Nelson Bar‹ verbracht. Wir fanden ihn lustig und Inga hat ihn ein wenig damit aufgezogen, dass er sich zu Valencia hingezogen fühlte.«

»Ach! Sieh mal einer an.«

»Ja, aber das war nur Quatsch. Micha war einfach sehr kommunikativ.«

»Hat das ihren Freund vielleicht gestört?«

»Ich glaube nicht, dass den das angehoben hat. Nein.«

KAPITEL 44

Als sie sich dem Hotelgelände näherten, sahen sie Inga, die sich gerade mit einem Mann Anfang fünfzig unterhielt. Die beiden hatten Yvonne und Nina den Rücken zugewandt. Inga hielt eine Trinkflasche und wirkte erledigt. Offensichtlich war sie gerade fertig mit ihrem Sportprogramm. Yvonne, die neben Nina lief, machte mit Rufen auf sich aufmerksam. Sie erreichten das Duo und Inga drehte sich zu ihnen um.

»Hi, Sven«, sagte Yvonne. »Das ist ja eine Überraschung. Was machst du hier?«

»Ich wollte etwas mit euch besprechen, wenn es passt, natürlich nur.« Der sportlich aussehende Mann mit dichtem braun gelocktem Haar schenkte Yvonne einen zaghaften Blick und wandte sich dann an Nina. Yvonne erkannte den Wink mit dem Zaunpfahl nahtlos und erwiderte: »Darf ich dir eine liebe Freundin vorstellen? Sven, das ist Nina. Wir haben uns hier im Hotel kennengelernt. Nina, das ist Sven, unser Kursleiter vom Fastenkurs.«

Nina ergriff die Hand, die ihr bereitwillig entgegengestreckt wurde. Sie musterte den schlanken, kräftigen Mann flüchtig: legere braune Jacke über einem olivfarbenen Strickpullover, bequeme Sportschuhe.

»Es freut mich, dich kennenzulernen. Ich habe schon viel von dir gehört.«

Sven hob die Augenbrauen und warf einen kurzen Blick zu Yvonne, dann auf Inga.

»Ich meine natürlich über euren Fastenkurs. Das ließ sich nicht vermeiden«, fügte Nina schnell hinzu.

»Ninas Freundin hat wahrscheinlich den Mörder von Micha gesehen«, warf Yvonne sofort in die Runde. Nina schluckte. Dass ihr Geständnis so schnell und so öffentlich die Runde machen würde, hatte sie nicht erwartet. Sofort entwickelte sie ein schlechtes Gewissen gegenüber Kriminalhauptkommissar Otte. Was würde er sagen, wenn er wüsste, dass sie Interna so bereitwillig an potenzielle Verdächtige verteilte. Sie spürte, wie ihr warm wurde.

Die Runde hatte eine Anstandsminute lang geschwiegen. Nun wandte sich Sven an die Mädels und bat sie um eine Unterredung. Sein Blick machte sehr deutlich, dass er dieses Gespräch gern unter sechs Augen führen wollte.

Nina merkte, dass ihre Zeit abgelaufen war. Höflich trat sie den Rückzug an. »Ich werde dann mit den Kindern mal aufs Zimmer gehen. Es hat mich gefreut, dich kennengelernt zu haben. Inga, vielleicht hast du morgen Lust, mich zum Sport mitzunehmen. Ich würde mich freuen.«

Nina sammelte nach der Verabschiedung Leni und Emil ein, die so lange in den Strandkörben am Wegesrand gespielt hatten. Roland war bestimmt schon zurückgekehrt. Sie betrat das Haupthaus und fischte ihr Handy aus der Jackentasche, um ihn anzurufen.

KAPITEL 45

Erleichtert verließ Nina die Suite der Richters, nachdem sie die Kinder abgeliefert hatte. Roland sah deutlich relaxter aus und wirkte zuversichtlich, dass Astrid sich auf einem guten Weg befand. Sie ließ die Tür hinter sich ins Schloss fallen und der Familie ihre Privatsphäre. Nun befand sie sich in einem großzügigen, rechteckigen Raum, von dem alle Suiten und Doppelzimmer im obersten Stock abgingen. In der Mitte ein Durchbruch zum Stockwerk darunter, der sich bis in die Lobby fortsetzte. Sie ging bis zu dem schwarzen schmiedeeisernen Geländer, legte ihre Hände auf die Brüstung und sah nach unten. Drei Etagen unter ihr konnte sie Gäste sehen, die über den cremefarbenen Marmor schlenderten, bereits für den Abend hergerichtet. Durch das Oberlicht drang so viel Licht, dass sie trotz der schwachen Lampen an der Wand gute Sicht bis zur Lobby hatte.

Ein Gemurmel von zwei Stimmen drang an ihre Ohren. Sie war nicht allein auf diesem Stockwerk. Nina riss sich von der Brüstung los und ging langsam Richtung Treppenhaus. Der Fahrstuhl war direkt daneben, doch den würde sie nicht nehmen. Sie hatte Zeit. Sie würde sich jetzt in Ruhe auf ihrem Zimmer fertig machen für das Dinner. Vielleicht könnte sie vorher auch noch kurz das Spa aufsuchen. So langsam konnte sie das tun, weswegen sie hergekommen war: abschalten. Die Dinge normalisierten sich mit der Zeit.

Erik drang plötzlich in ihr Bewusstsein. Wegen ihm war sie hier. Hatte mit ihrer Freundin über diese Beziehung sprechen wollen, wollte in diesem Hotel in nostalgischen Erinnerungen an ihr Kennenlernen schwelgen. Das war alles nicht so gelaufen, wie sie es sich vorgestellt hatte. Möglich, dass sie sich von diesem Thema einfach verabschieden musste.

Sie ging auf das Treppenhaus zu. Das Gemurmel wurde lauter. Je näher sie kam, umso mehr erhielt sie den Eindruck, dass sie die Stimmen kannte. Ihre Schritte wurden langsamer und leichter. Einem Instinkt folgend, lauschte sie und verharrte am Treppenabsatz. Das klang nach diesem Sven und Yvonne. Ob Inga in der Nähe war, konnte sie nicht sagen. Zu hören war sie nicht. Die Sprechenden standen ein Stockwerk unter ihr und unterhielten sich einvernehmlich.

Dank Svens Drängen vorhin, sich nur in Privatsphäre mit den beiden unterhalten zu wollen, wuchs Ninas Neugierde. Sie brachte es nicht übers Herz, mit dem Fahrstuhl an ihnen vorbei in die Lobby zu fahren. Sie wollte wissen, was es Wichtiges gab. Vielleicht hatte es etwas mit dem Fall zu tun.

»Ich halte das nicht mehr aus.« Yvonnes Stimme. Sie klang erledigt.

»Versuch, dich zusammenzureißen. Das ist jetzt nicht der richtige Zeitpunkt.« Der Kursleiter hatte einen beruhigenden Ton angenommen.

»Es ist mir einfach alles zu viel. Ich hätte nie gedacht, dass es einmal so weit kommen würde.«

»Die Woche ist bald beendet, dann hast du es hinter dir. Halt durch. Wenn ihr dann wieder zu Hause seid, rufst du mich an, okay.«

»In Ordnung. Das mache ich.«

Einen Moment herrschte Stille. Nina wagte es, sich ein wenig über die Brüstung zu lehnen. Sie konnte gerade so sehen, wie sich die beiden aus einer Umarmung lösten. Dann gingen sie in verschiedene Richtungen. Der Kursleiter nahm die Treppe nach unten. Nina beeilte sich, den Fahrstuhl zu rufen. Mit einem hellen Pling erschien er drei Sekunden, nachdem sie ihn gerufen hatte. Sie stieg ein und drückte den Knopf für das Erdgeschoss. Kaum war sie unten, sah sie Sven an sich vorbeigehen, während sich ihre Türen öffneten. Sie hastete hinterher.

»Hi«, sagte sie etwas außer Atem. Er drehte sich erschreckt zu ihr um. Sie glaubte ein kurzes Flackern in seinen Augen gesehen zu haben.

»Hallo! Nina, richtig?«

»Ja, genau. Schön, dass ich dich noch treffe. Ich hatte gehofft, dich einen Moment sprechen zu können. Ich würde mich gern über dieses Heilfasten informieren. Passt dir das gerade?«

Sven schien einen Moment zu zögern, fing sich aber sofort wieder. »Natürlich. Sehr gern. Ich veranstalte seit neun Jahren Fastenkurse, seit Neuestem in Kooperation mit dem ›Grand Hotel Heiligendamm‹. Wollen wir uns vielleicht hier kurz in die Lobby setzen?«

Er wies ihr den Weg zu mehreren gemütlichen, rund hundert Jahre alt anmutenden Sitzmöbeln. Nina nahm an einem Couchtisch unter einem großen Lüster Platz. Er setzte sich ihr gegenüber und verschränkte bequem die Beine.

»Ich danke dir. Wie läuft das ab? Würde ich alles bei dir buchen oder läuft das Hotel separat?«

»Das müsstest du schon gesondert bestellen. Um alles andere kümmere ich mich.« Er schickte ihr ein hinreißendes Lächeln herüber.

»Wie lang dauert dieser Kurs? Kann ich selbst entscheiden, wie viele Tage ich mache?«

»Nein. Das ist klassisch immer eine Woche.«

»Ach so.« Nina tat verwundert. »Dieser Christian Kleinert, der Freund von Valencia hat doch aber deutlich weniger Tage teilgenommen, wie ich hörte. Da dachte ich, es gibt Alternativen. Vielleicht so etwas wie einen Schnupperkurs. War das nicht so vereinbart?«

Sie hoffte, möglichst unschuldig auszusehen.

»Nun, gebucht war für die ganze Woche. Herr Kleinert hat auch entsprechend bezahlt. Er schien kurzfristig einen wichtigen Termin reinbekommen zu haben, weshalb es ihm unmöglich war zu bleiben.« Ein bedeutungsschwangerer Blick erreichte Nina über den Tisch hinweg.

»Du glaubst nicht daran?«

»Ich schätze, der Mann hatte einfach keine Lust mehr. Ist eben nichts für jedermann. Man braucht schon einen starken Willen und ein Ziel vor Augen. Es ist immer ungünstig, wenn Leute ihre Partner mitbringen, bloß um nicht allein sein zu müssen. Eine Qual für die andere Person.«

»Das klingt vernünftig. Da muss ich dir recht geben. Ich denke, es gehört auch eine gehörige Portion Willensstärke dazu, sich darauf einzulassen. Gerade wenn man Essen als Genuss betrachtet so wie ich.« Ihr strahlendes Lächeln erfasste ihre Augen. Darauf achtete Nina genau.

»Ich wette, du besitzt die nötige Körperbeherrschung, so wie du aussiehst.« Dieser Satz von Sven blieb an Nina kleben, als wäre eine Nacktschnecke über sie gekrochen. Das unangenehme Gefühl, soeben unsittlich berührt worden zu sein, begleitete sie bei ihren nächsten Worten.

»Ich fühle mich geschmeichelt. Klingt, als wäre dieser Kleinert nicht aus freien Stücken hier gewesen.«

»Wenn du mich fragst, kam er auf Valencias Drängen hin. Er war nicht der Typ Mensch, den diese Technik der Körperregeneration interessierte. Wahrscheinlich hat er sich nicht einmal an die Vorgaben für die Mahlzeiten gehalten.«

Nina warf ihm einen empörten Blick zu, wofür sie von ihm einen dankbar vertraulichen zurückerhielt. Insgeheim fiel ihr das Theater schwer, da sie Kleinert nur zu gut verstehen konnte.

»Das ist schon eine tragische Geschichte, nicht wahr? Passiert dir sicherlich auch nicht alle Tage, dass du in so einen Schlamassel hineingezogen wirst.«

»Weiß Gott nicht!«

»Wie hast du die beiden wahrgenommen? Wirkten sie glücklich?«

Sven legte einen Zeigefinger gegen die Lippen und dachte angestrengt nach. Ich würde sagen, dass es da nichts Auffälliges zu berichten gibt. Sie wirkten wie ein ganz normales Paar – nicht mehr frisch verliebt, aber höflich und respektvoll miteinander.

Seefeldt verschränkte die Beine auf der anderen Seite und lehnte sich zurück, die Hände gefaltet auf den Knien.

»Ich wette, diese Valencia war willensstark.«

Er pfiff zwischen den Zähnen hindurch und nickte kräftig. »Diese Frau setzte, glaube ich, alles um, was sie sich vorgenommen hatte. Sie wirkte auf mich absolut stringent. Die wäre sicherlich über Leichen gegangen.«

Er schaute schnell pikiert und zog kurz die Schultern hoch. »Oh, Verzeihung. So habe ich das nicht sagen wollen.« Ein kurzes peinlich berührtes Lachen folgte seinen Worten. Nina konnte nicht sagen, ob er es sarkastisch oder ernst meinte.

»Alles gut.« Sie bemühte sich, eine verschwörerische Miene aufzusetzen. »Gab es denn Stress mit den anderen? Nach allem, was ich gehört habe, muss es sich um ein sehr spezielles Pärchen gehandelt haben. Ich stell mir das anstrengend vor, wenn man hier nur seine Ruhe sucht.«

»Ganz und gar nicht. Sie war ein Schatz. Sie und Christian passten in meinen Augen überhaupt nicht zueinander.«

Sven ergoss sich in Lobpreisungen über seine verstorbene Kursteilnehmerin, während er an Christian Kleinert kein gutes Haar ließ. Offensichtlich hatte er vor Kurzem auch mit ihm telefoniert. Hatte ihn nach den tragischen Vorfällen angerufen. Kleinert hatte ihm berichtet, dass er bereit gewesen war, sich kurzfristig befragen zu lassen, wenn es dabei half, wie er sich ausdrückte, »die Umstände des tragischen Ablebens von Valencia aufzuklären«. Nina vermutete, dass dieser Social-Media-affine Mann danach einen frischen Post abgesetzt hatte, in dem er der Welt seine Trauer offenbarte. Vielleicht tat sie dem Mann ja Unrecht. Doch aus Svens Schilderungen gewann sie den Eindruck, dass er nur ein weiteres Mitglied einer Generation war, die ihre Gefühle und ihr Leben vermarkteten. Eine gläserne Seele.

Nina lauschte Svens Redefluss. Das Thema ›Fasten‹ hatten sie lang hinter sich gelassen. Er behandelte sie immer vertrauter, geradezu liebevoll. Sie trat einen Schritt zurück. Raus aus diesem Gespräch. Symbolisch. Beobachtete sich und diesen ihr vollkommen fremden Mann. Warum sie ihm so kommunikativ gegenüber agierte, wusste sie. Doch was waren wohl seine Motive? Ihr Herz klopfte und sie hatte das dringende Bedürfnis nach einer Exitstrategie zu suchen. Plötzlich wollte sie möglichst viel Abstand zwischen sich und diesen Mann bringen.

KAPITEL 46

Nina hatte sich mit einem Vorwand von Sven verabschiedet und war aus dem Haupthaus gestürmt: sie habe einen Termin im Spa. Langsam wünschte sie, sie hätte tatsächlich einen gemacht. Bis zum Essen war es noch ein wenig Zeit, und so ging sie zum Strand hinunter, auf die Seebrücke zu. Das kolossale Bauwerk erstreckte sich zweihundert Meter weit in die Ostsee hinein. Zügig marschierte sie über die gewaltigen Bohlen. Sie hoffte, Sven hatte nicht schnell genug hinter ihr das Hotel verlassen, um zu sehen, dass sie nicht auf ihr Zimmer gegangen war, um sich umzuziehen. Tief atmete sie die salzige Seeluft ein. Das Gekreische der Möwen brachte sie das erste Mal in Urlaubsstimmung. Sie liebte das Meer mit allem, was dazugehörte, insbesondere dem rauen Wetter im Herbst. Wie Pfeile schnellten die Möwen in die Fluten. Scharen watschelten über den Strand und pickten in tausenden angespülten Miesmuscheln.

Nina war am Ende der Brücke angekommen. Neben ihr stand ein Mann und angelte. Er trug wetterfeste Wachskleidung und starrte raus auf die See. Sie tat es ihm gleich. Lehnte sich gegen das graue, verwitterte Holzgeländer und hielt ihre Nase in den Wind. Das Wasser unter ihr wirkte smaragdgrün. Wenn sie sich anstrengte, konnte sie vereinzelt den Meeresboden sehen, so klar war es.

Sie überlegte, was sie von der ganzen Sache hielt, von den Vorfällen, von den Leuten. Ihre Menschenkenntnis hatte sie in der letzten Zeit öfter im Stich gelassen. Sie hatte verlernt, ihrem Gefühl zu trauen. Reagierte sie mit ihrem Argwohn gegenüber Sven übertrieben? Sie glaubte nicht. Möglich, dass sie den Menschen nicht immer die schlimmsten Dinge zugetraut hatte, doch sie hatte ein Gespür dafür, wenn eine Gefahr lauerte. Dieser Kursleiter hatte eine Seite, die gefährlich war, da war sie sicher. Möglicherweise hatte das nichts mit den Morden zu tun, doch sie wollte auf der Hut sein. Ihr Instinkt riet ihr, die Augen offen zu halten, in seiner Gegenwart.

Nina schloss einen Moment die Augen und streckte das Kinn nach vorn. Sie atmete tief ein und wieder aus. Das war besser als jedes Spa. Sie fühlte sich generalüberholt und öffnete die Augen. Der Angler nickte ihr kurz zu, als sie seinen Blick streifte. Dann sah sie, dass er etwas hinter ihr fixierte. Erschreckt drehte sie sich um.

Bitte lass es nicht Sven sein!

Da stand Jörg und wollte gerade die Hand nach ihr ausstrecken, um sie an der Schulter zu berühren. Durch ihre überraschende Drehung erwischte er sie an der Brust. Sein blasses Gesicht blühte umgehend feuerrot auf und er ergoss sich in allerlei Entschuldigungen; die machten die ungeplante Berührung im Großen und Ganzen noch peinlicher. Nina lachte laut auf. Sie war froh, ihn hier zufällig zu treffen.

Als er sich gefangen hatte, gingen sie in Small Talk über. Er hatte gerade einen längeren Spaziergang abgeschlossen. Auf ihrem gemeinsamen Weg zurück zum Hotel, begleiteten sie Erzählungen über Reisen, die sie beide schon unternommen hatten. Die Morde kamen kein einziges Mal zur Sprache.

KAPITEL 47

Nina fühlte sich rundum wohl. Das gemeinsame Dinner mit Familie Richter im Restaurant ›Kurhaus‹ hatte ihre Lebensgeister angeregt. Roland verabschiedete sich gerade mit den Kids von ihr und wünschte ihr eine geruhsame Nacht. Sie stand auf der Terrasse des ›Kurhaus‹ und sah den dreien nach, wie sie im Haupthaus verschwanden. Leni auf dem Arm ihres Vaters, müde wie ein Schluck Wasser. Nina lächelte und spürte die wohlige Wärme, die sie erfasste, wenn sie die Kinder mit ihrem Vater sah. Den ersten Gedanken, den ihr Geist in diesem Moment Richtung Erik unternahm, bremste sie. Sie hatte immer noch nicht auf seine letzte Nachricht reagiert.

Sie wusste, wenn sie jetzt aufs Zimmer ging, würde sie noch nicht schlafen können. Es war viel zu früh. Die Nacht war klar, sternklar. Ein wenig frisch, doch Nina war warm eingepackt. Sie konnte also noch einen Spaziergang machen. Das Gelände war wunderschön beleuchtet und das leichte Rascheln der Bäume im Wind schaffte eine meditative Atmosphäre. Sie hörte ihre Schritte auf dem gepflasterten Gehweg, als sie um das ›Kurhaus‹ herumging, parallel zur Straße nach Kühlungsborn, getrennt durch einen hüfthohen

Zaun. Die kühle Luft reinigte ihre Lungen. Im Schein einzelner Straßenlaternen tanzten Insekten. Sie genoss es, in diesen Bereich einzutreten und ihre Seele von dem warmen Licht streicheln zu lassen. Kleine Steinchen knirschten unter ihren Schuhen. Der Wind an ihren Wangen war nicht unangenehm, schnitt nicht so hart wie noch am gestrigen Tage.

Nach einer Weile hatte sie das Gelände des Hotels hinter sich gelassen, lief Richtung der ersten Einfamilienhäuser an dieser Straße. Sicherlich vermietete Ferienhäuser. Hinter den Scheiben brannte Licht. Sie standen dicht an der Straße. Nina konnte Menschen sehen, am Esstisch, auf der Couch vor dem Fernseher. Familien im Urlaub. Sie überquerte die Bahnschienen und wechselte die Straßenseite. Etwas zog sie magisch an, ohne, dass sie darüber nachgedacht hätte.

Plötzlich stand sie vor dem alten Fürstenhof. Das Gebäude ragte bedrohlich vor ihr auf. Imposant, dachte sie. Um den Bau herum flatterte das Absperrband der Polizei. Ein Knistern durchschnitt hier und da die Stille. Nina blieb stehen. Direkt vor ihr befand sich der eindrucksvolle Eingang. Einzelne Glasscherben lagen noch auf dem Boden vor der geschlossenen Tür. Nina glaubte, ein paar Spritzer Blut auf den Treppenstufen zu sehen. Sie lauschte in die Nacht. Bis auf das flatternde Band war nichts zu hören. Dann ein Nachtvogel und im Hintergrund das Meer, wie es langsam in Wellen an den Strand rollte.

Konnte ein Haus böse sein oder passierten böse Dinge überall? Dieser Ort war die perfekte Kulisse des Schreckens. Augenblicklich hatte sie das ›Psycho‹-Haus vor Augen, die Filmkulisse, die sie vor zwei Jahrzehnten in Los Angeles besucht hatte. Sie erinnerte sich, wie enttäuscht sie damals gewesen war, dass die Tour nur mit einem Bus am Haus vorbeigeführt hatte. Wie gern wäre sie hineingegangen und hätte sich den Schauplatz von Hitchcocks berühmtestem Psychothriller angesehen.

Sie warf einen Blick auf das Absperrband. Vor dem Eingang war es abgerissen, ließ den Weg frei. Entweder hatte es sich im Sturm gelöst oder die Polizei hatte das Haus wieder frei gegeben. Nina entschied, dass die Polizei sicher ihre Arbeit beendet hatte. Nirgends konnte sie ein Schild sehen, dass das Betreten seitens der Besitzer untersagte. Sie sah über ihre Schulter, zurück zum Hotel. Ihr Blick wanderte an den belebten Häusern entlang, die Straße nach Kühlungsborn hinauf. Hier draußen war sie allein. Doch sie war nicht wirklich einsam. Ein paar Meter von ihr entfernt gab es Menschen, da war Leben. Vom Parkplatz hinter dem Haus hatte es in den letzten Minuten keine Regung gegeben.

Zwei Stockwerke oberhalb des Erkers, in dem der Eingang untergebracht war, befand sich eine Art Balkon, überdacht mit einem Turm. Nina blickte rauf in die Dunkelheit, beobachtete die Stelle eine Weile regungslos. Dann atmete sie lange aus.

Sie trat vom Asphalt auf die Wiese und ging auf die steinerne Treppe zu. Sie sank mit ihren Lederschuhen leicht in den schwammig vollgesogenen Boden ein. Ein schmatzendes Geräusch begleitete ihre Schritte, bis sie die erste Stufe erreicht hatte. Ein Stück Beton war vor langer Zeit herausgebrochen. Die Ecken verwittert und vom Wetter abgerundet. Sie griff nach dem Handlauf, wie sie langsam die Treppe emporstieg. Ein Knirschen unter ihren Schuhen signalisierte die ersten Scherben. Sie stand vor der schweren Eichentür. Die zerstörte Scheibe ließ sie einen Blick hineinwerfen. Der Raum, den sie sehen konnte, war hell und freundlich gestrichen. Damit hatte Nina nicht gerechnet. Große Rundbögen führten zu entlegenen Räumen. Die freundliche Wandfarbe machte ihr Mut. Lud sie ein. Beherzt griff sie nach der Klinke und öffnete leise die Tür. Sie war bestrebt, keine Geräusche zu machen. Dann trat sie ein. Nach ein paar Metern umfasste sie vollkommene Dunkelheit. Etwas hektisch griff sie in ihre Jackentasche und kramte nach ihrem Handy; sie schaltete dessen Taschenlampe ein.

Ihr Herz schlug kräftig in ihrer Brust.

Vorsichtig setzte sie einen Schritt vor den anderen. Sie durchschritt eine Art Eingangshalle und gelangte etwa in der Hälfte des Raumes an die ersten Stufen einer Treppe, die über mehrere Podeste in die Obergeschosse zu wachsen schien. Sie fühlte sich wie in einem alten Schulgebäude oder einem Kinderheim. Fast konnte sie das Getrappel kleiner Füße auf den schweren Holzstufen hören. Vor ihren Füßen lag jede Menge Bauschutt, Putz, der von den Wänden gefallen war, daneben eine abmontierte Heizung. Nina überlegte, ob sie es wagen würde, die Stufen vor ihr nach oben zu steigen.

Ein kräftiger Windzug fuhr ihr durch die Haare. Im selben Moment knallte es scheppernd hinter ihr. Die Tür war zugefallen. Sie hatte sie offen stehen lassen. Der kurze Schreck saß ihr in den Gliedern. Sie atmete bemüht ruhig aus und drehte sich um.

»Ahh!«

Da stand Sven. Direkt hinter ihr. So dicht, dass sie nur ihren Arm nach ihm ausstrecken musste. Er konnte nicht in diesem Moment erst durch die Tür gekommen sein. Sie sprang zurück, blendete ihn mit dem Licht der Taschenlampe. Ihr linkes Bein streifte die erste Stufe der Treppe; sie fiel. Nina knallte mit dem Hintern auf das morsche Holz. Das Handy fiel ihr aus der Hand, landete mit dem Display nach oben. Ihre Lichtquelle versiegte. Plötzlich war es fast stockfinster in diesem Raum. Sie fühlte seine Gegenwart, spürte, wie er dichter auf sie zukam. Seine Hände griffen nach ihren Schultern und zogen sie nach oben.

»Lass mich dir helfen.« Er stellte sie auf die Beine. »Was zur Hölle machst du hier?«

Nina versuchte, ihren Puls zu beruhigen. »Das könnte ich dich auch fragen.« Sie gewöhnte sich langsam an die Lichtverhältnisse. Er stand ruhig vor ihr und betrachtete sie.

Machte keine Anstalten, für Licht zu sorgen. Sie fixierte ihn. Einige Atemzüge lang sagte niemand etwas. Langsam glitt sie nach unten, tastete mit der Hand nach ihrem Mobiltelefon, ohne ihn aus den Augen zu lassen. Er betrachtete sie ruhig. Als sie es endlich in der Hand hielt, richtete sie es auf ihn, ging einige Schritte zur Seite. Die Strahlen der Taschenlampe strichen an ihm vorbei und erleuchteten die helle Wand hinter ihm. Sie sah die Fenster hinter den Rundbögen, die Tür etliche Meter von ihr entfernt. Sie wollte nur noch raus.

Sven riss den Ellbogen vor die Augen und schirmte sich von der Lichtquelle ab. Nina verspürte keine Lust, herauszufinden, ob ihre Angst begründet war. Sie wandte sich um und rannte aus dem Gebäude.

KAPITEL 48

Inga war stinksauer. Was hatte sie nicht immer alles für diese Beziehung getan und das war der Dank! Sie steckte schon wieder in einem handfesten Streit mit Yvonne.

»Ich würde gern ein bisschen allein sein, wenn es dir recht ist«, sagte Yvonne.

Inga fand das die erste gute Idee, seit sie vom Essen zurückgekehrt waren, bei dem sie sich bereits heftig in der Wolle gehabt hatten. Sie schnappte sich eine Zimmerkarte und verließ den Raum.

Wenn Yvonne derart depressiv drauf war, hatte es keinen Sinn mit ihr zu sprechen. Inga hätte auch nicht gewusst, was sie hätte ändern können. Ihre Eltern besaßen kein Geld. Geschweige denn hatte sie viel gehört von ihnen in den letzten Jahren. Ihr Verhältnis war schon immer sehr lose gewesen. Sie hatte zwei weitere Geschwister, die jeweils ein und zwei Jahre älter waren als sie. Als sie alt genug war, aus der elterlichen Wohnung zu ziehen, hatte sie die Erleichterung bei ihren Eltern gespürt. Ein Kopf weniger, der die schmale Haushaltskasse belastete. Ihr Verhältnis zueinander war grundsätzlich nicht schlecht, doch brachten ihre Erzeuger nur einen Bruchteil des Interesses für ihr

Leben auf, das Yvonnes Eltern zeigten. Das hatte allerdings auch seine Vorteile. Yvonnes Eltern bemühten sich redlich, auf jede Bewegung und Entscheidung ihrer Tochter Einfluss zu nehmen. Das Einzelkind, das immer im Mittelpunkt stand. Warum sich Yvonne damals gerade in sie, Inga, verliebt hatte, war ihr schleierhaft, doch sie war dankbar dafür.

Manchmal verfiel diese Frau jedoch in eine Stimmung, mit der sie nicht umzugehen wusste. Dann zweifelte sie alles an, für das sie sich zuvor eingesetzt hatte. Inga vermutete dahinter ein geringes Selbstbewusstsein, verursacht durch die Bevormundungen von ihrer Familie.

In diesem Augenblick stand ihr der Sinn nach etwas Abgeschiedenheit. Ihr Handy hatte sie bewusst im Zimmer gelassen. Für eine Stunde nicht erreichbar zu sein, das brauchte sie nun. Irgendwo allein, für sich. Sie war ohnehin kein Freund von ständiger Erreichbarkeit. Das war nicht gut fürs innere Gleichgewicht wie so vieles andere, das das moderne Leben mit sich brachte. Sie hatte heute noch keine Gelegenheit gehabt, achtsam mit sich umzugehen. Das würde sie jetzt nachholen und diesen anstrengenden Abend hinter sich lassen. Inga ging in die Bibliothek.

Sie ließ ihren Blick über die einzelnen Bücher im Regal schweifen und las die Titel. Nach dem heftigen Streit mit Yvonne hatte sie nur noch rausgewollt aus ihrem gemeinsamen Zimmer. Jetzt stand sie in der Bibliothek des Hotels und gab vor, sich ein Buch für den Abend auszusuchen. Sie glitt mit den Augen über die einzelnen Werke. Beim nächsten Regal angekommen, wusste sie schon nicht mehr, was sie zuvor gesehen hatte.

Wenn Yvonne in dieser Stimmung war, machte es keinen Sinn zurückzugehen. Langsam ging sie in den nächsten Raum, die Augen auf die Wand mit den Büchern geheftet. Sie fand einen Bildband über die Ostsee, angelte danach und zog ihn aus dem Bücherregal. Wie sie sich umwandte, um sich in einen bequemen Sessel am Fenster zu setzen, vernahm sie eine vertraute Stimme.

»Ein Haus ohne Bücher ist wie ein Körper ohne Seele.« Jörg saß in dem gegenüberliegenden Sessel am Fenster, hielt einen Wälzer über eine Reise im Himalaya in Händen und strahlte sie an.

»Hallo, Jörg. Zitierst du Plato, weil du ihn magst oder weil du es kannst?«

»Eigentlich eher Cicero. Was ist dir denn über die Leber gelaufen?« Er sah sie mit gerunzelter Stirn an.

»Ach bitte, entschuldige. Das war nicht böse gemeint. Ich bin gerade schlecht drauf.«

Eine Weile musterte er sie eindringlich, dann lehnte er sich zurück und meinte: »Dann lass uns das Beste daraus machen. Bestell dir einen Drink und leiste mir Gesellschaft. Die Bar ist voll, weshalb ich mich nach hier hinten verzogen habe. Keine Ahnung, was heute los ist, zu dieser frühen Stunde. Auf jeden Fall wird auch hier hinten serviert.«

Inga lächelte ihn dankbar an, setzte sich und hielt nach jemandem vom Personal Ausschau.

»Du siehst erledigt aus«, stellte Jörg fest, während er an seinem Bier nippte.

»Das bin ich auch. Versteh mich nicht falsch, ich mache diese Fastenkuren sehr gern, doch meinen Körper schlaucht das immer ganz schön. Durch meinen Sport bräuchte ich eine deutlich größere Energiezufuhr als das, was ich in der letzten Woche zu mir genommen habe.«

»Dann solltest du dir gleich noch einen Snack bestellen.« Er lächelte sie irgendwie verschwörerisch an und reichte ihr die Karte. Inga fand plötzlich, dass er ein ziemlich netter Kerl sein konnte, wenn er wollte. Wahrscheinlich hatte sie das in der letzten Woche nur nicht beachtet.

Eine Kellnerin erschien und Inga erhielt die Gelegenheit, sich ein großes Bier zu bestellen.

»Ich nehme auch noch eins und bringen Sie uns noch ein Clubsandwich und zwei Teller bitte. Vielen Dank.«

Inga wollte schon protestieren, doch Jörg ignorierte ihren Einwand und signalisierte der Kellnerin, dass es bei der getätigten Bestellung bleiben würde.

»Wir haben gerade erst zu Abend gegessen!«

»Na, und? Ich werde es niemandem verraten, versprochen.« Er lächelte sie wieder an und wurde dann mit einem Mal ernst. »Wie war euer Gespräch mit der Polizei?«

Inga schluckte. »Was glaubst du?«

Jörg verdrehte die Augen. »Ich denke, das war nicht das letzte Mal, dass sie uns besucht haben.«

»Glaubst du?«

»Schon, ja. Die werden nicht lockerlassen, bis sie den Schuldigen haben.«

»Das ist es doch, was wir alle wollen.«

»Natürlich. Nur hatte ich mir meinen Urlaub anders vorgestellt.«

»Da bist du nicht allein.« Dieser Abend versprach noch schlimmer zu werden. Besser, Inga erwähnte Jörgs Gedanken Yvonne gegenüber gar nicht erst. Oder wusste sie es vielleicht schon? Hatte Otte es ihr gegenüber angedeutet? Yvonne hatte sich über Details ihrer Befragung ausgeschwiegen.

Inga schaute an der langen voluminösen Gardine vorbei nach draußen in die Dunkelheit. Der Urlaub stand unter einem schlechten Stern. Hätte sie mal auf ihren Instinkt gehört. Als Yvonnes Eltern mit diesem exorbitant kostspieligen Geschenk für ihre Tochter angekommen waren, war das so etwas wie das erste schlechte Omen gewesen. Warum in einen Lebensstil reinschnuppern, den man sich ohnehin nicht leisten konnte? Sie hatte Yvonne zuliebe gute Miene zum bösen Spiel gemacht. Doch vom ersten Tag an schien eben genau das der Frau auf den Magen zu schlagen. Inga konnte nicht verstehen, wie man ständig so unzufrieden mit dem eigenen Erreichten sein konnte. Sie selbst war eine Frohnatur und glücklich, wie sich ihr Leben entwickelte. Das hatte sie Yvonne heute Abend auch gesagt, doch da hatte sie etwas losgetreten, das all die Anspannung gelöst hatte.

»Du bist ziemlich still heute.« Jörg betrachtete sie neugierig.

»Ja, na ja, wir hatten ein bisschen Stress, und ich frage mich, was ich falsch gemacht habe.«

»Vielleicht liegt es ja nicht an dir.«

Inga lächelte ihn dankbar an.

»Vielleicht ist Fasten ja schlecht für die Beziehung.« Er grinste.

Sie schnaufte. »Wenn ich an Christian und Valencia zurückdenke, magst du recht haben. Da scheint es ein Muster zu geben.«

Ein Schatten glitt über Jörgs Gesicht. »Ich rede von echten Beziehungen. Das war keine.«

KAPITEL 49

Die Stille der Bibliothek war genau das, was Jörg an diesem Abend gebraucht hatte. Die Polizei hatte ihn auf der Dienststelle zu Michael befragt. Seine Dosis an sozialen Kontakten war erreicht und er sehnte sich nach Ruhe und Entspannung. Fast wäre er auf sein Zimmer gegangen, doch etwas hatte ihn zurückgehalten. Er wollte sich zwingen, unter Menschen zu gehen und am Leben teilzunehmen. Diese zwei Räume, vollgestopft mit Büchern erfüllten all seine Ansprüche und ließen die Reizüberflutung des Nachmittags abklingen.

Bevor Inga hier hereingestürmt war, hatte er seine Akkus wieder aufgeladen und konnte sich auf ein entspanntes Gespräch einlassen. Mit Inga war es ohnehin unkompliziert. Sie verstanden sich auf verschiedenen Ebenen. Während der letzten Woche hatte er oft bemerkt, dass sie ebenfalls kein Freund allzu lauter Menschen war und wie er, eine stille Seite besaß. Womöglich traf das ja auf mehr Leute zu, als er glaubte.

Valencia war eine ganz andere Frau gewesen. Schillernd, farbenprächtig, ein Paradiesvogel. Sicher nicht unbedingt laut, aber auch nicht leise. Sie zog dominante, kontaktfreudige Männer an, wie das Licht die Motten. Und doch sehnte sie sich scheinbar nach etwas anderem. Jörg war sicher, sie nicht falsch verstanden zu haben.

Der Nachmittag, an dem sie den Spaziergang rüber nach Kühlungsborn gemacht hatten, immer am Strand lang, Jörg hatte ihn nicht vergessen.

Sie waren beide ein Stück zurückgefallen. Hatten sich unterhalten und die Lücke zwischen ihnen und dem Rest der Gruppe immer weiter vergrößert. Valencia hatte viel erzählt. Von ihren Reisen, ihrem Job. Er hätte ihr stundenlang zuhören können und sie schien es zu genießen.

Wann hatte ihr das letzte Mal jemand wirklich zugehört?, das hatte er sich damals gefragt. Die Menschen lasen, was sie schrieb, sie wussten, wohin sie ging und was sie erlebte. Doch das war nicht sie, davon war er überzeugt. Sie war ein Mensch aus Fleisch und Blut und kein Plastikpüppchen, das in die Rollen schlüpfte, in denen man es sehen wollte.

An dem Nachmittag hatte sie ihr Herz ausgeschüttet, hatte zumindest durchblicken lassen, dass sie sich wünschte, gesehen zu werden. Kleinert war für diese Aufgabe der Falsche. Er schien mit Valencia in jeder Sekunde zu wetteifern, und Jörg sah ihm an, dass er nichts an Aufmerksamkeit mit ihr teilen wollte. Dieser Kerl war laut und stand unglaublich gern im Rampenlicht. Er hatte in Michael den besten Sparringpartner gefunden. Gemeinsam schaukelten die beiden sich derart auf, dass Jörg freiwillig auf Zusammenkünfte mit der Gruppe am Ende des Tages verzichtete, nur um Ruhe zu finden und sich von diesen Energiesaugern zu erholen. Das war anstrengend. Die Zeiten, in denen er zu solchen Menschen bewundernd aufschaute, hatte er seit seiner Jugend hinter sich gelassen.

Während Inga wortlos ihm gegenüber an ihrem Bier nippte, dachte er an das, was Valencia an diesem Nachmittag zu ihm gesagt hatte. Dieser Satz hatte ihn damals hoffen lassen. Sie hatte überlegt, ob Christian mit einer anderen Frau deutlich besser dran wäre als mit ihr. Jörg hatte den Satz damals vernommen doch in seinen Gedanken gespiegelt und ihr zugestimmt. Sie wäre wirklich besser dran mit einem anderen Mann.

KAPITEL 50

»Niiinaa!« Sie hörte ihren Namen durch die Nacht hallen, während sie den gepflasterten Weg zurück zum Hotel rannte. Ihre lauten Schritte hallten in der Stille, ihr keuchender Atem übertönte das Meeresrauschen. Die beleuchteten Fenster zu ihrer Rechten, die vorhin noch Sicherheit ausgestrahlt hatten, schienen zu einer anderen Welt zu gehören. Niemand bemerkte sie dort. Niemand hörte den Mann, der hinter ihr heiser ihren Namen schrie. Er war ihr dicht auf den Fersen.

Ihre langen Schritte trugen sie in regelmäßigem Rhythmus dem ›Grand Hotel‹ entgegen. Sie passierte die erste Pforte, die sie mit Hilfe ihrer Zimmerkarte aufs Gelände geführt hätte. Dafür war keine Zeit. Die Karte steckte in ihrer Jacke. Ihr Verfolger war dicht hinter ihr. Der Mann war in Topform. Sie rannte die paar Meter weiter, am Zaun entlang, auf die Einfahrt zu. Es war noch früh. Der Wagenmeister stand auf seinem Posten. Nachdem sie auf dem Gelände war und seine Blicke auf sich gezogen hatte, wurde sie langsamer. Erschöpft atmete sie aus. Hinter sich hörte sie schnell nahende Schritte.

»Sag mal, spinnst du?«

Sie drehte sich um und fixierte Sven. »Was hast du da gemacht?«

»Was hast du da gemacht?«, schrie er sie an.

»Ich wollte sehen, wo dieses Schwein meine Freundin zum Sterben zurückgelassen hat!«

Der Wagenmeister räusperte sich. Sven ging einen Schritt zurück. Er sah sie an, warf dann einen flüchtigen Blick auf den grauhaarigen Mann hinter ihr.

»Verstehe«, war seine knappe Antwort. »Tut mir leid, was da geschehen ist.« Er schluckte scheinbar. Sein Kehlkopf bewegte sich.

»Du hast mir immer noch nicht gesagt, was du dort zu suchen hattest.«

»Ja, richtig.« Er nahm sich einen Moment. Antwortete nicht sofort. »Ich habe dich dort reingehen sehen und war neugierig. Da bin ich dir gefolgt.« Er hob entschuldigend die Schultern.

»Wir haben uns vor Stunden verabschiedet! Du wohnst nicht in diesem Hotel. Was machst du noch hier?« Nina war wütend.

»Ich war noch eine Weile auf dem Gelände, nachdem wir uns verabschiedet haben. Hatte noch einige Dinge für meinen nächsten Kurs mit den Leuten von der Gästebetreuung zu besprechen. Dann habe ich Jörg getroffen, als er gerade zum Essen gehen wollte. Ich habe mich ihm angeschlossen. Es gab einiges zu besprechen. Immerhin sind zwei Bekannte gestorben und einen davon musste ich identifizieren.«

Nina beschlich das Gefühl, dass Sven für sein Leben gern tratschte.

»Als ich dann zum Parkplatz gegangen bin, um mein Auto zu holen, habe ich dich das Gebäude betreten sehen. Das ist auch schon alles.« Er zuckte mit den Schultern und sah unschuldig aus. Nina wusste nicht, was sie davon halten sollte. Irgendetwas an diesem Mann löste den Reflex bei ihr aus, auf der Hut sein zu wollen. Sie drehte sich um und ließ ihn stehen.

KAPITEL 51

Zu fortgeschrittener Stunde stand Yvonne an einem Fenster in ihrem Zimmer und sah nach draußen in die Dunkelheit. Mittlerweile war es spät, bestimmt schon nach zehn Uhr abends. Inga war noch immer nicht zurück und Yvonne spürte aufkeimende Unruhe. Das lag nicht an der Abwesenheit ihrer Freundin, sondern an dem Gefühl, das sich ihrer seit dem Abendessen bemächtigt hatte. Möglicherweise auch schon davor. Sie fühlte sich gefangen, wie hinter Gittern. Ihr Inneres brodelte und peitschte ihre Atmung an. Ihr Puls galoppierte und ihre Haut kribbelte.

Was geschieht nur mit mir?

Ein Schwapp an Hoffnungslosigkeit überspülte sie und nahm ihr für einen Moment die Luft.

Ich muss hier raus, dachte sie und lief zur Tür. Vor ihrem Zimmer waren die Lichter gedimmt und der Flur lag verlassen da. Sie stieg in den Fahrstuhl und fuhr nach unten. Draußen vor dem Hotel blieb eine größere Gruppe von Menschen stehen, die gerade aus dem Restaurant gekommen waren. Sie unterhielten sich. Yvonne schlug den Weg zum Severin-Palais ein. Dort gab es eine Dachterrasse – Luft und Einsamkeit. Möglicherweise konnte sie von dort trotz der

Dunkelheit das Meer sehen. Sie stieg erneut in einen Fahrstuhl und fuhr nach oben. Im obersten Stockwerk trat sie aus der Tür und fand sich direkt vor dem Ausgang zur Dachterrasse. Hier war es finster. Zu dunkel eigentlich, um den Ausblick zu bewundern. Yvonne hörte, wie der Fahrstuhl sich hinter ihr schloss und sofort zurück nach unten fuhr. Sie trat hinaus.

Draußen ging ein straffer Wind und sie bereute eine Sekunde, keine Jacke übergezogen zu haben. Sie zog die Arme in den Ärmeln ihres Kaschmirpullovers nach oben und faltete sie vor der Brust. Langsam ging sie nach vorn, vorbei an dem Glasdach, dass Einblicke in das darunterliegende Stockwerk bot. Das Atmen fiel ihr inzwischen leichter. Die leicht salzige Luft reizte ihre Atemwege, doch sie sog sie entschlossen tief ein, um sich von allem Übel zu reinigen.

Nach einigen Schritten hatte sie die Brüstung erreicht und schaute auf die Brandung am Horizont. Dort sah sie die beleuchtete Seebrücke und die Wellen, die mehrere Meter darüber schlugen. Sie trat noch einen Schritt nach vorn. Jetzt berührte ihr Oberkörper das Geländer. Einige Böen schubsten sie gefährlich zur Seite. Ein Lächeln breitete sich auf ihrem Gesicht aus. Sie genoss es. Das könnte eine einfache Lösung für all ihre Probleme sein. Mutig lehnte sie sich nach vorn. Ihr Herz raste, doch diesmal jagte sie ihm euphorisch hinterher. Jede Bö an ihrem Körper fühlte sich wie eine Umarmung an – ein Versprechen von Sicherheit. Yvonne schloss die Augen. Dann spürte sie eine Hand auf ihrer Schulter. Sie riss den Kopf herum. Ihr Herz setzte seinen Höhenflug für eine Sekunde aus. Da war niemand. Nur die Tür zum Hotel war aufgegangen und klappte im Wind auf und zu.

Yvonne schlang sich die Arme um den Körper. Der Wind hier draußen war so laut, dass sie die hin und her schlagende Tür nicht hören konnte. Sie starrte sie einen Moment an, die See im Rücken. Hinter dieser Tür wartete ihr Leben auf sie, mit all den Konsequenzen, die ihre Entscheidungen herbeiführten. Sie drehte ihr wieder den Rücken zu und schaute in die Dunkelheit. Die nächsten Schritte mussten warten. Jetzt würde sie sich Zeit für sich nehmen. Niemand wusste, wo sie war, niemand würde sie hier draußen suchen. Niemand konnte sie hören, also summte sie ein Lied, das ihr ihre Mutter als Mädchen immer vorgesungen hatte.

KAPITEL 52

Die ersten Strahlen eines neuen Tages drangen durch Ninas Fenster und zeichneten goldene Umrisse auf den Teppich neben ihrem Bett. Nina legte den Hörer zurück auf den Apparat und lächelte. Die Tatsache, dass Inga sie gerade gebeten hatte, mit ihr in den Sportbereich des Hotels zu gehen, ließ sie frohlocken. Ein wenig schwitzen im Team, gegenseitiges Anspornen, Tratsch am Morgen, es versprach ein schöner Tag zu werden. Sie schlüpfte ins Bad und überprüfte, ob sie sich so unter Leute trauen konnte. Duschen würde sie nach dem Training. Gekleidet in ihre Funktionsklamotten unter ihrem warmen Mantel verließ sie einige Minuten später das Zimmer. Das Handy hatte sie dabei, falls Roland wegen des Frühstücks nachfragen würde. Jetzt freute sie sich erst einmal auf körperliche Ertüchtigung. Vielleicht würde sie auch ein paar Bahnen schwimmen, um sich danach wieder abzukühlen.

Inga stand bereits an der Spa-Rezeption, als sie dort ankam. Sie hatte aus dem Hauptgebäude den deutlich kürzeren Weg.

»Hey, Nina«, sagte sie strahlend. Sie drückten sich kurz freundschaftlich und gingen dann gemeinsam durch die Glastür zu den Geräten.

»Du glaubst nicht, wie ich mich gefreut habe, als Yvi mir sagte, dass du Interesse an einer gemeinsamen Session hast. Normalerweise muss ich mich immer selbst motivieren.«

»Ich weiß genau, was du meinst. Ich bin auch lieber in Gesellschaft.« Nina strahlte zurück. Ingas gute Laune hatte sie angesteckt. Es war schön, für einen Moment zu vergessen, was sie belastete. Einfach mal nur zu tun, was ihr Spaß machte.

»Mir ist es total wichtig dranzubleiben, auch wenn es manchmal schwerfällt. Der Weg, den ich gehen müsste, wenn ich es schleifen ließe, ist deutlich beschwerlicher als es durchzuziehen.«

Nina nickte. Sie legte ihre Sachen an die Seite und setzte sich auf ein Spinning Bike neben Inga. »Yvonne ist nicht erpicht darauf, oder?«, fragte Nina, in Erinnerung an das gestrige Gespräch.

Inga zog die Nase kraus und schüttelte den Kopf. »Nicht wirklich. Doch ich weiß nicht, wie sie das macht …« Inga trat in die Pedale. »Sie sieht immer aus, als würde sie täglich trainieren. Ich hingegen muss mich ziemlich abrackern, um in Form zu bleiben.«

»Ich finde es auf jeden Fall immer gut, wenn ich im Urlaub was machen kann. Zu Hause fehlt mir natürlich das Equipment. Da geht es ins Studio. Ich kann es mir, wie du schon sagst, auch nicht leisten, im Urlaub alles schleifen zu lassen. Ich bin froh, dass die hier so gut ausgestattet sind.«

Nina machte eine allumfassende Handbewegung. Inga nickte leicht, starrte aber geradeaus durch die große Glasscheibe, die sie auf den Haupteingang des Hotels blicken ließ. Nach einer Weile fügte Nina vorsichtig hinzu: »Du bist nicht so wahnsinnig gern hier, hab ich recht?«

Inga drehte ihren Kopf zur Seite und sah sie an. Sie hatte ihr Tempo inzwischen deutlich beschleunigt und Schweiß rann ihr über das Gesicht.

»Es ist nicht so, dass es mir nicht gefällt. Sehr gut sogar, im Grunde zu gut, verstehst du?«

»Nicht so richtig.«

»Ich weiß, das klingt blöd. Du fragst dich bestimmt, warum ich es nicht einfach genieße, auch wenn die Chance gering ist, dass ich mir das in nächster Zukunft wieder leisten könnte.«

»So in etwa, ja. Ich habe mitgekriegt, dass das bei euch beiden ein Spannungsthema ist.«

Inga trat unbeirrt weiter. Sie schien gegen Dämonen zu fahren. »Weißt du, ich meine das nicht böse. Wirklich nicht. Ich genieße die Abwechslung. Ehrlich. Die haben ein tolles Equipment … und sieh dich um! Wir sind die Einzigen. Man kann kommen und gehen, wann man will und kriegt immer sein Wunschgerät. Der Pool ist gigantisch.«

»Was ist dann das Problem?« Nina hatte in ihrem Leben beide Seiten der Medaille kennengelernt. Ihrer Familie ging es finanziell recht gut, sie selbst kämpfte allerdings immer hart, um sich den gewünschten Lebensstandard zu erhalten. Ihr Job bot keine sichere, regelmäßige Einnahmequelle. Insbesondere, wenn sie einmal ausfiel.

Inga schwieg.

»Yvonne hat gestern angedeutet, dass du dich hier nicht so wohlfühlst.«

Inga zog genervt die Augenbrauen nach oben. »Das ist typisch«, murmelte sie.

Nina versuchte es auf eine andere Art. »Manchmal kann es beängstigend sein, sich auf etwas Neues, Unbekanntes einzulassen.« Sie konnte selbst kaum glauben, was sie da sagte. Was Besseres war ihr allerdings nicht eingefallen. Die Frau war zäh.

Inga stöhnte, als würde sie sich geschlagen geben. »Ich will nicht, dass es Yvi wieder schlecht geht, okay? Es hat überhaupt nichts mit mir zu tun.«

Nina sah sie irritiert an. »Wieso?«

»Das ist kompliziert.«

»Ist sie krank?«

»Nicht direkt, na ja, seelisch, weißt du?«

Nina nickte und verdaute das eben Gehörte. Ein paar Minuten fuhren sie schweigend nebeneinanderher. Dann redete Inga plötzlich weiter. »Ein paar Jahre ging es ihr ziemlich schlecht. Sie hat sich vor allem versteckt, sich nur noch zu Hause zurückgezogen. Wir haben einige Ärzte aufsuchen müssen und Medikamente ausprobiert, bevor es wieder besser wurde. Es gab sogar ein paar Wochen, da ging ohne Diazepam gar nichts.«

Dann hüllte sich Inga wieder in Schweigen. Die ganze Zeit hatte sie stur geradeaus geschaut. Schweiß tropfte von ihrer Stirn auf den Boden. Sie hatte das Tempo bisher konstant gehalten, während Nina in Intervallen fuhr.

»Du meinst, sie hatte Depressionen?«

Inga schloss kurz die Augen und nickte.

»Das tut mir leid. Geht es ihr inzwischen besser?«

»Ja, auf jeden Fall.« Inga deutete ein Lächeln an.

»Meinst du nicht, dass ihr diese Umgebung bei der Rekonvaleszenz hilft?«

»Hah!« Inga stieß einen lauten Lacher aus. »Das haben ihre Eltern auch gesagt.«

Nina hob die Schultern und sah die Frau an.

»Der Psychologe meinte, dass Yvi ihr Leben auf die Reihe kriegen müsste. Selbständig, ohne dass man sie ständig noch behandelte, als wäre sie minderjährig. Sie braucht ein paar selbsterreichte Erfolge, weißt du? Es bringt ihr nichts, wenn sie sich mehrere Wochen abmüht, um eine kleine Summe zu sparen, damit sie sich einen Wunsch erfüllen kann und dann kommen ihre Eltern und legen ihr so mir nichts dir nichts Heiligendamm vor die Füße.«

»Verstehe. Da könntest du recht haben.«

»Ich kenne sie. Sie würde es nie zugeben, doch sie hält sich für den absoluten Versager. Bis auf ihren Abschluss hat sie selbst noch nichts erreicht. Zumindest sieht sie das so. Sie glaubt, ohne ihre Eltern nicht existieren zu können. Glaubt, selbst nicht in der Lage zu sein, etwas zu erreichen.«

»Oh, Mann, tut mir leid. Ich wusste nicht, wie all das zusammenhängt. Das erklärt natürlich Einiges.«

»Was?«

»Ach nichts. Du stehst voll hinter ihr. Das finde ich unglaublich romantisch.«

Inga verdrehte die Augen. Sie war offensichtlich nicht der Typ, der sich gern Honig ums Maul schmieren ließ.

»Ich werde auch weiter zu ihr stehen. Keine Frage. Doch dieser Urlaub, so schön er auch sein mag, wirft uns ein gutes Stück wieder zurück.«

»Die Sache, in die ihr da hineingeraten seid, macht das Ganze sicher nicht besser.«

Inga rollte mit den Augen. »Wem sagst du das? Diese Woche stand unter keinem guten Stern.«

»Ich habe Sven gestern kennengelernt. Ich meine nicht, als ihr mich vorgestellt habt, sondern ein bisschen später. Habe ihn in der Lobby noch mal getroffen und wir haben ein bisschen gequatscht. Was hältst du von ihm?«, fragte Nina ganz nebenbei, ohne den Blick von einem Jaguar zu nehmen, der gerade auf das Hotelgelände eingebogen war. Ein Berliner Hippster im dunklen Anzug und vermutlich sein Sohn, ebenfalls mit Anzug aber in kräftigem Rot, stiegen aus.

Inga überlegte einen Moment. »Er ist ganz nett, denke ich. Wir sind nicht sehr privat miteinander geworden, doch der Kurs war toll organisiert. Da kann ich nicht klagen.«

»Was magst du nicht an ihm?« Nina wurde direkter.

Inga schmunzelte. »Dir entgeht so schnell nichts, oder?«

Nina schüttelte grinsend den Kopf.

»Ich weiß nicht. Das ist wahrscheinlich albern, aber irgendwas warnt mich immer, wenn er in meiner Nähe ist.«

»Es warnt dich?«

»Ja. So ein Gefühl. Keine Ahnung, was es ist. Ich sorge automatisch immer für Distanz zwischen uns. Ich mag nicht dicht bei ihm stehen. Klingt wahrscheinlich bescheuert.«

»Gar nicht.« Nina schüttelte den Kopf. »Dein Bauchgefühl wird dich schon richtig leiten. Ich finde es wichtig, darauf zu hören, wer weiß, wozu das gut ist.«

Ein dankbarer Blick von Inga war die Antwort.

»Ich finde es großartig, wie du dich für deine Freundin einsetzt, auch auf die Gefahr hin, dass sie auf dich sauer wird.«

»Ich dank dir für den Zuspruch. Das ist nicht immer einfach. Sie wirft mir manchmal vor, aus Neid zu handeln, dabei liegt mir nichts ferner.«

Nina merkte, dass Inga kurz die Luft einsog. Sie hatte sich sicherlich etwas treiben lassen im Gespräch und bereute womöglich ihre übermäßige Offenheit. »Ich danke dir, für dein Vertrauen. Du kannst dir sicher sein, dass dieses Gespräch unter uns bleibt. Mach dir keine Sorgen. Für dich wird diese Zeit genauso hart gewesen sein. Du musst dich auch jemandem anvertrauen können«, sagte sie schnell hinterher.

Inga lächelte.

»Bekommt ihr wenigstens Unterstützung von deiner Familie?«

Inga schnaubte. »Meine Familie weiß davon nichts. Sie würden auch kein gutes Haar an Yvi lassen, wenn sie es wüssten. Tun sie ohnehin nicht. Das ist der Grund, weshalb sie mir manchmal Neid vorwirft. In meiner Familie ist es nicht üblich, übermäßiges Interesse am Leben des anderen zu zeigen. Jeder kümmert sich um seinen Kram. War schon immer so.« Sie tat diesen Satz mit einer entsprechenden Geste ab und blickte entspannt auf den Monitor vor sich, der ihr die Daten ihres Trainings widerspiegelte. Langsam nahm sie Tempo raus.

Nina empfand Mitleid für die starke Frau neben sich und noch etwas anderes: Bewunderung. »Das tut mir leid. Sieht so aus, als hättet ihr da zwei Extreme. Dann ist es gut, wenn ihr euch auf euch selbst verlassen könnt.«

»Das sehe ich auch so. Bist du so weit? Ich würde noch eine Runde schwimmen gehen, vor dem Frühstück. Ich komme nachher bestimmt nicht an den Pancakes vorbei.« Sie lachte. »Komm mit und erzähl mir von deinem Freund.«

»Von wem?« Nina sah sie mit offenem Mund an.

»Ich habe da so ein Gefühl, dass da eine spannende Geschichte dahintersteckt.« Inga lachte, als sie vom Rad sprang.

»Wie kommst du darauf?«

»Ich habe letztens mit Jörg gesprochen und ihn ein wenig mit dir geneckt. Jetzt guck nicht so schockiert. Er ist ein ganz netter Kerl.«

»Ähh, ja, natürlich.« Nina stotterte und Inga grinste vergnügt.

»Alles gut. Ich weiß, was du meinst.« Sie grinste. »Na, jedenfalls hat er abgewinkt und mir gesagt, du hättest da jemanden, aber es wäre wohl kompliziert.«

Nina ging mit ihr Richtung Umkleiden, um in ihren Badeanzug zu schlüpfen. »Na gut, ja. Es ist kompliziert und eine ziemlich lange Geschichte.«

»Nun, dann solltest du mit uns zum Frühstücken kommen.« Das hatte sie jetzt davon, dass sie ihre Nase in anderer Leute Angelegenheiten gesteckt hatte.

KAPITEL 53

Kriminalhauptkommissar Otte beendete ein Telefonat mit einem Kollegen, als Andy in seiner Tür auftauchte. Er hatte an diesem Morgen schon einiges geschafft und jede Menge neuer Erkenntnisse erlangt. Den Höhepunkt bildete zweifelsohne ein Telefonat mit den Kollegen in Berlin, die ihm von Christian Kleinerts erneuter Befragung berichtet hatten.

»Sven Seefeldt wäre dann da.«

Andreas Schmidt stand in der Tür und blickte seinen Chef genervt an. Dieser Morgen hatte mit Sonnenschein begonnen; warum Andy bereits jetzt schon gestresst war, konnte sich Otte nicht erklären.

»Okay, dann schick ihn rein. Was schaust du so? Ist was passiert?«

»Nein, nein. Ich durfte nur gerade erfahren, dass ich mich seiner Meinung nach gesünder ernähren dürfte.«

»Was? Hast du in seiner Gegenwart gerade einen Burger gegessen, oder was?« Otte zog die Brauen verstört zusammen.

»Quatsch. Das will er an meiner grauen Haut gesehen haben. Vielleicht sollte ich ihn an seinen Teint erinnern, als er Lotse identifiziert hat. Da hätte ihm ein Kilo Äpfel nicht geholfen.«

»Äpfel?«

»Pektin. Ach, vergiss es.«

»Schick ihn gleich rein. Hast du eigentlich bezüglich seiner Ausbildung etwas herausgefunden?«

»Ach ja. Er ist Heilpraktiker.«

»Ist das was Reelles?«

Andy lachte. »Ja, ist es. Na, vielleicht nicht in deinen Augen, aber in denen vom Staat. Nach einer Ausbildung als Heilpraktiker und einer entsprechenden Prüfung erhält man die staatliche Erlaubnis, die Heilkunde auszuüben. Die richtige Voraussetzung für sein Geschäft.«

»Du wirkst enttäuscht.« Otte konnte sich ein Grinsen nicht verkneifen.

»Keine Ahnung, was du meinst.« Andy ging und kam mit einem quietschvergnügten Sven Seefeldt zurück.

»Guten Morgen, Herr Seefeldt, bitte setzen Sie sich. Herzlichen Dank, dass Sie so schnell hergekommen sind. Sie sind gut gelaunt heute Morgen.«

»In der Tat. Es tut mir leid, dass das pietätlos erscheint, doch ich habe heute Morgen bereits so viele Buchungen für die nächsten Wochen erhalten, wie schon seit Langem nicht mehr. Bezüglich meiner Spontanität … ich war gerade mit dem Auto in der Nähe, als Sie mich anriefen.«

»Danke sehr. Das ist sicherlich ein Grund zum Feiern. Das freut mich für Sie.« Otte wies auf den Stuhl ihm gegenüber und setzte sich. Seefeldt tat es ihm gleich.

»Wie kann ich Ihnen helfen, Inspektor?«

»Kommissar. Um genau zu sein Kriminalhauptkommissar.« Otte hörte ein Glucksen hinter Seefeldt, dort wo Andy auf einem Stuhl saß, bereit sich Notizen zu machen.

»Bitte entschuldigen Sie. Oh, das ist mir aber peinlich. Wissen Sie, ich bin ein großer Krimifan und ich lese ...«

»... hauptsächlich englische Krimis. Ich verstehe. Seien Sie beruhigt, sie sind nicht der Erste, dem das passiert.«

Seefeldt war sichtlich errötet und hatte einen Großteil seiner Selbstsicherheit eingebüßt. Großartig!, dachte Otte, ich brauche dich nämlich deutlich demütiger.

»Lassen Sie uns zum Grund meiner Einladung kommen. Die Polizei hat ein weiteres langes Gespräch mit Christian Kleinert geführt. Sie erinnern sich an den Freund von Valencia Anders?«

Seefeldt nickte eifrig.

»Er hat währenddessen irgendwie den Eindruck bekommen, dass er bisher der einzige Verdächtige in dieser Angelegenheit ist. Er weiß, dass wir ermitteln und dass ihr Tod bisher nicht als Unfall klassifiziert worden ist. Ohne jetzt auf die nähere Gesprächsführung eingehen zu wollen, er erinnerte sich plötzlich, dass es relativ häufig Unstimmigkeiten zwischen Ihren Kursteilnehmern und Valencia gegeben hätte. Sie haben diesbezüglich eine ganz andere Aussage getätigt. Möchten Sie ihre Worte vielleicht noch einmal überdenken?«

Seefeldt war entweder ein Mann des Pokerspiels. Oder Otte war es schlicht weg und ergreifend nicht möglich gewesen, ihn aus der Reserve zu locken.

»Vielleicht gab es diese Probleme am Rande des Kurses. Ich kann mich an nichts Konkretes erinnern.«

»Tatsächlich fielen Herrn Kleinert einige Gelegenheiten ein, die sich während der Mahlzeiten zugetragen hatten. Zu diesem Zeitpunkt waren Sie immer anwesend.«

»Was, wenn er lügt, um seine Haut zu retten?«

»Was, wenn ich Ihnen sage, dass er einen Streit zwischen Ihnen und Valencia verfolgt hat, in dem es um Publicity für Ihren Kurs ging?«

Otte bemerkte, wie das rechte Augenlid von Seefeldt nervös zuckte. Unabhängig davon hatte der Mann sich sehr gut im Griff. Er schwieg und atmete mehrfach tief durch. Offensichtlich wägte er die Möglichkeiten ab. Otte ließ ihm Zeit.

»Gut, sie hatte sich hier und da beschwert. Sie war etwas unzufrieden.«

»Unzufrieden womit?«

Seefeldt zögerte. Dann sah er Otte direkt in die Augen. »Das ist doch alles Blödsinn. Es gab nichts, worüber sie sich hätte beschweren können. Ich habe immer großartige Referenzen gehabt. Dass hier und da etwas mal nicht nach Plan läuft, ist doch menschlich. Sie hat unnötig übertrieben.«

»Erklären Sie mir das bitte genau.«

»Valencia hat sich scheinbar eine völlig andere Fastenkur vorgestellt, als sie es von ihren letzten Reisen gewohnt war.«

»Wie kam sie darauf?«

»Genau! Das ist es, was ich meine. Nur weil es sich hier um einen Hotelaufenthalt in einem Luxushotel handelt, heißt das nicht, dass das Fasten als solches anders durchgeführt wird. Ich denke, sie hat sich mehr Glamour gewünscht. Na ja, keine Ahnung, wie ich das beschreiben soll.«

Seefeldt musste Ottes verwirrten Gesichtsausdruck gesehen haben.

»Scheinbar hatte sie sich inkludierte Spa-Anwendungen erhofft oder irgendwelche Extras, die sie in den anderen üblichen Hotels nicht erhalten würde. Ich konnte ihr keine zusätzlichen Extras bieten, keine Fünf-Sterne-Wege des Fastens, die effektiver wären. Leider war ich an einem der Tage auch noch krank, sodass eine Kollegin für mich eingesprungen ist. Die hat Valencia etwas rüder angefasst. Ist so Jessis Art. Die ist nicht zimperlich. War mal Krankenschwester.« Er zuckte entschuldigend mit den Schultern. »Sie hat sich jedenfalls ziemlich aufgeregt und bei mir beschwert, als ich am nächsten Tag wieder da war.«

»Ich verstehe. Haben Sie sich deshalb mit ihr gestritten?«

»Kleinert meint sicherlich den Abend, bevor er abgereist ist. Er kam dazu, wie sie sich darüber aufgeregt hat und mir mit Bewertungen bei einschlägigen Online-Portalen drohte. Ich hatte den Eindruck, dass sie nur auf einen Rabatt aus war. Wenn Sie mich fragen, könnte das sogar ihre Masche gewesen sein. Ich hatte aber keine Lust mich erpressen zu lassen von ...«

»Ja?«

»Von ihr«, ergänzte Seefeldt etwas kontrollierter.

»Hat sie Sie noch bewerten können, bevor sie starb?«

Seefeldts Augen wurden so groß wie Wagenräder. »Was wollen Sie damit andeuten? Dass ich jemanden für eine lächerliche Kritik von der Klippe schubse? Sind Sie verrückt? Pardon! So habe ich das nicht gemeint.« Er sank zusehends in seinem Stuhl zusammen. Der gestrickte Wollpullover wirkte plötzlich zwei Nummern zu groß.

»Haben Sie nachgesehen?«

Seefeldt reagierte nur noch defensiv. »Nein, habe ich nicht. Ich habe es nicht übers Herz gebracht.«

»Und dennoch hatten Sie heute Morgen so viele Buchungen, wie lange nicht mehr. Sagen Sie, wo waren Sie vor drei Tagen, an dem Tag, an dem Valencia Anders gestorben ist, zwischen siebzehn und neunzehn Uhr?«

»Wo ich war?«

»Ja. An dem Abend.«

Seefeldt grübelte. »Ich habe erst mit Yvonne telefoniert und dann ... ich war zu Hause.«

»Kann das jemand bestätigen?«

»Sie wollen mir da unbedingt was anhängen, oder?«

Seefeldt konnte offensichtlich seine Fassade nicht länger aufrechterhalten.

»Bitte beantworten Sie einfach nur meine Frage.«

»Nein! Niemand! Zufrieden?«

»Ich danke Ihnen für Ihr Erscheinen. Ich werde Sie wieder kontaktieren, wenn wir noch eine Info benötigen.« Damit würgte Otte das Gespräch ab.

Seefeldt bemerkte, dass er entlassen war, und erhob sich. Er nickte Andy kurz zu, während der bemüht war, kein Lächeln in sein graues Gesicht zu zaubern und ging.

»Puhh!«, sagte Andy zu Otte, als Seefeldt gegangen war. »Den hast du aber ganz schön hart rangenommen. Wie kommt's auf einmal?«

»Ich weiß nicht. Ich habe plötzlich den Eindruck, dass wir auf der Stelle treten. Wir kommen einfach nicht voran und es geht uns wertvolle Zeit durch die Lappen.«

Andy sah ihn misstrauisch an. »Da ist doch noch was anderes. Los, spuck's aus!« Er kannte ihn einfach zu gut.

»Ich weiß nicht, ich habe das Gefühl, an der Nase herumgeführt zu werden.«

»Was? Von wem?«

»Astrid Richter. Ich habe mit ihrem Arzt gesprochen. Er hat sich bezüglich ihres Fortschrittes an seine ärztliche Schweigepflicht gehalten, doch die junge Schwester, die mich nach meinem Besuch hinausgeleitet hat, nahm es damit nicht so genau. Ich vermute, sie wollte sich ein bisschen wichtig machen gegenüber ihrem Chef und hat mir gesteckt, dass es recht ungewöhnlich ist, dass die Richter noch keinerlei Erinnerung zeigt. Immer im Zusammenhang gesehen mit ihrem fabelhaften Gesamtzustand natürlich. Es wäre zu erwarten gewesen, dass wenigstens etwas zurückkommt.«

»Und was ziehst du daraus für Schlüsse?«

»Ich frage mich, ob ihr vielleicht inzwischen alles eingefallen ist und sie einen Grund hat, uns nicht darüber zu informieren.«

»Ich weiß nicht. Nur aufgrund der Aussage einer Schwester? Du weißt nicht, inwieweit du dich auf ihre fachliche Kompetenz verlassen kannst.«

»Vollkommen richtig. Ich möchte dennoch mit Roland Richter darüber sprechen. Nur zur Sicherheit. Ich werde nachher in die Klinik fahren. Tu mir den Gefallen und prüfe, ob du im Netz Bewertungen dieses Kurses von Frau Anders findest. Es ist ein Strohhalm, aber besser als nichts.«

»Willst du, dass ich diese Jessi finde?«

»Wir müssen dem nachgehen, ja, doch ich verspreche mir nicht so viel davon. Bitte kümmere du dich darum und ruf mich an, wenn du Neuigkeiten in Bezug auf Michael Lotse von den Kollegen in Berlin hast.«

KAPITEL 54

Nina lächelte, während sie Roland neben sich betrachtete. Sie saßen in einem bequemen Strandkorb. Das Frühstück hatte sie gerade beendet. Sie hatte sich schließlich nicht mit Yvonne und Inga getroffen.

»Ich glaube, wenn wir Glück haben, nehmen die Kinder keinen ernsten Schaden«, sagte sie.

»Was meinst du?« Roland sah Nina an. Nina schaute auf die Wiese vor sich und Emil hinterher, wie er den Fußball jagte. Leni stand im Tor und sprang wie ein aufgeregtes Huhn hin und her. Drei weitere Kinder hatten sich zu ihnen gesellt und spielten gemeinsam mit den beiden. Das Wetter meinte es endlich gut. Keine einzige Wolke stand an diesem Morgen am Himmel.

»Ich wollte nur meine Hoffnung unterstreichen, dass sie Astrids Unglück nicht traumatisieren wird. Wir, ich meine du, konntest sie von allem Kummer gut abschirmen.«

»Da muss ich dir leider widersprechen, meine Liebe. Ich war sicherlich in der Lage, sie abzulenken, aber die beiden spüren sehr deutlich, dass etwas nicht stimmt. Sie vermissen ihre Mutter sehr und das ein oder andere Mal sind am Abend bereits Tränen geflossen.«

Nina sah ihn bestürzt an und er nickte nur stumm.

»Ich halte es für das Beste, wenn ich sie heute mit ins Krankenhaus nehme. Astrid ist wieder einigermaßen bei Kräften. Wir haben heute früh schon miteinander telefoniert. Es würde ihr auch guttun, ihre Kinder zu sehen. Wird sie aufheitern. Möchtest du zuerst zu ihr fahren, was meinst du?«

»Wenn es dir nichts ausmacht, würde ich das tun. Ich fahre für ein Stündchen hin und danach könnten wir uns abwechseln.«

»Okay. Dann esse ich hier mit den Kindern noch zu Mittag und wir fahren danach los. Vielleicht machen wir vorher den Pool noch ein wenig unsicher. Mal sehen.«

Nina sah Roland bewundernd an. Er saß neben ihr in dem großen Strandkorb, der an der Wiese angrenzend der Terrasse des ›Kurhaus‹ stand. Wenn sie den Kopf neigte, konnte sie von hier sogar das Meer sehen. Roland war Familienmensch durch und durch. Die Souveränität, mit der er diese Situation meisterte, freute sie. Sie freute sich mit ihrer Freundin, dass sie solch einen Mann an ihrer Seite hatte.

»Gibt es irgendetwas Neues? Hast du etwas von der Polizei gehört?«

»Nein. Seit gestern nichts mehr. Sie bewachen Astrid weiterhin. Über diesen Service bin ich wirklich sehr dankbar.« Roland schnitt eine Grimasse. »Ich wünschte nur, sie könnte sich erinnern. Ihre Gedanken sind noch so konfus und wie Irrlichter in der Dunkelheit. Das ergibt alles keinen Sinn.«

»Was meinst du?«

»Astrid hat da so einen Traum, der sie ständig begleitet.«

»Ein Albtraum?«

»Nicht direkt. Es ist eine verschrobene, bisschen gruselige Geschichte, um ein Ehepaar, das sie in diesem Hotel kennengelernt haben will.«

»Du meinst, sie träumt immer wieder dasselbe?«

»Nein, es scheint, als würde sie jedes Mal eine Fortsetzung der Geschichte träumen. Kannst du dir das vorstellen?«

»Warum nicht?«

»Nina, denk drüber nach. Ist es dir schon einmal gelungen, an etwas Geträumtes anzuknüpfen? Ich glaubte bisher, das sei vollkommen unmöglich. Dein Unterbewusstsein entscheidet, was du träumst. Du kannst das nicht beeinflussen, auch wenn du noch so sehr daran denkst.«

»Dann beschäftigt sich ihr Gehirn offensichtlich fast ausschließlich mit dieser Geschichte. Vielleicht hat das ja etwas zu bedeuten.«

Roland wollte gerade abwinken, doch dann schien ihm der Gedanke einzuleuchten.

»Du meinst, es könnte etwas mit dem Anschlag zu tun haben und sie verarbeitet das Ganze so? Ich hatte bisher befürchtet es hätte etwas mit einer Schädigung ihres Hirns zu tun.«

»Ich glaube kaum, dass dich der Arzt über solch schwerwiegende Schäden in Unkenntnis gelassen hätte.« Nina sah ihn vorwurfsvoll an.

»Also Ersteres.«

»Möglich. Erzähl mir von ihrem Traum.« Nina konnte ihre Neugierde kaum bändigen.

»Also gut, Sherlock. Mal sehen, was du damit anfangen kannst. Da ist dieses skurrile Pärchen, das so gar nicht in dieses Hotel passen will, mit seinen zwei verzogenen Gören.«

Er schilderte Nina alles, an das er sich erinnern konnte. An manchen Stellen geriet er ins Stocken und Nina vermerkte für sich, dass sie dazu Astrid noch einmal befragen würde. Hoffentlich konnte sie sich daran erinnern. Wenn Nina an ihre eigenen Träume dachte, waren die Chancen dafür recht schlecht.

»Was hältst du davon?«

Nina runzelte die Stirn. »Das klingt wirklich skurril.«

»Was hab ich gesagt ...?«

»Und so einfallsreich. Das musst du schon zugeben. Man mag kaum glauben, dass es sich um einen flüchtigen Traum handelt.«

»Ich habe den Arzt dazu befragt. Er schob es auf die Bewusstlosigkeit. Er sagte, dass er aus seinen Erfahrungen mit Leuten im Koma weiß, dass manche einen regelrechten Höllentrip erleben, mit langen intensiven Träumen. Er hält es für möglich, dass das in Astrids Fall ähnlich gelagert ist.«

Nina schauderte. »Gruselig. Arme Astrid! Ich werde mich beeilen und auf den Weg zu ihr machen. Vielleicht kann ich ihr ja was Leckeres zu essen aus dem Restaurant mitbringen.« Ihre Miene hellte sich auf, bei dem Gedanken, ihrer Freundin was Gutes zu tun. »Das Essen im Krankenhaus ist sicher grässlich.« Sie drückte Roland die Hand und stand auf. »Auf dem Weg dorthin lass ich mir diese merkwürdige Geschichte mal durch den Kopf gehen. Mal gucken, ob mir was dazu einfällt.« Sie schnappte sich ihr Handy von der Sitzbank und eilte davon.

KAPITEL 55

Endlich hatte Nina den Mut gefunden, Astrid von den Nachrichten zwischen sich und Erik zu berichten. Sie lagen nun schon fast zwei Tage zurück. Seitdem war Funkstille. Nina hatte ihm zuletzt gestanden, dass er ihr fehlte.

»Was hat er geantwortet?« Astrid setzte sich vorsichtig aufrecht in ihr Bett. Sie sah Nina mit großen Augen an.

»Er schrieb, dass es das Beste wäre, wenn wir uns nach meiner Rückkehr mal unterhielten. Ich soll mich melden, sobald ich wieder in Hamburg bin.« Nina sah sie betreten an. Sie fühlte sich unendlich hilflos, während sie gleichzeitig von schlechtem Gewissen übermannt wurde, dass sie überhaupt solche Sorgen angesichts der Situation ihrer Freundin hatte.

»Bitte entschuldige. Ich sollte dich damit nicht belasten. Es gibt momentan Wichtigeres zu besprechen.«

»Wichtigeres? Was sollte das sein? Ich liege hier den lieben langen Tag und esse und schlafe. Die Abwechslung tut mir gut. Übrigens, danke noch mal für das Clubsandwich.« Astrid sah sie begeistert an und Nina musste schmunzeln. Sie klang schon wieder wie die Alte.

»So. Und nun lass uns alles noch mal haargenau durchgehen.«

Nina grinste. »Du meinst wie damals zu Unizeiten?«

»Ja! Ach, wäre das nicht toll, wenn wir 'ne Flasche Wein und Pralinen hätten?«

»Und bitte zwanzig Jahre jünger wären – nur damit es sich authentischer anfühlt, natürlich.« Die Blicke der beiden wurden glasig und in ihren Köpfen suchten sie nach Erinnerungsfetzen einer vergangenen glorreichen Zeit. Zurück in der Realität sagte Nina: »Ich denke, er wird mich bitten weiterzuziehen.«

»Weiterzuziehen? Das klingt eher nach einem Cowboy im Wilden Westen und nicht nach deinem Schriftsteller.«

»Nenn ihn nicht so!«

»Wieso nicht? Er war doch immer dein. Du hättest nur die Hand nach ihm ausstrecken müssen.«

Nina schnaufte. »Ich vermute, er hat genug davon, verfügbar zu sein.«

»Das kann ich ihm nicht verübeln.«

»Astrid!«

»Was denn? Du hast es doch gerade selbst gesagt. Sei ehrlich! Er war dein Back-up. Warum sollte er sich damit auf Dauer zufriedengeben?«

»Ich hab das aber nicht so gewollt.« Ninas Stimme klang heiser und deutlich leiser.

»Das weiß ich, aber überlege doch mal, wie das von seinem Standpunkt aussehen muss.«

»Stimmt schon.« Nina zog einen Schmollmund. Sie sah aus dem Fenster in einen strahlend schönen Tag und fand es einfach nur ungerecht, dass sie den nicht mit Erik verbringen konnte.

»Sag mir mal was. Wieso willst du ihn jetzt plötzlich? Ich meine, du hast doch bereits zwei Chancen verstreichen lassen. Was ist heute anders?«

Nina wusste darauf keine Antwort.

»Kann es sein, dass du ihn nur willst, wenn er nicht verfügbar ist?«

»Das sieht so aus. Ich weiß, aber ich glaube nicht, dass es so ist.«

»Ich glaube dir, dass es nicht so einfach ist, aber du solltest darüber nachdenken. Vielleicht hilft dir das. Frage dich, warum er, und nicht ein anderer, den du noch kennenlernen könntest.«

Nina war enttäuscht. Dieser Vorschlag brachte sie überhaupt nicht weiter. »Jetzt ist es ohnehin egal. Er will mich nicht mehr.«

»Darum mache ich mir die wenigsten Sorgen. Er war doch mal sehr verliebt in dich. So etwas kann man nicht einfach so abschalten. Wenn du ihn dazu bringen könntest, dir zu verzeihen, würde er bestimmt seine Meinung ändern.«

»Was, wenn er bereits jemanden kennengelernt hat?«

»Das wäre natürlich schlecht, aber das wird er dir sagen, sobald du dich meldest.«

»Ich weiß nicht, ob ich mich überhaupt auf diese Nachricht melden sollte.«

»Nur du kannst entscheiden, was dir wichtig ist. Ich hoffe aber, dass du dir keine Chance durch die Finger gleiten lässt. Sei nicht so ein Angsthase! Ruf ihn an. Vielleicht heute noch.«

»Ich denke drüber nach.«

Astrid nickte und dann blinzelte sie Nina zu. »Kopf hoch! Vielleicht will er dich nur zappeln lassen. Kann auch sein, dass wir seine Nachricht vollkommen falsch interpretieren. Wäre nicht das erste Mal.«

Ninas silberhelles Lachen flutete den Raum. »Du meist so wie damals der Brief, von dem Jurastudenten?«

»Volltreffer!«

»Ja, das war peinlich.« Nina schlug sich die Hand vors Gesicht. Dann nahm sie sie runter und drückte die Hand ihrer Freundin. »Du, sag mal, was anderes ... Roland hat mir erzählt, dass du während deiner Bewusstlosigkeit Träume hattest.«

»Ja. Es sieht so aus. Auch, wenn mir das Ganze erscheint, als hätte es tatsächlich stattgefunden.«

»Roland hat mir davon erzählt. Ich hoffe, es macht dir nichts aus.«

»Nein, gar nicht.«

Nina wusste nicht so richtig, in welche Richtung sie dieses Gespräch lenken wollte. Deshalb tastete sie sich langsam vorwärts.

»Kannst du dich noch an sie erinnern?«

»An die Träume? Ja. Ich denke schon. Es fühlt sich immer noch nicht an wie Träume, eher wie etwas, das ich erlebt habe.«

»Magst du mir davon erzählen?«

»Kein Problem. Ich erinnere mich noch daran, wie ich zum Auto geflitzt bin, um Lenis Schuhe zu holen. Ich habe die Tür geöffnet und sie im Fußraum vorgefunden. Dann bin ich mit Roland und den Kids essen gegangen. Wir waren im Restaurant ›Kurhaus‹. Dort haben wir dieses merkwürdige Pärchen bemerkt, das ich zuvor am Nachmittag schon am Pool gesehen hatte.«

Astrid erzählte Nina die ganze Geschichte bis zu dem Moment, an dem sie mit Heike ein ernüchterndes Gespräch über deren Einstellung zur Vergänglichkeit geführt hatte.

»Dann lass mich mal kurz zusammenfassen. Du bist an eurem Wagen niedergeschlagen worden. Demnach muss alles, was sich danach ereignet hat, pure Fantasie gewesen sein.«

»Klingt logisch.«

Nina fiel auf, dass ihre Freundin bedrückt, ja, geradezu traurig aussah. »Alles okay, Süße?«

»Ja, klar. Es ist einfach nur ein komisches Gefühl zu wissen, dass das, woran du dich erinnerst, niemals passiert ist. Zieht dir den Boden unter den Füßen weg.«

Nina strich ihr beruhigend über den Arm. »Ich habe mich gerade gefragt, ob ein Teil davon vielleicht doch passiert ist.«

»Wie meinst du das?«

»Na, der Traum beginnt doch mit dem Dinner, richtig?«

»Ja. Schon.«

»Du hast dich aber im Traum an etwas erinnert, beim Dinner, was du am Nachmittag zuvor gesehen hast. Im Pool.«

Astrid schien darüber nachzudenken.

»Du hast es Roland im Traum erzählt. Was, wenn diese Erinnerung eine echte Erinnerung ist. Warst du an dem Tag am Pool?«

Astrid zögerte kurz. »Kann sein. Ich weiß es nicht so genau.«

»Könnte es sein, dass du diese Heike im Hotel tatsächlich gesehen hast ... oder ihren Mann? Wahrscheinlich heißen sie einfach nur anders.«

»Ich weiß nicht. Ich kann es dir wirklich nicht sagen.« Astrids verzweifelte Stimme alarmierte Nina, sie nicht weiter aufzuregen.

»Warum ist das wichtig? Vielleicht habe ich Gäste gesehen, deren Aussehen ich dann in einem Traum verwendet habe, aber was spielt das für eine Rolle?«

»Ich glaube, dass es einen Grund gibt, weshalb dein Kopf dir keine Ruhe mit dem Thema lässt. Es muss eine Bedeutung haben.«

»Hmm. Wenn du meinst.«

»Weißt du was? Das könnte ein kleines Puzzleteil sein. Ich werde mit Kriminalhauptkommissar Otte darüber sprechen. Er könnte doch im Hotel nachfragen. Möglich, dass da jemand wohnte, auf den die Beschreibung passt.«

Astrid schien sich wieder ein bisschen zu entspannen und mit ihr Nina. Sie ging in Gedanken alle Personen durch, die sie auf dem Gelände des ›Grand Hotel‹ bisher gesehen hatte. Ihr war niemand begegnet, auf den diese markante Beschreibung auch nur ansatzweise gepasst hätte. Dennoch war es die einzige Spur, die sie bisher hatten.

Von dem Schrecken, den sie vorgestern Abend am Strand erlitten hatte, erzählte sie ihrer Freundin nichts. Sie wollte sie nicht beunruhigen. Ob sie Otte davon berichten wollte, wusste sie auch noch nicht. Bei Licht betrachtet war das Schlimmste an der Sache: ihre Fantasie. Es war nichts passiert. Wahrscheinlich hatte sie ein Liebespaar in den Dünen gesehen oder einen Baum. Womöglich bildete sie sich alles nur ein. Die Polizei konnte an dieser Stelle nichts weiter unternehmen, als sie für hysterisch zu halten. Am Ende war sie das auch, wenn sie an ihr Gehabe um Erik von vorgestern zurückdachte. Nina nahm sich vor, Otte auf jeden Fall von ihrer Begegnung mit Sven Seefeldt zu berichten. Hoffentlich würde sie keinen Ärger kriegen, weil sie den Fürstenhof betreten hatte.

KAPITEL 56

Als Sven Seefeldt wieder bei sich zu Hause ankam, war die Erinnerung an die demütigende Befragung bei der Polizei bohrender Wut gewichen. Er schleuderte seine Jacke auf die Garderobe zu, ohne darauf zu achten, ob sie daran hängen blieb. Sie tat es natürlich nicht, und der Gedanke, dass er zurückgehen müsste, um sie aufzuheben, verstärkte seinen Ärger um ein Vielfaches. Schnaufend nahm er sich sein iPad. Eine Unendlichkeit später hatte er Zugriff auf seine Programme. Er checkte als Erstes seine Kontoauszüge. Diese Wut musste er loswerden, koste es, was es wolle. Nach einem kurzen Blick fand er, was er gesucht hatte, und griff zu seinem Handy. Er wählte eine der gespeicherten Nummern und wartete, bis am anderen Ende jemand abnahm.

»Hi. Mit deinem Anruf habe ich gar nicht gerechnet«, ertönte es aus der Leitung. Er hatte keine Lust auf Small Talk.

»Ich habe mir gerade meine Kontoauszüge angesehen und festgestellt, dass mir da ein Betrag fehlt. Du hast noch kein Geld überwiesen.«

Nach einem Moment der Stille folgte eine Gegenfrage.

»Nein. Sie hat nicht. Bitte sei so gütig und weise das Geld an«, bellte er ins Telefon. Es war Zeit, diesen ganzen Mist abzuschließen.

…

»Ja, ich bin schlecht gelaunt. Das wärest du auch, wenn man dich gerade bei der Polizei durch die Mangel gedreht hätte. Scheint, als würde in beiden Fällen wegen Mordes ermittelt werden.

…

... Ja, genau.

… Nein, ich weiß nicht, was du meinst.

… Sicher. Doch den Bullen läuft scheinbar die Zeit davon.

... was ich damit meine, ist, dass sie ihre Zeugin an der Nase herumführt. Selbst schuld. Scheinbar erinnert sie sich längst, an das, was passiert ist.

… Das habe ich gehört.

… Natürlich habe ich nicht gelauscht. Denk bitte an die Kohle. Die Zeiten sind hart, ich habe nichts zu verschenken.«

Er beendete das Gespräch und fühlte sich ein Stück weit befriedigter. Er stand auf, um sich einen grünen Tee zuzubereiten und darüber nachzudenken, wie es weitergehen sollte. Die letzte Woche war wirklich beschissen gewesen. Hoffentlich sprach sich das nicht rum. Ein Schauer lief ihm über den Rücken. Was konnte er nur tun, um den ganzen Ärger wieder loszuwerden? Wo war er da nur reingeraten? Der Wasserkocher piepte bei achtzig Grad. Gedankenversunken goss er das Wasser in eine Tasse mit ›Dragon Pearls‹. Sein dritter Aufguss heute. Der Blätter würden nur noch wenig Teein entfalten und ihn beruhigen.

»Autsch!«

Hektisch stürzte er zum Wasserhahn und drehte das kalte Wasser auf, um seine verbrannten Finger zu kühlen.

»Scheiß Bullen!« Er stellte das Wasser wieder ab und strich sich mit der feuchten Hand über die Stirn. Er hatte kein schlechtes Gewissen, die beiden Polizisten belauscht zu haben. Warum auch? Sie schienen keines gehabt zu haben, ihren Frust an ihm auszulassen. Als Nächstes würde er bei Jessi anrufen.

KAPITEL 57

Nina schritt durch die großen Glastüren des Haupteingangs vom ›Grand Hotel‹, die sich vor ihr automatisch öffneten. Sie war gerade aus dem Krankenhaus zurückgekehrt. Roland und die Kinder besuchten jetzt Astrid. Ein paar Sonnenstrahlen spiegelten sich auf dem cremefarbenen Marmor zu ihren Füßen. An der Rezeption herrschte ein wenig Betrieb, deshalb hielt sie sich vorerst im Hintergrund. Als der letzte Gast gegangen war, wandte sie sich entschlossen an einen jungen Mann mit kurzem Haarschnitt, der sie freundlich anlächelte und mit seiner gesamten Körpersprache Hilfsbereitschaft signalisierte.

»Guten Morgen. Mein Name ist Heinze. Ich wohne im Haus Mecklenburg. Ich hoffe Sie können mir helfen.«

Der Mann begrüßte sie ausnehmend freundlich und wollte Einzelheiten wissen.

»Ich habe vor einigen Tagen ein Pärchen am Strand getroffen. Gäste dieses Hauses. Sie hatten mich beobachtet, wie mir der Schirm im Wind davongeflogen war. Ich war gerade auf dem Weg ins ›Medinis‹ zu einer Verabredung, und das Wetter drohte, den ersten Eindruck von mir komplett zu ruinieren.« Nina lächelte entschuldigend und deutete dem jungen Mann an, dass ihr Date in dem exquisiten Italiener am Ende der Strandpromenade ein Blind-Date gewesen wäre.

»Die beiden hatten Mitleid mit mir, wie ich mit meinen Haaren kämpfte und versuchte, mit meiner Jacke den Regen abzuhalten. Also haben sie mir einen ihrer zwei Schirme gegeben. Wir haben uns einen Moment unterhalten und so fand ich heraus, dass sie ebenfalls hier im Hotel Urlaub machten. Ich versprach ihnen, den Schirm schnellstmöglich wieder zurückzugeben, nur leider habe ich den Namen vergessen. Es ist mir wahnsinnig unangenehm, aber ich habe die Hoffnung, dass Sie mir vielleicht nach einer Personenbeschreibung der zwei weiterhelfen könnten.«

Nina schilderte ihm das Aussehen von Heike und Axel, so, wie Astrid es ihr mit auf den Weg gegeben hatte. Der Concierge dachte einen Moment nach und hielt auch noch Rücksprache mit seiner Kollegin, die eben aus einem Hinterzimmer gekommen war. Dann schüttelte er entschuldigend den Kopf.

»Es tut mir sehr leid, aber zu der Beschreibung fällt mir niemand ein. Es kann natürlich sein, dass ich mich an die beiden nicht erinnere, weil zum Beispiel nur der Mann eingecheckt hat. Die Beschreibung der Frau, die sie suchen, ist ja recht prägnant ...«, sagte er hinter vorgehaltener Hand. »An sie müsste ich mich erinnern.« Er schmunzelte. »Ich kann Ihnen momentan leider nicht helfen. Wenn ich den Gästen begegne, werde ich Sie informieren. Dann lässt sich sicherlich etwas arrangieren.«

Nina bedankte sich. Sie war enttäuscht und wandte sich um. Im selben Moment prallte sie mit einem Mann zusammen.

»Oh Gott, entschuldigen Sie ... Jörg! Ich hab dich nicht gleich erkannt. Verzeihung.«

Er sah hocherfreut aus. »Das nenne ich mal ein glückliches Zusammentreffen. Reist du schon ab?« Er wirkte augenblicklich enttäuscht.

»Nein. Ich hatte nur eine Frage. Ich bin noch eine Weile hier, solange ich meiner Freundin helfen kann.«

»Selbstverständlich. Wie geht es ihr?«

»Deutlich besser, denke ich. Ich habe sie gerade besucht und ich bin optimistisch. Sieht so aus, als würde es aufwärts gehen.«

»Das freut mich sehr. Weiß man schon, was passiert ist?«

Nina bewegte sich langsam mit ihm Richtung der Sitzecke gegenüber der Rezeption, um aus dem Hörbereich anderer Gäste herauszukommen. Sie überlegte einen kurzen Moment, wie viele Informationen sie weitergeben konnte. Dann entschied sie sich für Offenheit. Astrid hatte ja Personenschutz. Was sollte also passieren? Bei ihren eigenen Nachforschungen konnte es ihr helfen.

»Sie hat ihr Gedächtnis verloren, aber es ist bekannt, dass sie in der Nacht zuvor auf dem Gelände beobachtet hat, wie ein Mann angegriffen worden ist. Vermutlich handelte es sich dabei um deinen Freund.«

Jörg betrachtete sie prüfend. »Um Michael?«

»Ja. Das wird vermutet.«

»Wollen wir uns vielleicht einen Augenblick setzen oder bist du in Eile?«

»Nein. Das können wir gern machen, doch ich habe noch nicht viel gegessen. Lass uns in die Bar gehen, dann könnte ich mir eine Kleinigkeit bestellen.«

»Selbstverständlich.«

Jörg ließ ihr den Vortritt und führte sie mit der Hand am Rücken in die Bar. Nina empfand diese Geste als ein wenig zu vertraulich. Der Kellner wies ihnen einen Platz gegenüber dem Flügel zu, mit Blick auf die Seebrücke. Die dunklen Töne in der ›Nelson Bar‹ waren angenehm für ihre Augen. Die Sonne wurde draußen so stark von den schneeweißen Wänden der Gebäude reflektiert, dass sie an ein wenig Reizüberflutung litt. Sie hatte bereits leichte Kopfschmerzen verspürt, als sie vorhin den Eingangsbereich betreten hatte. Der Blick nach außen auf die strahlend blaue Ostsee war deutlich angenehmer. Nina bestellte sich einen Caesar Salad und Jörg nahm ein Curry. Als der Kellner gegangen war, sagte Jörg: »Das heißt also, dass deine Freundin den Täter identifizieren kann?«

»Ich weiß es nicht. Ich weiß nicht, was sie genau gesehen hat, doch momentan erinnert sie sich an nichts.«

»Was sagen die Ärzte? Wie sind ihre Aussichten, dass ihr Gedächtnis zurückkommt?«

»Das kann ich dir auch nicht sagen. Vermutlich kann das derzeit niemand.«

»Verstehe.« Er wirkte enttäuscht.

»Hast du heute etwas Schönes vor?« Sie wechselte das Thema.

»Ich wollte das schöne Wetter nutzen und einen langen Strandspaziergang machen. Ich reise bald ab und will so viel Ostseeluft einatmen, wie es nur geht. Begleite mich doch gern, wenn du magst. Ich würde mich freuen.«

Sein Blick war wie der eines Golden Retrievers, wenn Herrchen zur Leine greift und damit einen Spaziergang einläutet. Nina hatte das dringende Bedürfnis etwas Distanz aufzubauen. Dennoch wollte sie Astrid nicht im Stich lassen.

»Das klingt verlockend, aber ich muss erst mit Roland besprechen, ob er mich braucht und wann. Ich kann ihn nach dem Essen mal anrufen.«

Dann kam ihr ein Gedanke. »Wollen wir vielleicht nach Nienhagen rausfahren?«

»Du meinst zum Gespensterwald?« Er zog sich ein wenig zurück.

»Ja. Es ist mit dem richtigen Wetter wunderschön dort.«

»Davon habe ich gehört. Wenn du willst, können wir das natürlich machen. Die Luft ist überall dieselbe, nicht wahr?«

»Es lohnt sich.« Nina zwinkerte ihm zu, was sicherlich etwas herzlos war, wie sie überlegte, wenn man berücksichtigte, dass seine Bekannte oder Freundin gerade dort ums Leben gekommen war. Sei es drum. Sie sah, wie er schluckte und nickte.

Als das Essen kam, hatten sie das Thema gewechselt und Nina erzählte ihm von ihrem letzten Einsatz bei einem Filmdreh. Sie legte Wert darauf, ihm tiefe Einblicke in ihre Konstitution und Fitness zu vermitteln. Nicht um ihn zu beeindrucken, sondern um zu signalisieren, dass man sie nicht unterschätzen dürfe.

»Übrigens ...«, sagte Jörg. »Dieser Kommissar hat mich heute schon angerufen.«

Nina spitzte die Ohren.

»Er wollte wissen, wo ich an dem Abend des Tages war, als Michael und Valencia gestorben sind. Ich schätze, zu dem Zeitpunkt ist deine Freundin attackiert worden, oder?«

»Ja«, erwiderte Nina knapp. Was hätte sie auch anderes sagen können. Jörg hatte aufgehört zu erzählen, und sie wusste nicht, wie sie sich nach seiner Erwiderung auf Ottes Frage erkundigen konnte.

KAPITEL 58

Weniger sonnig war es zur selben Zeit in Berlin. Christian Kleinert stierte durch ein Fenster nach draußen. Valencias ehemaliger Freund saß in einem Café, nicht weit von seiner Wohnung entfernt. Er hatte einen Platz an dem Tresen ergattert, von dem aus er durch eine riesige Scheibe das Geschehen auf der Straße beobachten konnte. Bestens geeignet für Singles, sinnierte er. Hier weilte, wer niemandem ins Gesicht sehen musste, um sich mit ihm zu unterhalten. Während man den Pärchen an den hölzernen Zweiertischen im Raum den Rücken zuwandte, war man für sich. Vielleicht hatte sich das mit dem Single-Dasein auch bald erledigt, aber wer wusste das schon. Erst mal nichts überstürzen.

Er wartete auf Malte, seinen Schlagzeuger. Vor ihm standen ein Ingwer-Shot und ein Sauerteigbrot, belegt mit Käse und Feigen auf Feigensenf. Er hatte Neuigkeiten für Malte, wollte aber nicht am Telefon darüber sprechen.

Er war wütend. Er trommelte mit den Fingern auf der Tischplatte herum. Seine Gedanken kreisten um das Gespräch, das er heute in aller Herrgottsfrühe geführt hatte. Was bildete sich dieser Bulle nur ein! Das war doch bestimmt nicht legal ohne Beweise, so mit dem Finger auf ihn zu zeigen. Gut, er hatte kein Alibi für den Mord an Michael vorbringen können. Beweise gegen ihn gab es aber auch nicht. Einen Atemzug spielte er mit dem Gedanken, seinem Vater von der ganzen Geschichte zu erzählen. Dem wäre es sicher ein Vergnügen, bei den Bullen mal so richtig aufzuräumen. Christian erheiterte die Idee kurzzeitig. Doch dann verzog er enttäuscht das Gesicht.

Womöglich würde er damit von Neuem den Kreislauf in Gang setzen, in dem seine Eltern ihm vor Augen führten, wie unselbständig und abhängig von ihnen er war. Das war keine Option. Außerdem würde es seine Mutter übermäßig belasten. Die letzten Monate hatte sie nicht gut ausgesehen, doch die Ärzte waren derzeit ratlos, was der Grund für ihre Schwächeanfälle sein könnte. Nur ihr zuliebe hatten Valencia und er dieses ganze Theater veranstaltet. Womöglich wäre die Beziehung sonst deutlich früher beendet gewesen. Mit Valencias Tod konnte er sie jetzt nicht so schnell behelligen. Er musste sich was anderes überlegen.

Es könnte sinnvoll sein, Sven und Inga anzurufen. Ursprünglich hatte er nicht vorgehabt, ihnen jemals wieder näher zu kommen als über seinen Insta-Account, doch sie waren da. Vor Ort. Und sie konnten ihm Augen und Ohren sein. Dieser Bulle bluffte vermutlich nur. Alles heiße Luft! Es gab nichts, das ihn mit dem Ort in Verbindung brachte, an dem Valencia gestorben war.

Er hoffte, dass Sven noch nicht wusste, was er über den Streit der beiden erzählt hatte. Dann konnte er sicher keine Hilfe von ihm erwarten.

Die Eingangstür des Cafés quietschte und lenkte Christians Blick in diese Richtung. Malte kam herein und lächelte ihn strahlend an. Er nickte kurz und ging dann zum Tresen, um sich etwas zu bestellen. Wenig später setzte er sich neben ihn und stellte eine überdimensionierte Tasse Cappuccino ab. Der Mann mit den dunklen Locken zog sich die Mütze vom Kopf, schälte sich aus seinem Mantel und legte beides neben sich auf einen leeren Holzhocker mit metallenen Füßen.

»Na, was gibt es so Wichtiges, das du mir nicht am Telefon erzählen konntest?«, fragte Christian.

»Ich hatte eigentlich gehofft, du würdest mit Valencia gemeinsam kommen, immerhin hat sie es eingesteuert, aber was soll's. War euer Urlaub schön?«

»Nicht wirklich«, sagte Christian knapp. »Was hat sie eingesteuert?«

»Ihr haben wir das zu verdanken. Ich werde sie nachher gleich mal anrufen.« Malte nahm einen Schluck von seinem heißen Getränk. Christian beobachtete nicht ohne Genuss, wie er sich die Zunge verbrannte.

»Du weißt doch, dass sie mir den Kontakt zu diesem Agenten gegeben hat. Sie hat schön Wetter für uns gemacht und jetzt hat er mich angerufen. Er liebt unsere Stücke und glaubt, dass er was für uns tun kann.«

»Das klingt doch großartig.« Christian bemühte sich um ein Gesicht, das zu seiner eben getätigten euphorischen Aussage passte. Insgeheim wurmte ihn das eben Gehörte.

Sie hat schön Wetter für uns gemacht!

Mit der linken Hand rieb er sich energisch die Schläfe. Da kündigte sich eine Verspannung an.

»Sag mal, habe ich was verpasst? Das sind tolle Neuigkeiten, und du siehst aus, als hätte ich dich gefragt, ob du mir am Wochenende beim Umzug hilfst.«

»Nee, alles gut.«

»Alles gut? Ja klar! Das sollte es doch auch. Was ist dein Problem? Geht es schon wieder um Valencia?«

»Nein, das ist es nicht. Jedenfalls nicht so.«

»Sag mir bitte, dass du dich nicht ärgerst, weil sie das Ganze angeschoben hat. Das ist kindisch!«

»Wenn du meinst. Du musst es ja wissen.« Christian war sauer. Gerade von diesem Typen wollte er sich keine Ratschläge zu Valencia geben lassen.

»Was soll das jetzt wieder?«, fragte Malte deutlich vorsichtiger.

»Das weißt du schon.« Christian starrte sauer auf das Brot in seiner Hand.

»Nein, bitte. Klär mich auf.«

»Tu nicht so scheinheilig. Valencia war sehr attraktiv. Dass dir das nicht entgangen ist, ist mir aufgefallen.«

Malte ging in die Defensive. »Alter, bitte glaube nicht, da wär irgendwas gelaufen. Ich schwör dir ...«

»Lass gut sein. Das interessiert mich nicht mehr.« Mit grimmigem Gesicht machte er eine wegwerfende Bewegung.

»Christian. Mach keinen Quatsch. Du kannst mir glauben ...«

»Kann ich das?«

»Ja. Oder hat sie dir etwas anderes erzählt?«

»Was glaubst du?«

»Ich sage, sie hatte keinen Grund dazu, also Nein.«

»Dann ist ja alles in Ordnung, nicht wahr?«

»Ja. Ist es.« Malte trank eine Weile schweigend seinen Cappuccino. Dann hielt er inne, setzte die Tasse ab und sah Christian verwirrt an. Wenn es ihm die Pointe nicht versaut hätte, hätte Christian jetzt laut losgelacht.

»Wie hast du das gemeint, als du gesagt hast: ›Valencia war sehr attraktiv‹?«

»Ach so. Ja. Du hast es noch nicht gehört. Mein Fehler.« Er ließ sich Zeit und nahm noch einen kräftigen Bissen von seinem Brot.

»Valencia happe eimem Umfall.« Er schluckte und räusperte sich, während er in das erstaunte Gesicht seines ehemaligen Freundes blickte. »Sie ist tot.«

Malte wurde grau und sah sehr erschüttert aus.

Na? Sieht so aus, als hätte sie dir deutlich nähergestanden, als du mich glauben machen wolltest. Mit Genugtuung beobachtete er, wie Maltes Augen zu glitzern begannen.

»Sie ist tot?«

»Ja.«

»Das kann nicht sein! Was ist passiert?«

»Sie ist die Steilküste hinuntergestürzt. Hat sich den Hals gebrochen. Vor drei Tagen.«

»Sie ... du weißt das seit drei Tagen? Du Arsch!«

Malte sprang auf, schnaubend. »Du hattest sie nicht verdient, weißt du das?« Dann kehrte er Christian den Rücken und stürmte aus dem Café. Christian biss genüsslich in sein Brot. Er brauchte einen neuen Drummer.

KAPITEL 59

Roland stand auf, um die Übergardine ein Stück weiter zur Wand zu ziehen. Er wollte so viel Sonnenlicht wie möglich in das Krankenzimmer seiner Frau lassen. Sie unterhielt sich mit den Kindern und ließ sich von Leni erklären, wie weit sie im Pool ohne fremde Hilfe geschwommen war. Der strahlende Tag drang durch das Fenster in den nach Desinfektionsmittel riechenden Raum und zauberte mit seinen brillantweißen Ausläufern quer über Astrids Bett ein Lächeln in ihr Gesicht. Roland fühlte sich noch immer angespannt, aber auch sehr erleichtert. Sie waren über den Berg. Der Arzt hatte grünes Licht gegeben, er erwarte keine Komplikationen mehr. Sicherheit gab es natürlich nicht, aber sie waren sehr optimistisch. Seine Frau hatte diese schreckliche Tragödie wie durch ein Wunder überlebt.

Es klopfte an der Tür und direkt im Anschluss trat Kriminalhauptkommissar Otte ein. Roland war geneigt, ihm die freudige Nachricht sofort zu überbringen, auch wenn es für seine Ermittlungen zunächst sicher ohne Bedeutung war. Er wollte es jedem sagen, den er traf. Er würde es sicher heute Abend dem Kellner bei Tisch erzählen. Es war ihm egal, wenn er sich damit lächerlich machte. Sie war noch bei ihm. Er strahlte Otte an, während er auf den eintretenden Mann zuging. Sie begrüßten sich.

»Darf ich Sie einen Moment unter vier Augen sprechen?«

Der Ton des Kommissars alarmierte ihn. Das klang ernst. Vielleicht hatten sie eine Verhaftung vorgenommen. Roland konnte nicht verhindern, große Augen zu machen, so als würde man gerade ein Geschenk vor seinen Augen öffnen.

»Selbstverständlich. Lassen Sie uns vor die Tür gehen.«

Otte nickte, entschuldigte sich bei Astrid und folgte ihm nach draußen. Sie standen auf einem leeren Gang mit minzfarbenem Linoleum und cremefarben getünchten Wänden. Die glänzten, als wäre die Farbe leicht abwaschbar. Das Farbkonzept funktionierte in seinem Hotel besser, dachte Roland, während er darauf wartete, dass Otte das Wort ergriff.

»Wie geht es Ihrer Frau?«

»Deutlich besser, danke. Wir wissen noch nicht genau, wann sie die Klinik verlassen kann, aber es sieht sehr gut aus. Ihr letztes MRT zeigt die großen Fortschritte, die sie in der letzten Zeit gemacht hat. Keine neuen Blutungen.« Roland lächelte vorsichtig. Er spürte, dass Otte seine gute Laune im nächsten Moment zunichtemachen würde. Der Polizist sah ihn direkt an.

»Herr Richter, es ist für uns von großer Wichtigkeit, dass Ihre Frau alle Erinnerungen, auch wenn sie noch so klein sind, mit uns teilt.«

»Selbstverständlich.« Roland war verwirrt.

»Ich möchte Sie bitten, noch einmal mit Ihrer Frau zu sprechen. Wenn Sie etwas Neues erfahren können, rufen Sie mich bitte an. Sie haben meine Nummer.«

Roland spürte den Druck auf seinem Kehlkopf. Was könnte das alles bedeuten?

»Glauben Sie, sie ist in direkter Gefahr? Sind Sie irgendwie weitergekommen?« Er sah, wie der Kriminalhauptkommissar tief einatmete. Der Druck in seiner Kehle wurde stärker.

»Wir haben noch keinen Tatverdächtigen, nein. Wir wissen inzwischen, dass Michael Lotse etwa zu dem Zeitpunkt gestorben ist, an dem Ihre Frau die beiden Männer beobachtet hat.«

»Wie soll ich diesen Besuch dann verstehen? Sie müssen doch einen Grund haben, uns noch mal ins Gewissen zu reden.«

Otte beobachtete ihn und sagte dann ruhig: »Ich möchte vermeiden, dass Sie aus Sorge um die möglichen Konsequenzen Informationen vor uns zurückhalten.«

»Das würde uns im Traum nicht einfallen! Das wissen Sie doch. Wenn Astrid sich an irgendetwas erinnern würde, dann wüsste ich davon. Das schwöre ich Ihnen. Allerdings hätte ich gedacht, dass Sie inzwischen eine Spur weitergekommen sind.«

»Wir vernehmen derzeit alle Leute, mit denen die Opfer Kontakt hatten, bisher ist leider nichts Richtungsweisendes dabei. Das wird wahrscheinlich noch ein wenig Zeit in Anspruch nehmen.«

»Verstehe.« Roland war enttäuscht, doch was nützte es, seinem Ärger freien Lauf zu lassen. Er war ohnehin ohnmächtig in seiner Rolle. Er würde das Beste daraus machen. Sie schafften das schon. Sie hatten bislang alle Hürden gemeinsam genommen – Astrid und er.

Der Kriminalhauptkommissar verabschiedete sich von ihm. Roland griff nach seinem Handy in der Hosentasche und rief Nina an. Er wollte mit ihr sprechen, bevor er wieder zu seiner Frau ging. Er wollte Astrid von dem Inhalt dieses Gespräches nichts sagen.

KAPITEL 60

Jörg ergatterte den letzten freien Platz auf dem Parkplatz, der die Straße von der Promenade in Nienhagen trennte. Er zahlte die Gebühr über sein Handy und öffnete die Tür.

»Wir sind da.« Seine Stimme klang endgültig. Nina spürte den Brocken, der auf ihm zu lasten schien, seit sie das Hotel verlassen hatten. Er hatte sich angeboten, mit seinem Auto zu fahren. Sie stieg aus dem Wagen und streckte ihr Gesicht der Sonne entgegen. Mit einem tiefen Atemzug sog sie sie Herbstluft ein und schloss einen Moment die Augen.

»Wie lang hast du im Hotel noch gebucht?«

»In zwei Tagen geht es wieder zurück an die Front. Auch als Steuerberater bin ich viel bei Kunden unterwegs. Der Ansturm kommt zwar erst im nächsten Frühjahr, doch auch jetzt gibt es Themen, die man persönlich vor Ort besprechen muss. Dann werde ich wieder aus dem Koffer leben müssen und mich sehnsüchtig an diesen Aufenthalt hier zurückerinnern.« Er verzog das Gesicht. Nina war nicht sicher, ob er seinen letzten Satz ernst oder sarkastisch gemeint hatte.

»Richtig. Du bist Steuerberater. Das hast du erzählt.« Sie grinste.

»Ja. Klingt wenig aufregend, ich weiß.«

Sie waren nach vorn zur Promenade geschlendert. Zu ihrer Linken stand eine Bude, aus der warme Getränke verkauft wurden.

»Möchtest du einen Becher warmen Sanddornsaft?«

»Mmhh! Das klingt verlockend. Die Sonne ist angenehm, aber der Wind doch noch sehr frisch.«

Jörg kaufte zwei warme Getränke im Pappbecher und sie setzten ihren Weg Richtung Wald fort.

Ninas Handy klingelte. Sie fischte es aus ihrer Manteltasche und entschuldigte sich bei Jörg, als sie sah, dass es Roland war.

»Hey, Roland. Lieben Dank für deinen Rückruf. Ich wollte ...«

Nina verstummte, als Roland ihr erklärte, dass die Polizei augenscheinlich Zweifel an seiner und Astrids Aussage hatte. Stumm folgte sie Jörg auf dem schmalen Weg in den Wald.

»Er sagt, sie erinnert sich bereits an den Täter?«

Nina war außer sich. Sie hörte Rolands beruhigende Stimme am anderen Ende der Leitung, konnte aber nicht glauben, was er ihr sagte. Was für eine Ungeheuerlichkeit! Ihre Freundin hatte genug durchgemacht. Niemand hatte ihr geglaubt, als sie von ihren Beobachtungen berichtet hatte, und jetzt glaubte ihr wieder niemand, dass ihre Amnesie noch bestand? Jörg vor ihr drehte sich nicht um, auch wenn er gehört haben musste, dass sie verstört war. Er ging langsam vor ihr her und ließ ihr ihren Freiraum.

»Warum sollte sie mit ihren Erkenntnissen hinterm Berg halten?«

So ein Blödsinn!, dachte Nina.

»Ja, ich weiß, nein, ich rege mich nicht auf. Ist gut. Ich fahre nach dem Abendessen hin. Ich kann ja nachher mit dem Arzt sprechen. Nein, ich weiß, dass er mir nichts sagen darf. Vielleicht, wenn sie dabei ist.

… in Ordnung. Wir warten damit noch bis morgen. Vielleicht ergab es ja Sinn, wenn ich heute länger bei ihr bleibe.

… ach, mal sehen.«

Sie beendete das Gespräch und starrte düster auf Jörgs Rücken.

Als sie das Ende des Dickichts erreicht hatten und den Teil betraten, der dem Wald durch seine charakteristischen Windflüchter den Namen verliehen hatte, wandte sich Jörg nach ihr um.

»Ist alles in Ordnung?«

»Leider nein, aber ich kriege das schon wieder hin«, murmelte sie. Sie wollte das Thema mit ihm nicht besprechen. Er nickte nur.

»Das ist er also. Da hast du nicht zu viel versprochen«, bemerkte Jörg, während er mit den Händen in den Taschen durch die riesigen Buchen mit ihren kahlen Stämmen schlenderte. Sie folgte seinem Blick durch den Wald, der wie eine magische Pforte zu einer anderen Welt wirkte, bis er an den Resten des Absperrbandes der Polizei haften blieb Jörg hatte es ebenfalls gesehen, wandte sich aber davon ab.

»Es muss ganz wunderbar bei Nebel wirken oder in der Dämmerung, meinst du nicht auch.«

»Ich bin sicher, dass es das tut«, sagte sie geistesabwesend. Nina konnte ihre Gedanken nicht von dem im Hintergrund flatternden Band losreißen. Der Tatort übte eine Anziehungskraft auf sie aus, der sie nicht widerstehen konnte. Wenige Leute begegneten ihr, während sie sich zu der Seite wandte, wo der Wald abrupt abbrach und hinter der Steilküste das Meer auftauchte. Jörg hatte die entgegengesetzte Richtung eingeschlagen und schlenderte mit den Augen auf dem sauberen Waldboden zu einer umgestürzten Buche.

Der Tatort war wohl vor ein paar Tagen großflächig abgesperrt worden. Hier und dort steckte noch ein vergessener Stab in der Erde, an dem die Absperrung befestigt worden war. Nina ging bis zu einer Stelle, an der sie an die Kante der Klippe treten konnte. Einen Meter vor ihr ging es steil nach unten an den Strand. Auf dem Weg hierher hatte sie mehrere Schilder gesehen, die vor dem Betreten dieses Streifens warnten. Sie ging automatisch ein paar Schritte zurück.

Hier war also Valencia runtergestürzt. Hastig sah sie sich nach Jörg um. Er hatte sich ein paar Meter weiter auf eine Bank gesetzt und genoss die Aussicht.

Es sah heute hier ganz anders aus als an dem Tag vor einigen Monaten, als Erik sie hierhergeführt hatte. Damals fühlte sie sich energiegeladen und der Wald entspannte sie. Er führte sie aus ihrer sorgenvollen Welt hinaus und ließ sie mit Abstand auf ihre Probleme schauen. Das erdete sie; Frieden hatte sich in ihr ausgebreitet.

Heute wirkten die Windflüchter unbarmherzig, kalt und bedrohlich. Die Sonne schien, doch ein Blick auf den letzten Rest des Flatterbandes führte ihr schonungslos die Realität vor Augen. Auch hier geschahen böse Dinge. Der Wald mit Erik war ein anderer Wald gewesen. Sie hatte sich hier sicher gefühlt, geborgen. Ihr dämmerte, dass das nicht nur an der Natur gelegen haben könnte. Heute war davon nichts zu spüren.

Plötzlich spürte sie eine Hand auf ihrer Schulter. Nina fuhr herum. Jörg war dicht an sie herangetreten. Sie zwang sich dem Impuls zu widerstehen zurückzutreten. Er stand definitiv zu dicht. Sie konnte seinen Atem spüren.

»Ich kann immer noch nicht glauben, dass sie hier gestorben ist.«

»Vielleicht sollten wir wieder gehen.«

»Nein, schon gut. Ich muss damit abschließen.« Er hatte seine Hand wieder auf ihre Schulter gelegt.

»Sie muss ein sehr netter Mensch gewesen sein, wenn sie innerhalb so kurzer Zeit einen so starken Eindruck bei dir hinterlassen hat.«

»Das habe ich auch gedacht.«

Er starrte zum Horizont, wo sich die Fähre nach Dänemark als kleiner Punkt langsam fortbewegte. Nina merkte, wie sie nervös wurde. Selbst die Windflüchter wandten sich von der Klippe und dem Meer ab.

»Wir könnten noch mal zum Strand runter.«

Sie unterstrich ihre Worte, indem sie einen Schritt nach hinten machte. Sein Arm blieb einen Moment steif, doch dann lockerte er sich.

»Vielleicht sollten wir zum Hotel zurückfahren. Ich könnte einen Kaffee vertragen. Ich fühle mich hier nicht wirklich wohl. Tut mir leid. Du bist extra den ganzen Weg mit hier rausgefahren.« Er löste seinen Blick von der Weite und lächelte sie an.

»Ach, Quatsch! Lass uns gehen.« Nina war erleichtert über seinen Vorschlag und drängte zum Pfad, der durch die Bäume zum Parkplatz führte.

»Jetzt hast du es aber eilig«, bemerkte er verschmitzt.

»Ach, weißt du, ich bin tatsächlich ein bisschen durchgefroren. Ziemlich kalter Wind hier oben.«

Sie griff nach ihrem Mantelkragen und zog ihn zusammen. Jörg sah aus, als wollte er ihr gleich den kalten Rücken reiben, deshalb beschleunigte sie ihre Schritte wieder.

Die Fahrt zum Hotel verbrachten sie beide fast schweigend. Jörg schien es nicht zu stören. Er hing in seinen Gedanken fest und Nina war dankbar, dass sie keinen Small Talk betreiben musste.

Als er sie zum Kaffee einladen wollte, lehnte sie dankend ab. Sie würde sich ein wenig ausruhen gehen. Wegen des Abendessens hatte er sie nicht gefragt. Nina war erleichtert.

Sie brauchte tatsächlich Ruhe, wenn sie heute Abend bei Astrid vorbeischauen wollte. Jörg ließ sie am Haupteingang aussteigen und steuerte danach sein Auto aus dem Gelände, um es auf dem nahegelegenen Parkplatz abzustellen, wie er sagte. Sie hatten sich lose verabschiedet. Nina überlegte, ob er ein Wiedersehen plante und wie sie dazu stand. Neue Erkenntnisse hatte ihr dieses Treffen mit ihm nicht gebracht.

KAPITEL 61

Es war gerade halb drei und Kriminalhauptkommissar Otte ging die ersten Ergebnisse des Obduktionsberichtes von Valencia Anders durch. Nichts von dem, was er las, stand im Widerspruch zu den Theorien, die er sich gedanklich zurechtgelegt hatte.

Das Telefon klingelte und Otte griff nach dem Netzteil seines Apparates.

»Ullrich, ich hab hier einen Malte Degenhard am Apparat. Er kannte Valencia Anders und hat gerade erst von ihrem Tod erfahren. Er bittet uns um Informationen, und ich dachte, du würdest gern selbst mit ihm sprechen.«

»Ist gut. Stell durch.«

Ein Klicken in der Leitung signalisierte Otte, dass sein Kollege eingehängt hatte.

»Guten Tag, Herr Degenhard. Hier spricht Kriminalhauptkommissar Otte. Wie ich höre, waren Sie ein Bekannter von Valencia Anders. Lassen Sie mich Ihnen bitte mein herzlichstes Beileid aussprechen.«

»Herzlichen Dank.«

»Wie kann ich Ihnen helfen?«

Otte konnte hören, dass der Mann am anderen Ende bemüht war, seine Stimme klar und fest zu halten, auch wenn es ihm zusehends schwer viel.

»Ich habe die schreckliche Nachricht eben erst erfahren. Ihr ... ihr Freund hat es mir nebenbei erzählt. Ich wüsste gern, wie es zu diesem Unglück gekommen ist. Leider endete mein Gespräch mit Herrn Kleinert abrupt und ich sehe keine Chance, das Gespräch wiederaufzunehmen.«

Otte hörte interessiert zu. Der sarkastische Tonfall des Mannes war ihm nicht entgangen. »Darf ich fragen, in welcher Beziehung Sie zu Frau Anders standen?«

»Ich war mit ihr befreundet. Ich spiele das Schlagzeug in unserer Band.«

»Verstehe. Es tut mir leid, Ihnen berichten zu müssen, dass Frau Anders eines nicht natürlichen Todes starb. Wir ermitteln noch, aber es zeichnet sich ab, dass es kein Unfall gewesen ist.«

Degenhard zog die Luft zwischen den Zähnen ein. »Sprechen Sie über Mord?«

»Das muss erst ein Gericht entscheiden. Wie gesagt, wir befinden uns noch mitten in den Ermittlungen.«

»Und Sie können mir nicht mehr sagen ... verstehe. Oh, mein Gott. Arme Valencia. Können Sie mir wenigstens sagen, wie es passiert ist?«

»Natürlich. Sie ist in den frühen Morgenstunden noch vor Sonnenaufgang von den Klippen bei Nienhagen gestürzt. Man hat sie wenig später am Fuß der Klippe gefunden.«

»Wie schrecklich.« Degenhard kämpfte auf der anderen Seite mit seiner Beherrschung. »Haben Sie Ihren Freund im Verdacht?«

Otte horchte verwundert auf. »Wieso sagen Sie das?«

»Ist das nicht immer der erste Verdacht in solchen Fällen?«, stotterte der Mann.

»Nicht unbedingt. Wie eng ist Ihre Beziehung zu Frau Anders gewesen, Herr Degenhard?«

»Ich sagte doch, wir waren Freunde.« Das klang defensiv.

»Hören Sie. Wenn Sie etwas wissen, das ein neues Licht auf die Dinge werfen könnte, dann bitte ich Sie, mir davon zu berichten. Ich gehe davon aus, dass sie Ihnen wichtig war. Sonst hätten Sie diesen Anruf nicht getätigt. Alles, was Sie zurückhalten, behindert unsere Arbeit und die Aufklärung eines möglichen Verbrechens.«

»Sie liegen falsch, wenn Sie denken, dass ich mit ihr ein Verhältnis hatte oder so. Chris hat mir eben dasselbe vorgeworfen. Nichts dergleichen. Sie war eine wundervolle Frau und ich habe mich zu ihr hingezogen gefühlt. Nichts weiter. Sie war mit meinem Freund liiert. In so einem Fall bin ich raus, auch wenn ich mir das Gegenteil gewünscht hätte, das können Sie mir glauben. Zwischen uns gab es nur Sympathie, Zuneigung – zumindest von meiner Seite.«

»Sie sagen, Christian Kleinert hat Ihnen ein Verhältnis mit seiner verstorbenen Freundin vorgeworfen. Glauben Sie, dass er diesen Verdacht seit Längerem hegte?«

»Ich weiß nicht. Der Vorwurf kam für mich überraschend, doch es ist sicher nichts, das ihm eben erst in den Sinn gekommen ist. Er wirkte, als würde er bereits länger darüber brüten. Aber noch mal. Es gab kein Verhältnis. Das fand, wenn, dann nur in seiner Fantasie statt.«

»Wieso haben Sie ihn verdächtigt, ein Verbrechen begangen zu haben?«

»Das habe ich so nicht gewollt. Entschuldigen Sie. Doch er war vorhin so gefühlskalt, als er mir von ihrem Tod berichtete. Das hat mir das Blut in den Adern gefrieren lassen. Sie ist seit drei Tagen tot und er hat keinem von uns etwas gesagt.«

Otte bedankte sich bei dem Mann für seinen Anruf. Er notierte sich seine Personalien und verwies darauf, dass ein Kollege zu ihm kommen würde, um weitere Details persönlich zu klären. Kurz bevor er auflegte, sagte er noch: »Herr Degenhardt, ein Detail benötige ich noch von Ihnen.«

»Gern.«

»Wo waren Sie vor drei Tagen zwischen fünf und sieben Uhr morgens.« Die kurze Stille am anderen Ende der Leitung war nicht ungewöhnlich. Die meisten Leute wurden wahnsinnig nervös, wenn sie durch die Frage nach ihrem Alibi direkt mit einem Verbrechen verbunden wurden. Das bedeutete nicht automatisch, dass sie etwas zu verbergen hatten.

»Ich war zu Hause und habe noch geschlafen.«

»Kann das irgendjemand bestätigen?«

»Ja, ähm, natürlich. Meine Frau. Sie lag neben mir.«

Otte schloss kurz die Augen und bedankte sich erneut, bevor er das Gespräch beendete.

KAPITEL 62

Die Sorge um ihre Freundin bereitete Nina Magenschmerzen. Sie musste sich hinlegen. Wenigstens eine Weile ausruhen, bevor sie wieder in die Klinik fuhr. Nina dachte an ihren letzten Besuch bei Astrid und das schlechte Gewissen überkam sie. Sie war ein Feigling gewesen. Entschlossen, ihrem Motto treu zu bleiben und Ängsten immer direkt ins Auge zu sehen, griff sie nach ihrem Handy und öffnete ihre Kontaktliste. Sie schluckte einmal kräftig und dann wählte sie Eriks Nummer.

Sechs unendlich lange, brutale Freizeichen später hörte sie seine Stimme. Er klang überrascht. Nina rutschte das Herz in die Hose. Sie fühlte sich, als würde gleich ein Donnerwetter über ihr hereinbrechen. Die Schuld lag bei ihr. Für alles.

»Hi, Nina. Schön von dir zu hören. Hast du deinen Urlaub genossen?«

Das war Small Talk.

»Ja. Na ja. Es geht so. Astrid war krank. Doch es geht ihr schon viel besser«, beeilte sie sich hinterherzuschieben.

»Dann ist es ja gut.« Er fragte nicht nach. Ihr Herz wurde schwerer.

»Wie geht es bei dir so, was macht dein Schwager?« Nina hätte es als grob unhöflich empfunden, nicht nach seinem Schwager zu fragen, der nach einem Autounfall wochenlang im Koma gelegen hatte. Nur wegen ihm hatte Erik Deutschland den Rücken gekehrt und war zur Unterstützung seiner Schwester nach Royal Tunbridge Wells in England gezogen.

»Es geht aufwärts.« Er bot ihr wenig Angriffspunkte, um ins Gespräch zu kommen. »Nina? Weshalb wolltest du mich sprechen?«

Sie spürte den Kloß in ihrer Kehle. »Du hattest doch vorgeschlagen, dass ich dich anrufe. Weißt du nicht mehr?«

»Doch natürlich, aber ... du hast recht. Ich habe die Frage falsch formuliert.«

Einen Moment war sie erleichtert.

»Nina. Was möchtest du?«

Ihr Magen zog sich erneut zusammen. Als sie nicht antwortete, sprach er weiter: »Du hast mir geschrieben, dass ich dir fehle. Ich weiß nicht, wie ich das verstehen soll. Ist es Sentimentalität, weil du in Heiligendamm bist?«

»Nein, ist es nicht.«

»Was dann?«

»Ich verstehe ja, dass du sauer bist ...«

»Ich bin nicht sauer. Ich war enttäuscht, sicher, aber ich habe mich damit abgefunden.«

Nina überlegte, ob er wusste, dass ihr diese Worte wehtaten.

»Ich bin noch nicht so weit wie du.«

»Das tut mir sehr leid zu hören.« Er klang müde. Nina hatte plötzlich das Bedürfnis, das Gespräch zu beenden. Was für eine blöde Idee! Sie wollte sich ohrfeigen. Er war über sie hinweg und sie stand allein da, mit ihren Gefühlen.

»Verstehe. Erik ... es tut mir leid, dass ich dich verletzt habe. Ich war für die Sache nicht stark genug.«

»Schon gut.« Er hatte einen Moment gezögert, bevor er ihr geantwortet hatte. »Ich finde es nett, dass du dich gemeldet hast. Hast du alte Bekannte an der Ostsee wiedergetroffen?«

Nina musste an den Kriminalhauptkommissar denken, hatte sich aber geschworen, Erik in diese Geschichte nicht mit hineinzuziehen.

»Ein paar. Das Wetter ist launisch, aber alles andere ist noch so, wie du es kennst.« Sie spürte, wie er am anderen Ende schmunzelte.

»Erik?«

»Was ist?«

»Ich will nicht, dass es so endet.«

»Redest du von uns?« Seine Stimme war warm und tief. Sie wünschte, er wäre nicht mehrere hundert Kilometer von ihr entfernt, sondern säße ihr genau gegenüber auf diesem Bett. Sie sehnte sich danach, mit ihren Händen durch seine flachsblonden Haare zu fahren und sein Gesicht mit Küssen zu bedecken.

»Ja. Ich rede von uns. Ich hätte gern eine zweite Chance von dir … eine dritte, wenn man's genau nimmt«, sagte sie zerknirscht. Es war raus. Mehr konnte sie nicht tun. Sie hatte es versucht.

Erik lachte herzhaft. Es war so gelöst und fröhlich, dass er sie ansteckte.

»Ich weiß, ich habe dich nicht das erste Mal enttäuscht«, fügte sie reumütig hinzu.

»Ich hab aufgehört zu zählen, aber ich schätze es reicht, wenn einer von uns im Bilde bleibt.«

Sie hielt die Luft an. »Was sagst du dazu?«

»Nina, ich ... ich weiß nicht ...«

»Sind deine Gefühle noch da?«

»Du musst mich verstehen.« Er hatte die Frage nicht beantwortet.

»Das tue ich und ich weiß, dass mich die alleinige Schuld trifft.«

Er schien nachzudenken, da er nicht sofort reagierte. Nina spürte einen winzigen Keim Hoffnung aufblühen. Das war der Moment um zu kämpfen. Bevor er etwas sagen konnte, unterbreitete sie ihm einen Vorschlag.

KAPITEL 63

Der Pool war gut besucht. Nina hatte es geschafft sich eine Liege zu ergattern und breitete ihr Handtuch darauf aus, nachdem sie sich gerade abgetrocknet hatte. Nach dem Gespräch mit Erik war sie aufgedreht und hellwach. Sie freute sich diebisch darüber, dass er sich auf ihre Idee eingelassen hatte. War ihre Bitte ein wenig erbärmlich gewesen? Den Gedanken wischte sie sofort beiseite. Nein, ungewöhnliche Umstände verlangten ungewöhnliche Taten und im Krieg und der Liebe war schließlich alles erlaubt. Es war nicht erbärmlich gewesen. Ganz und gar nicht. Sie war an der Reihe, etwas Unvernünftiges zu tun, etwas Romantisches. Es war etwas, das sie sich wünschte. Er war es wert, dass man um ihn kämpfte, und wenn sie versagte, wusste sie wenigstens, dass sie alles versucht hatte. Sie hoffte auch ein wenig, ihn beeindruckt zu haben.

Bevor er sie vorhin abweisen konnte, hatte sie gesagt: »Ich möchte dich gern sehen. Wir sollten dieses Gespräch nicht am Telefon führen. Ich habe dir doch vor einiger Zeit noch viel bedeutet und mir geht es mit dir genauso. Das will ich nicht wegschmeißen. Wenn es dir recht ist, würde ich dich gern besuchen, sobald ich es möglich machen kann. Lass uns dann darüber reden. Ich bitte dich.«

Er war eine Weile stumm geblieben, hatte dann aber ganz simpel darauf geantwortet: »In Ordnung. Wenn du die Mühe der Reise auf dich nehmen willst.«

Um zu verhindern, dass er noch seine Meinung änderte, hatte sie sich bedankt, ihm gesagt sie würde sich wieder melden, wenn sie einen Termin ausmachen könnten, und aufgelegt. Jetzt saß sie hier am Pool und brannte innerlich, weil sie sich freute, dass sie ihn wiedersehen würde. An Ruhe war nicht zu denken gewesen und deshalb wollte sie sich beim Schwimmen etwas auspowern. Vielleicht war es ihr danach möglich, noch für eine Stunde entspannt auf ihrem Zimmer zu lesen, ohne ständig ihre Gedanken schweifen zu lassen. Sie legte sich auf das flauschige Handtuch und entspannte einen kurzen Moment mit geschlossenen Lidern.

»Hi, Nina. Wie geht's dir?« Die vertraute Stimme ließ sie die Augen wieder aufschlagen. Vor ihr stand Yvonne. Sie hatte ihre langen Haare zu einem Zopf geflochten und in einen Dutt gesteckt, um sie vor dem Wasser zu schützen. Ihr pinkfarbener Bikini, gepaart mit ihrer schlanken Figur, sorgte für Aufmerksamkeit. Nina richtete sich auf. Hinter Yvonne konnte sie auch Inga sehen, die gerade aus dem Wasser stieg und zur Bar ging, um etwas zu bestellen.

»Mir geht's gut. Danke. Ich war mit Jörg heute Mittag im Gespensterwald. Vielleicht hat er euch davon erzählt.«

»Nein, leider haben wir gar keinen richtigen Kontakt mehr. Nur wenn wir uns zufällig auf dem Gelände sehen. Na, ja. Was will man machen bei der schrecklichen Gemeinsamkeit, die uns verbindet.«

Nina hätte fast geschmunzelt, weil sie fand, dass sich diese Aussage, auch auf das Fasten beziehen könnte, doch sie riss sich zusammen.

»Sie muss ihn sehr beeindruckt haben.«

»Wer?«

»Valencia.«

»Das hat sie bestimmt.«

»Glaubst du nicht, sie hatten etwas miteinander? Ich hatte da so ein Gefühl ...«

Yvonne schüttelte den Kopf. »Das kann ich mir nicht vorstellen, wirklich nicht.«

»Er wäre doch bestimmt nicht abgeneigt gewesen«, tastete sich Nina weiter vor.

»Kann sein, doch ich glaube nicht, dass sie so weit gegangen wäre. Sie hatte ihren Freund dabei.«

»Stimmt. Das wäre ziemlich herzlos gewesen.« Nina fiel auf, dass Yvonne bedrückt wirkte.

»Ich hoffe, ich schaffe es mit meinem Ex-Freund wieder zusammenzukommen. Ich habe Mist gebaut und ich bin froh, dass er mir eine zweite Chance geben will«, sagte Nina.

»Das freut mich für dich. Du wirst das bestimmt hinkriegen. Er kann sich glücklich schätzen.« Ihr Gesicht hellte sich auf.

Inga kam in ihre Richtung und hielt zwei Gläser mit einem Milchshake in der Hand.

»Hey, Nina! Das ist aber eine Überraschung.« In ihrem dunklen Einteiler wirkte sie weniger schillernd als ihre Freundin. »Ich find's schön, dass wir dich noch mal wiedersehen. Wir haben gleich einen Termin im Spa, aber vielleicht hast du ja Lust, mit uns gemeinsam heute Abend zu essen?«

»So sehr ich das möchte, aber ich will gleich zu meiner Freundin ins Krankenhaus fahren. Ich werde wohl dort etwas essen. Tut mir sehr leid, aber danke für die nette Idee.«

»Das verstehe ich. Grüß sie ganz lieb, unbekannterweise.«

Nina lächelte und nickte. Dann verabschiedete sie sich von den beiden Mädels, zog ihren Bademantel über und ging zum Ausgang.

Als sie hastig über den Hof lief, um zu vermeiden, dass der Wind sie auskühlte, sah sie Jörg ins Hauptgebäude gehen. Er sprach mit einem athletisch aussehenden Mann Anfang fünfzig. Nina erkannte Sven sofort. Froh, dass er sie nicht gesehen hatte, sprintete sie über die Stufen der Terrasse des ›Kurhaus‹ zum Eingang des Gebäudes zu ihrem Zimmer.

KAPITEL 64

Es war früher Abend, als das Handy von Kriminalhauptkommissar Ullrich Otte klingelte. Er griff über seine Papiere hinweg und nahm den Anruf entgegen. Andy. Inzwischen hatte er mit den Kollegen in Berlin gesprochen.

»Hallo. Was hast du rausbekommen?« Knappe Begrüßung. Otte hatte das Gefühl, als würde ihm die Zeit davonlaufen.

»Als Erstes zu dieser Jessi. Ich habe mit ihr gesprochen. Wenn du mich fragst, das ist eine Sackgasse. Sie hat ein paar Befindlichkeiten zwischen sich und Frau Anders gespürt. Ja. Alles nicht der Rede wert. Ich hatte nicht den Eindruck, als würde sie mir etwas verschweigen. Sie ist der Typ für klare Ansagen. Frau Anders hat ihr Ton öfters nicht in den Kram gepasst. Das war es auch schon.«

»In Ordnung. Lassen wir es vorerst dabei.«

»Nun zu Michael Lotse. Ich habe gerade mit den Kollegen vor Ort telefoniert. Sie haben als Erstes mit seiner Assistentin gesprochen. Schönes Geschäft, bestätigten sie mir nebenbei. Ihr Name ist Nancy Friedrich. Sie ist Ende vierzig und hat offensichtlich schon in dem Laden als junges Mädchen gearbeitet, als den noch sein Vater geleitet hat.

Seine Eltern sind inzwischen beide tot. Der Laden lief. Das kann man nicht anders sagen. Lotse hatte ein paar sehr erlesene Kunden, die ihn immer wieder beehrt haben, um eines Ihrer neuesten Anwesen mit Antiquitäten auszustatten. Frau Friedrich machte den Eindruck, als hätte sie gern dort gearbeitet. Seit sechs Jahren leitet Michael Lotse das Geschäft, was mich zu der Schlussfolgerung kommen ließ, dass Sie auch mit ihm als Chef klargekommen sein muss. Sie bestätigte das im Gespräch. Allerdings merkten sie während der Befragung schon, dass sie bemüht war, überhaupt nichts Negatives über ihren toten Geschäftsführer zu sagen.«

»Wusste sie etwas über sein Privatleben?«

»Nicht viel. Sie hat sich wohl wage ausgedrückt. Ihre genauen Worte waren: ›Also, eine Frau an seiner Seite habe ich seit seiner Scheidung nicht gesehen.‹«

»Da steht jede Menge zwischen den Zeilen, findest du nicht?«

»Wäre möglich. Sie ließ sich auf keine genauere Aussage ein.«

»Was ist mit den anderen Mitarbeitern im Geschäft?«

»Zwei Verkäufer. Sie waren beide heute anwesend, damit sie mit ihnen sprechen konnten. Wenn du mich fragst: eine weitere Sackgasse.«

»Irgendwelche Geschichten mit verärgerten Kunden?«

»Nichts. Seine Assistentin war auch zugleich die Buchhalterin. Die Bücher sind ebenfalls in Ordnung.«

»Sagte sie ...«

»Das ist richtig. Das wird man sich natürlich alles genau ansehen müssen.«

»Welche Beschreibung der Frau hast du erhalten? Wie sah sie aus?«

»Sie hatte kinnlange dunkle Haare. Die ersten grauen Haare waren auch bereits zu erkennen, kein Make-up. Ihre Kleidung war zweckmäßig.«

»Okay. Bitte lass sie eingehender überprüfen, nur um ganz sicher zu gehen. Einkommen, Kontobewegungen, größere Anschaffungen in letzter Zeit.«

»In Ordnung.«

Otte hatte keine Hoffnung in dieser Richtung, doch sicher war sicher. Er durfte sich keinen Fehler erlauben. Gesetzt den Fall, diese Frau hätte irgendein Motiv für einen Mord an ihrem Chef gehabt, sie hatte keines, um Valencia Anders zu ermorden. Selbst, wenn das Opfer sie dabei beobachtet hatte, wäre sie wohl kaum mit der Assistentin ein paar Stunden später zum Gespensterwald gefahren.

Otte beendete das Gespräch mit Andy und wendete sich seinen Akten zu. Auf seinem Tisch lag jeweils eine zu jeder Person, die mit den beiden Opfern in diesem Fastenkurs waren – und zu den Opfern selbst. Die Kollegen in seinem Team hatten ganze Arbeit geleistet. Irgendwo hier drin musste die Verbindung zwischen den beiden zu finden sein. Das hoffte er.

Er blätterte die Papiere eins nach dem anderen durch. Angefangen bei Inga Reinhardt, der Lehrerin, die seit vielen Jahren mit Yvonne Schweiger liiert war. Zunächst Studium der Ökotrophologie in Hamburg. Dort hatte sie Yvonne Schweiger kennengelernt. Im Anschluss zweites Studium, ebenfalls selbstfinanziert. Sie fühlte sich zur Lehrerin berufen. Möglich, dass ihre Freundin sie darauf gebracht hatte. Nebenjobs als studentische Hilfskraft an der Uni. Wohngemeinschaft im Studentenwohnheim.

Yvonne Schweiger hingegen wohnte in Hamburg-Winterhude, einem Stadtteil, für den man das nötige Kleingeld brauchte. Die Familie finanzierte ihr Studium, keine Nebenjobs. Die Wohnung bewohnte sie zunächst allein, bis nach zwei Jahren ihres Studiums Inga Reinhardt bei ihr einzog. Nach der Ausbildung suchten sich beide eine Anstellung und kamen in derselben Stadt – in Lüneburg – bei verschiedenen Schulen unter. Sie bewohnen eine Mietwohnung in einem alten Fachwerkhaus in der

Innenstadt und unternehmen regelmäßig kleinere Urlaube entsprechend ihrem Geldbeutel. Die finanzielle Unterstützung durch die Familie Schweiger scheint beendet. Die beiden lebten zu keinem Zeitpunkt über ihre Verhältnisse – mit Ausnahme dieses Urlaubes. Dieser war, nach eigenen Aussagen, ein Geschenk zum Geburtstag von Yvonne Schweiger. Die scheinbar erste größere finanzielle Zuwendung ihrer Eltern seit geraumer Zeit.

Jörg Hansen, Single, Studium in Berlin. Lebt und arbeitet in München. Besitzt eine Eigentumswohnung außerhalb der Stadt. Hat den Großteil seines Lebens seit dem Studium im Süden Deutschlands verbracht. Keinerlei Verbindungen mehr zur Hauptstadt. Seine Eltern wohnen ebenfalls im Süden, keine Geschwister. Zahlt pünktlich alle seine Rechnungen. Nicht ein Strafzettel seit seinem achtzehnten Lebensjahr.

Alles, was Otte über Christian Kleinert las, bestätigte das Bild, das er bereits von dem Mann hatte. Finanzielle Abhängigkeit von seinen Eltern, mehrere größere Projekte in den letzten Jahren, die eins nach dem anderen gescheitert waren. Sehr öffentliche Person, in jedem größeren sozialen Netzwerk vertreten. Das Netz war voll mit Fotos aus seinem Leben. Sunnyboy-Image. Reich, jung, erfolgreich aussehend.

Otte schnaufte.

Sven Seefeldt. Fünfzig Jahre alt, Heilpraktiker. Doch das war er nicht immer gewesen. Nach der Schule hatte er eine Ausbildung zum Industriekaufmann gemacht und danach in einem Autohaus in Berlin gearbeitet. Erst zwanzig Jahre später ergriff er den Beruf, den er heute ausübte. Er war nie verheiratet, hatte keine Schulden, aber auch keinen Reichtum angehäuft. In Bad Doberan lebte er seit neun Jahren.

Otte lehnte sich an die Rückenlehne seines Bürostuhls, faltete die Hände auf seiner Brust und dachte nach. Er wandte seinen Blick raus aus seinem Fenster und ließ ihn schweifen. Auf dem Giebel des Hauses nebenan landete eine Elster. Sie hüpfte über die Dachziegel, bis sie eine Stelle gefunden hatte, die ihr angenehm zu sein schien. Ihr Schwanz wippte hoch und runter und sie nickte mit dem schwarzen Kopf. Dann flog sie ebenso plötzlich davon, wie sie aufgetaucht war.

Otte merkte, wie seine Gedanken abschweiften. Das lag an diesem Material. Das war absolut Nichts! Er hatte keine Spur. Otte starrte auf seine Papiere. Er war frustriert. Üblicherweise kam der Täter aus dem Dunstkreis des Opfers. Er jagte hier keinen wahnsinnigen Killer, der seine Opfer wahllos wählte. Astrid Richter war niedergeschlagen worden, weil sie einen Mord beobachtet hatte und der Täter befürchten musste, dass sie ihn bei direkter Konfrontation identifizieren würde. Bei den anderen beiden musste es eine Verbindung geben – zumindest zum Täter.

Als Nächstes wollte er zu den Akten der Opfer übergehen. Otte musste an die Bemerkung von Lotses Assistentin denken: Mit einer Frau hatte sie ihn nicht gesehen …

Er dachte darüber nach und ließ seinen leeren Blick weiter durch sein Büro schweifen. Etwas auf dem Boden erregte seine Aufmerksamkeit, nachdem er es einige Sekunden angestarrt hatte, ohne es wirklich zu sehen. Er schob seinen Stuhl zurück und hob das Blatt auf, das auf dem Boden halb verborgen unter seinem Schreibtisch gelegen hatte. Er hatte es sicherlich vorhin vom Schreibtisch gefegt, ohne es zu bemerken.

Langsam überflog er die gedruckten Zeilen, bis er zu einem interessanten Abschnitt kam. Endlich! Da stand etwas, nach dem er gesucht hatte: *Körperverletzung*.

Dieser Mann war offensichtlich vor vielen Jahren von seiner ehemaligen Freundin angezeigt worden. Das war die Spur, die er brauchte. Auf dem Zettel stand die Seitenzahl *Blatt 7*. Jetzt musste er nur noch herausfinden, aus wessen Akte es gerutscht war. Die Elster auf dem Haus gegenüber war wieder da. Ihr Kopf ging auf und ab, so als wolle sie ihm zunicken. Otte zog einen Mundwinkel nach oben. Endlich kam Schwung in den Fall.

KAPITEL 65

Astrid griff nach den Händen ihrer Freundin und drückte sie. »Das ist doch ein Riesenerfolg!«

Nina liebte ihre Freundin für ihren Optimismus. »Abwarten. Wenn er mich abblitzen lässt, stehe ich ganz schön dumm da und habe eine lange Heimreise vor mir.«

»Das wird er nicht tun.«

»Das weißt du nicht!«

»Doch, Dummerchen! Der Mann hat dich vergöttert. Der wird dich nicht den weiten Weg anreisen lassen, nur um dich dann höchst persönlich abzuservieren. Er lässt dich vielleicht zappeln. Okay. Das hast du verdient, und das wirst du aushalten, und sie lebten glücklich bis ans Ende ihrer Tage.« Astrid grinste sie breit an und Nina fühlte sich genauso glücklich, wie Astrid aussah.

Ein großes Stück Käse tropfte von Ninas Pizza Hawaii, die sie für sie beide ins Krankenhaus hatte liefern lassen. Die aßen sie genüsslich und ließen Ninas Tag Revue passieren. Inzwischen war es nach neun.

»Willst du nicht langsam gehen?«

»Na, du bist ja mal direkt! Willst du mich loswerden?« Ernster fügte Nina sofort hinzu: »Fühlst du dich nicht wohl?«

»Doch, doch, aber du bist schon lang hier und ich will nicht, dass du den ganzen Abend hier in der Klinik verbringen musst. Dass du für mich auf ein Drei-Gänge-Menü verzichtet hast, ist schon viel zu viel verlangt gewesen. Das kann ich gar nicht wieder gut machen.«

»Ich habe mir gedacht, ich bleibe heute ein bisschen länger. Das wäre doch nett. Ich störe dich auch nicht. Wir können reden, soviel wir wollen.«, bemerkte Nina unschuldig.

»Nina, was ist los? Du bleibst doch nicht aus Jux und Tollerei hier. Ist etwas passiert? Werde ich ... sterben?«

»Nein! Nein!«, beruhigte sie Nina sofort. »Um Himmels willen! Bei dir ist alles in Ordnung.«

Astrid atmete erleichtert aus. »Was ist es dann? Du verschweigst mir doch was?«

»Nichts, wirklich. Ich würde einfach gern noch ein wenig Zeit mit dir verbringen. Das ist alles. Ich muss bald wieder los, außerdem meinte der Arzt, dass Gespräche mit vertrauten Personen dabei helfen könnten, deine Erinnerung wiederherzustellen.«

»Ach, daher weht also der Wind.«

»Die Polizei wird ein wenig ungeduldig. Was weiß ich …«

»Aber nachts werden wir sicherlich keine hilfreichen Gespräche führen.«

»Ich kann ja später gehen, wenn du eingeschlafen bist.«

»Nein, schon gut. Ich freu mich ja, wenn du da bist. Ist ein bisschen wie früher.«

Nina lächelte. Sie hätte ihre Freundin nicht so überfallen sollen mit ihrer Idee. Wenn sie so recht darüber nachdachte, war es möglich, dass sich Astrid längst an Kleinigkeiten erinnert hatte. Ihre Träume waren so opulent, so detailliert, dass Teile der Realität sicherlich darin verwoben waren. Welche Teile mochten das wohl sein?

Astrid griff nach ihrer Hand. »Ich danke dir. Ich wüsste nicht, wie wir das ohne dich geschafft hätten.« Sie drückte Ninas Hand ganz fest und ihre Augen glitzerten.

»Ich hoffe, du kannst dich bald an etwas erinnern. Dann kannst du selbst dem ganzen Spuk ein Ende bereiten.«

»Das versuche ich jeden Abend, bevor ich einschlafe. Doch alles, was mir dann einfällt, ist die Frage, ob Heike ihre Nachbarin ermordet hat oder nicht. Es tut mir leid. Ich fürchte mein Kopf hat größeren Schaden genommen als vermutet.«

KAPITEL 66

Schlagartig wurde Nina wach. Sie riss die Augen auf. Wie spät war es? Sie musste auf der Liege in Astrids Zimmer eingeschlafen sein. Nina drückte den Knopf an ihrer Fitnessuhr. Gerade drei durch. Jetzt lohnte es sich auch nicht mehr, ins Hotel zu fahren. Astrid lag in ihrem Bett und schlief friedlich. Der Verband an ihrem Kopf strahlte hell. Er reflektierte das Mondlicht, das durch das aufgezogene Fenster schien. Die Geräte neben Astrids Bett surrten leise und trugen zu einer Art Grundbeleuchtung bei.

Nina richtete sich auf. Ein kurzer Blick auf ihr Handy zeigte eine Nachricht. Sie war tatsächlich von Erik. Sie hatte gehofft, noch mal von ihm zu hören, doch geglaubt hatte sie nicht daran. Er musste sie vor zwei Stunden geschickt haben. Also mitten in der Nacht – auch für ihn.

Sie zögerte, die Nachricht zu öffnen. Was wollte er ihr um diese Zeit sagen? Er hatte Zeit gehabt, sich alles genau zu überlegen. Nina schaltete das Handy wieder aus. Sie fand, dass sie mutig genug für einen Tag gewesen war. Solange sie nicht nachsah, war auch nichts Negatives geschehen.

Mit den Händen rieb sie sich das Gesicht und schaute sich um. Ihre Kehle fühlte sich trocken an, doch die

Wasserflasche auf dem Tisch war leer. Langsam erhob sie sich und hopste von der Liege neben Astrid. Sie zog ihre Sneakers an und schlurfte zur Tür. Ein Tee wäre jetzt schön. Jedes Krankenhaus besaß irgendwo einen Teewagen.

Ohne ein Geräusch zu machen, öffnete sie die Tür zum Flur. Neben der Tür saß der Polizist und döste. Sie schlich sich nach draußen und schloss die Tür leise hinter sich. Das Handy hatte sie auf dem Bett liegen lassen. Sie wusste, dass sie nur nachschauen würde, wenn sie es bei sich hatte. Die Vorahnung dessen, was sie dort finden würde, erfüllte sie bereits mit Trauer. Sie schluckte ihre Enttäuschung runter und folgte dem Gang, um so etwas wie ein Besucherzimmer zu finden. Keine Bewegung weit und breit. Sie passierte ein leerstehendes Zimmer, in dem sonst Ärzte und Schwestern anzutreffen waren. Die Tür stand offen und offenbarte sechs verlassene Stühle und einen Tisch. An der Wand Schränke mit Akten. Das Besucherzimmer lag nur ein paar Meter vor ihr, hinter einer Kurve. Hier drin befand sich tatsächlich eine kleine Küchenzeile mit einem Wasserkocher, einem Kaffeevollautomaten und einer ansehnlichen Auswahl an Teebeuteln. In einer Schale lagen sogar eingepackte Kekse und Kräcker. Die ließen sich nicht lumpen auf dieser Privatstation, dachte Nina. Sie schaltete den Wasserkocher an und setzte sich. Im Hintergrund piepsten Geräte. Alles schlief und war friedlich.

Wenn das hier vorbei war, würde sie sich bei ihrer Agentin melden und den nächstbesten Job annehmen. Sie hatte bereits ein Angebot abgelehnt, für das sie in zwei Tagen in Darmstadt hätte erscheinen müssen. Doch Familie ging vor. Astrid und Roland waren so etwas wie Familie. Finanziell bedeutete das einen Einschnitt, doch sie hatte gespart.

Das Wasser kochte. Nina stand auf und bereitete sich einen Früchtetee zu. Sie überlegte kurz, ob sie ihre Beute mit in Astrids Zimmer nehmen sollte, doch sie wollte sie nicht stören, und entschied sich deshalb, Tee und ein paar Kräcker in diesem Raum zu vernichten. Man war hier offensichtlich bemüht, für die Besucher und Patienten eine Wohlfühlatmosphäre zu schaffen. Nina konnte sich dennoch nicht entspannen. Dieses Krankenhausklima nagte an ihrer Gelassenheit. Nina war stets vorbildlich mit ihrem Körper und ihrer Gesundheit umgegangen. Ausgewogene, gesunde Ernährung und ein straffer Trainingsplan, um fit und beweglich zu bleiben, sowohl Cardio als auch Kraft. Sie gehörte längst nicht mehr zu den Jüngsten in ihrer Branche. Mit ihren neununddreißig Jahren war der Konkurrenzdruck groß und es gab inzwischen Angebote, die sie ablehnte, weil sie sich zu alt dafür fühlte. An diesem Punkt in ihrem Leben musste sie nicht mehr alles machen, musste nicht mehr in der ersten Reihe stehen und sich als Erste melden. Mit kühlem Kopf das Risiko eines Stunts zu kalkulieren, stand für sie an erster Stelle. Erst danach kam der Spaß, der Erfolg, die Bestätigung. Dem Job körperlich gewachsen zu sein erforderte mittlerweile deutlich mehr Aufwendungen als noch vor zehn Jahren. Sie registrierte das und versuchte nicht mehr, als nötig darüber nachzudenken, solange sie dem noch gewachsen war. Wenn sie irgendwann einen kritischen Punkt erreichte, an dem der Aufwand in keinem Verhältnis zum Ergebnis stand, würde sie einen neuen Weg einschlagen müssen. Würde nicht mehr vor, sondern eher hinter der Kamera agieren, Leute vorbereiten, trainieren, anleiten. Ein wichtiger Job und ebenso anspruchsvoll, mit deutlich mehr Verantwortung aber weniger Risiko fürs eigene Leben.

Dank dieser Voraussetzungen war Nina selten krank und tatsächlich seit dem Tag ihrer Geburt selbst noch nie in einem Krankenhaus gewesen. Bis jetzt.

Freundliche Farben und Annehmlichkeiten für die Besucher, doch dann dieser Geruch in den Gängen, das Piepen der Messgeräte, das vereinzelte Stöhnen der Patienten. Das ging ihr an die Nieren. Erinnerte sie an ihre eigene Vergänglichkeit. Sie wollte nichts davon zulassen.

Wollte keinen Gedanken darauf verwenden, was unausweichlich war.

Ein Schauer lief ihr über den Rücken. Sie rieb sich die verschränkten Arme. Es schien kalt zu sein. Sie war müde. Nina griff nach dem Tee, den sie eine Weile zum Abkühlen neben sich auf einen Beistelltisch gestellt hatte. Aus trägen Lidern betrachtete sie die Dampfschwaden, die aus ihrer Tasse emporstiegen. Die Beine hatte sie ausgestreckt und war tief in den Sessel gerutscht. Ihre Gedanken schweiften ab, zu der Euphorie, die sie heute Nachmittag empfunden hatte. Die Welt schien in Ordnung, die Versöhnung mit Erik nur eine Formsache. Yvonne und Inga waren sehr nett gewesen, sie, eine vollkommen Fremde, zum Essen einzuladen. Die beiden waren ein nettes Paar. Sie mussten schon sehr lang zusammen sein. Diese Vertrautheit, mit der sie aufeinander eingingen, das fiel auf. Und dennoch konnte man viel Liebe sehen. Wie Inga vorhin Yvonne ein Handtuch um die Schultern gelegt hatte, als Nina sich beim Gehen noch einmal zu ihnen umgedreht hatte ... sie hatte sie regelrecht angehimmelt.

Nina nahm einen großen Schluck Tee und hielt plötzlich inne. Ihr Herz schoss los. Sie beschwor das Bild erneut vor ihrem geistigen Auge. Inga, wie sie das Handtuch ausbreitet, mit kräftigen trainierten Armen. Ihr war heute Nachmittag aufgefallen, wie unglaublich muskulös diese Frau war. Sie war, wie Yvonne, sehr groß, machte sich aber im Gegensatz zu ihrer Freundin wenig aus schmückendem Beiwerk. Kein Make-up, nur ein durchtrainierter Körper und dunkle kurze Haare. Es war schon fast ein Igelschnitt, doch nur beinahe. Die ersten grauen Haare hatte sie nicht gefärbt. Unter dem Badeanzug zeichnete sich ein Waschbrettbauch ab. Der Badeanzug! Warum war ihr das nicht gleich aufgefallen? Ein fettes Gucci-Logo prangte darauf! Bestimmt ein Geschenk von Yvonne, zu deren Geschmack dieses Kleidungsstück eher passte. Heute Morgen hatte sie ihn nicht getragen, aber heute Nachmittag.

Nina wurde heiß. Sie musste was tun. Sie musste die Polizei verständigen. Sofort. Doch was würde sie denen sagen? Dass jemand Ähnlichkeit hatte mit Menschen, von denen Astrid geträumt hatte? Eigentlich hatte die Frau keine Ähnlichkeit. Sie war nur schlicht, naturbelassen, herb und trug denselben Badeanzug. Der kontrastierte bei ihr ebenso wie bei Astrids Fantasiefigur Heike. Astrid hatte immer die Vermutung gehabt, Heike hätte jemanden umgebracht. Vielleicht hatte sie Inga darauf gebracht. Möglicherweise hatte Astrid sie schon einmal gesehen, im Hotelpool und dann vielleicht wieder auf dem Parkplatz. An diesem unseligen Abend. Oh Gott! Die Polizei würde sie auslachen! Trotzdem. Sie mussten wissen, wen sie im Auge behalten mussten.

Nina stellte die Tasse unsanft ab und verschüttete ein wenig. Sie musste dem Polizisten Bescheid geben. Der konnte dann entscheiden, wen er kontaktieren wollte. Sie verließ den Raum und eilte um die Ecke, die in den Flur mit Astrids Zimmer führte. Der Gang war leer. Möglicherweise war der Kollege gerade zur Toilette gegangen. Egal! Dann würde sie schnell ins Zimmer huschen. Dort lag ihr Handy. Irgendjemanden musste sie anrufen. Vollkommen allein war sie jedoch nicht. Die Tür zu Astrids Krankenzimmer glitt gerade geräuschlos zu. Wieso war der Polizist in ihr Zimmer gegangen? Hatte sie ihn gerufen, weil sie Nina vermisste? Oder war es nur eine Schwester, die nach dem Rechten sah, solange der Polizist seinen Posten verlassen hatte? Vielleicht war Astrid aufgewacht und hatte einen Wunsch. Sie bemühte sich, weniger hektisch zu rennen, sondern ruhig zu bleiben. Es ergab keinen Sinn, die Schwester damit zu belästigen. Beherrscht öffnete sie selbst die Tür. Ihre Schuhe hatten ein quietschendes Geräusch auf dem Linoleum hinterlassen. Sie würde sie hören und nicht erschrecken.

Die geöffnete Tür ließ sanfte Lichtstrahlen vom schwach erleuchteten Gang ins Zimmer fallen. Nina hielt die Luft an. Am Bett von Astrid stand niemand. Astrid schlief. Sie hörte die Schnarchgeräusche. Sie konnte sich nicht getäuscht haben. Es war das letzte Zimmer im Gang. Sie machte einen Schritt nach vorn in den Raum. Die Tür glitt langsam hinter ihr zu. Geräuschlos. Nina schlich zu Astrids Bett und beugte sich über sie. Alles wirkte normal. Dann ging sie um das Bett herum zu ihrem eigenen. Sie griff nach ihrem Handy und schaltete es an. Ein ungutes Gefühl in der Magengegend machte sie nervös. Sie wusste etwas. Wem würde sie das jetzt sagen? Die Nachricht von Erik drückte sie weg und ging ins Telefonmenü. Polizei oder Roland? Sie dachte an die Kinder und entschied sich für die Polizei.

Den Notruf wollte sie nicht wählen, also suchte sie im Netz nach der Nummer der Dienststelle.

Nachdem sie die Nummer gewählt hatte, drehte sie sich mit dem Handy am Ohr zum Fenster und stierte nach draußen in die Dunkelheit. So dunkel, wie sie vermutet hatte, war es da draußen gar nicht. Sie blickte auf den Parkplatz, auf dem noch wenige gedimmte Laternen brannten. Stimmen drangen an ihr Ohr. Allem Anschein nach war da draußen irgendetwas los. Es brannte! Ein Wagen stand lichterloh in Flammen. Nina glaubte, die Hitze der Flammen spüren zu können, die in einer riesigen Rauchsäule nach dem Himmel zu greifen schienen. Sie konnte zwei Menschen in blauer medizinischer Kleidung erkennen, die gemeinsam mit dem Polizisten um dessen Dienstwagen herumstanden und aufgeregt wirkten. Es war sein Wagen, der brannte. Nina kniff die Augen zusammen. Die Ursache für den Brand konnte sie nicht ausmachen. Trotz des geschlossenen Fensters hörte sie weit in der Ferne nahende Sirenen.

Am anderen Ende der Leitung wurde abgenommen. Sie war erleichtert.

»Guten ... Abend. Bitte entschuldigen Sie die späte, ähmm, frühe Störung. Mein Name ist Nina Heinze. Mir ist etwas aufgefallen im Fall Astrid Richter. ... ja, es geht um die zwei Morde. Ich habe eine Idee, wer der oder die Täter sein könnten.«

Ein kräftiger Schmerz durchzuckte Nina an ihrem rechten Ohr. Das Handy fiel auf den Boden. Sie wollte sich umdrehen, doch zwei starke Arme umklammerten sie. Der diensthabende Polizist war vom Boden noch zu hören.

»Hallo? Sind sie noch dran?«

Nina hatte keine Möglichkeit, seinen Rufen zu antworten. Sie spürte, wie die Arme schnell zu ihrem Hals wanderten. Sie mühte sich ab, sich aus diesem Schraubstock zu befreien. Kraft besaß sie. Doch der Angreifer hatte den Vorteil der Überraschung gehabt. Nina stöhnte und warf sich mit ganzer Macht nach hinten. Ihre Beine stemmten sich in den Boden und drückten ihren Körper und den, der an ihr klebte immer schneller und dichter Richtung Zimmerwand. Sie rammte dagegen und hoffte, er würde einfach abfallen. Ein lautes Fluchen war zu hören. Sie erkannte die Stimme. Der Griff wurde lockerer. Nina schraubte sich heraus. Ein Fingernagel ihrer Peinigerin schnitt ihr an der Wange durchs Fleisch. Sie spürte sofort ein warmes Rinnsal auf der Haut. Jetzt sah sie Inga ins Gesicht. Sie las Entschlossenheit. Das lähmte Nina mehr, als wenn es Wut gewesen wäre. Einer von Ingas Nasenflügeln zuckte energisch, als ihre Hände erneut an Ninas Hals griffen. Nina wischte mit ihrem Schienbein Ingas Beine vom Boden und riss sie so nach unten. Ingas Griff war unbezwingbar. Sie zog sie mit sich. Nina landete neben ihr. Ihr Hals schmerzte. Das Miststück hielt sie fest. Erneut griff Inga nach der Stelle, wo Ninas Kehlkopf war, und drückte zu. Nina spürte ein Rauschen. Überall. Mit purer Willensstärke unternahm sie einen letzten Versuch sich zu wehren. Sie mobilisierte alle Kräfte. Doch die Aussichtslosigkeit ihrer Bemühungen traf sie wie ein Schlag. Das konnte es doch nicht gewesen sein! Trotz ihrer körperlichen Stärke und ihrer Willenskraft. Dieses Biest drückte mit ihren großen Händen den letzten Funken Energie aus ihr raus. Nina spürte, wie ihr Körper ihr nicht mehr gehorchte. Sie sandte Befehle an ihre Arme und ihre

Beine, doch nichts kam an. Es war zwecklos. Die Luft war weg und sie wurde immer leichter ... und ... weiter ... weg ...

KAPITEL 67

Mit einem Ruck war Ullrich Otte wach. Thea neben ihm schlief ruhig und fest; ihre Atemgeräusche waren kaum zu vernehmen. Verschlafen tastete er auf seinem Nachttisch nach dem Handy, um diesen durchdringenden Klingelton abzuschalten, der seinen Frieden zu so früher Stunde störte.

Aufrecht sitzend warf er einen kurzen Blick auf das Display und erkannte Andy als den nächtlichen Störenfried.

»Was ist passiert?«

»Guten Morgen, Ulli. Du solltest dir etwas Warmes anziehen. Es gibt eine Entwicklung im Fall Anders/Lotse. Die Richter ist gerade Opfer eines Überfalls geworden.«

»Was? Wie ist das möglich? Was ist mit Fred? Ist Astrid Richter ...?« Mit einem Satz war er aus dem Bett und ging bereits zu dem Stuhl, auf dem seine Kleidung vom gestrigen Tag lag.

»Nein. Ihr geht es gut. Du solltest herkommen. Ich bin bereits hier. Fred hat mich angerufen. Ein Arzt und eine Pflegekraft hatten ihn von seinem Posten geholt, weil irgendein Perverser sein Auto angezündet hat.«

»Was meinst du mit angezündet?« Otte hatte sich das Handy unters Kinn geklemmt, während er in seine Hose schlüpfte.

»Jemand hat offensichtlich einen Grillanzünder auf sein Hinterrad gelegt, hat ihn angezündet und ist dann abgehauen.«

»Himmel!«

»Offensichtlich ist die Pflegekraft von einer vorbeigehenden Frau angesprochen worden, die das Spektakel bemerkte. Sie sagte ihr, sie hätte einen Mann dabei beobachtet. In dem Tumult danach ist diese Frau untergetaucht. Wir wissen jetzt, dass es Inga Reinhardt war. Sie hat sich unbemerkt in das Zimmer der Richter geschlichen und dort Nina Heinze angegriffen, mit der sie offenbar nicht gerechnet hatte.«

»Habt ihr sie?« Otte griff auf dem Weg zur Tür nach seinen Autoschlüsseln.

»Ja. Zwei Pfleger haben sie überwältigt und Fred hat sie dann übernommen.«

»Ich bin in ein paar Minuten da. Was ist mit Nina Heinze?«

KAPITEL 68

Nina schlug die Augen auf. Eine kräftige Hustensalve entfesselte sich und drängte aus ihrem Hals, ihren Lungen. Das Licht brannte. Nina blinzelte. Ein Pfleger leuchtete ihr in die Augen.

»Wie fühlen Sie sich?«

Sie verstand nicht, was er meinte.

»Atmen sie ruhig ein und aus. Kommen Sie. Können Sie aufstehen? Ich würde sie gern untersuchen.«

Vielleicht war er doch Arzt. Nina erhob sich langsam. Sie war in Astrids Krankenzimmer. Astrid saß aufrecht im Bett und sah sie besorgt an. Sie war ganz bleich und auf der Decke hielt sie krampfhaft etwas in den Händen. Es war der Notknopf.

»Die Frau ist schon weg. Machen Sie sich keine Sorgen«, sagte der Arzt, der ihrem Blick gefolgt war.

»Sie hat zwei Menschen umgebracht und meine Freundin angegriffen«, brachte Nina mit Mühe heraus. Der Arzt nickte. »Der Polizist hat sie zur Wache gebracht. Machen Sie sich keine Sorgen. Wir wollen jetzt erst einmal sichergehen, dass es Ihnen gut geht.«

»Mir fehlt nichts.« Nina hatte Mühe, die drei Wörter rauszubringen. Ihr Krächzen und der Schmerz im Hals straften ihre Worte Lügen.

»Sie müssen ganz ruhig atmen. Das wird sich alles wieder geben. Sie haben großes Glück gehabt, dass Frau Richter wach geworden ist, als sie angegriffen wurden. Nur ein bisschen später, und wir hätten Ihnen nicht mehr helfen können.«

Nina nickte und selbst das tat ihr weh. Sie sah den besorgten Blick von Astrid. Sie bemühte sich um ein souveränes Lächeln und sagte: »Es ist vorbei, Süße.«

Astrid schluchzte und der Arzt tätschelte Ninas Schulter.

»Ruhen Sie sich ein wenig aus. Ich komme regelmäßig vorbei und sehe nach ihnen. Nach meiner Einschätzung sind Sie mit einem blauen Auge davongekommen. Keine Frakturen. Das Aufstauen des Blutes hat Sie außer Gefecht gesetzt. Wie gesagt, das war keine Sekunde zu früh.«

Nina ließ sich langsam auf ihr Kissen sinken und zog die dünne Decke über sich. Ihr Hals schmerzte, doch sie spürte, wie ihr eine riesige Last von den Schultern fiel.

KAPITEL 69

»Da haben Sie großes Glück gehabt. Ich kann Ihnen nicht mal einen Vorwurf machen. Sie haben alles richtig gemacht«, sagte Kriminalhauptkommissar Otte, als er eine Stunde später neben Nina saß.

»Ich bin erleichtert, dass es vorbei ist. Die Heldin hier ist Astrid.«

Ninas Freundin war von den Geräuschen des Kampfes wach geworden und hatte nicht gezögert über den Notknopf Hilfe zu rufen. Dem ersten Pfleger, der die Tür öffnete, hatte sich ein Bild von zwei kämpfenden Kreaturen am Boden geboten. Er hatte sofort lauthals nach Verstärkung gebrüllt. An diesem Punkt war Nina gerade ohnmächtig geworden und nur wenige Momente hatten sie von einer lebensgefährlichen Verletzung getrennt. Rechtzeitig genug konnte der Pfleger Inga von ihr wegzerren und damit Schlimmeres verhindern. Inga war inzwischen in Polizeigewahrsam. Astrid hatte darauf bestanden, dass man Roland erst am Morgen informierte, weil sie sich um die Kinder Gedanken machte.

Ninas Hals schmerzte noch, doch sie fühlte sich schon deutlich besser.

»Sie hätten mir etwas von dem Traum ihrer Freundin erzählen können. Oder Sie selbst, Frau Richter.« Die letzten Worte richtete Otte an Astrid. Er hatte eine Augenbraue hochgezogen, tadelnd, aber freundlich. Er sah Nina in die Augen. Die hob beide Brauen nach oben und warf ihm einen überraschten Blick zu.

»Ja, schon gut. Sie haben recht. Ich hätte das wahrscheinlich auch niemandem erzählt, wenn ich an Ihrer Stelle gewesen wäre«, lenkte er ein.

»Wie geht es weiter? Hat sie etwas gesagt?«

»Bisher nicht. Sie schweigt wie ein Grab. Wir halten sie in Gewahrsam und das Ermittlungsverfahren gegen sie läuft.«

»Dann hoffe ich, dass Sie sie zum Reden bringen.«

»Ich will Ihnen nicht den Mut nehmen, aber wir sollten uns nicht zu sehr auf das Geständnis verlassen.«

»Wie meinen Sie das?« Nina runzelte die Stirn.

»Wir sind natürlich einen riesigen Schritt weiter, weil wir wissen, wer es ist. Mein Kollege ist ins Hotel gefahren und hat ihre Freundin abgeholt. Wir werden sie anschließend verhören. Doch ein Geständnis allein ist gefährlich. Sehr leicht kann es in der Hauptverhandlung widerrufen werden. Was wir brauchen, sind Beweise.«

»Aber sie hat versucht mich umzubringen, was wollen Sie noch?«

»Das stellt auch niemand in Abrede. Dafür können wir sie belangen, doch das beweist nicht die Morde an den beiden ersten Opfern. Leider benötige ich dafür mehr.«

Nina war entrüstet. »Was ist, wenn Astrid bestätigt, dass sie sie wiedererkennt?« Sie sah hoffnungsvoll zu ihrer Freundin im Nachbarbett.

»Ist es denn so?«

Astrid sah verstohlen zur Seite. »Ich erinnere mich an Tätowierungen, so wie sie diese Inga scheinbar am Rücken hat. Ich erinnere mich an eine männlich wirkende Frau in einem auffälligen Gucci-Badeanzug. Aber leider klingelt es bei mir nicht bei ihrem Gesicht.« Sie sah Nina entschuldigend an.

»Das ist ein guter Anfang, aber leider noch nicht genug. Die Frau bleibt selbstverständlich in Gewahrsam. Aber bevor wir nicht mehr finden oder sie uns etwas erzählt, das nur der Täter wissen kann, sind wir nicht am Ziel.«

Er sah in Ninas frustriertes Gesicht. »Machen Sie sich nicht allzu viele Sorgen. Ich denke, dass Ihre Freundin nicht mehr in Gefahr schwebt. Vertrauen Sie uns. Wir werden etwas finden. Da bin ich optimistisch.«

Danach verabschiedete er sich und ließ Astrid und Nina noch einige Stunden Schlaf, die sie dringend brauchten.

KAPITEL 70

»Du siehst ziemlich fertig aus, wenn ich das sagen darf.« Andy stand im Büro seines Chefs. Sie hatten sich kurz beratschlagt und er war im Begriff aufzubrechen und zu den Kollegen zu stoßen, die den Wagen von Inga Reinhardt beschlagnahmt hatten.

»Das würde mich nicht wundern. Du hast mich mitten in der Nacht aus dem Bett geklingelt.«

»Am frühen Morgen, mein Lieber. Schau mich an – das blühende Leben.« Er zwinkerte Otte zu, der ihn genervt ansah. Andy hielt inne. Der Blick seines Chefs gefiel ihm nicht. Irgendetwas beschäftigte ihn. Er zog sich noch einmal den Stuhl vom Schreibtisch zurück und setzte sich. Erwartungsvoll sah er Ulli an. Der legte seinen Stift beiseite und schaute überrascht auf.

»Was ist?«

»Du hast doch noch irgendwas. Was ist los? Machst du dir Sorgen, das wir der Reinhardt nichts nachweisen können?«

Ullrich Otte verschränkte die Arme vor der Brust. »Nein, bisher nicht. Ich glaube daran, dass sie in dem Wagen etwas finden werden. Sie hat die Leiche transportiert Dafür wird sie ihr Auto genommen haben. Die Kollegen werden schon etwas ausgraben. Es ist unmöglich, dass Lotse keine Spuren hinterlassen hat.«

»Was dann?«

Ulli sah zerknirscht aus. »Heute ist Theas Geburtstag.«

»Oh nein! Ihr fünfzigster! Du hast recht. Ihr habt mich ja für übermorgen zu der Party eingeladen, doch ich wusste nicht mehr, wann sie genau Geburtstag hat.«

»Heute.«

»Bitte richte ihr meine Grüße aus, wenn ... oh nein. Du hast sie noch gar nicht gesprochen, richtig?«

»Nein. Sie hat noch geschlafen, als ich los bin. Sie schläft wahrscheinlich immer noch.« Er drehte seinen Arm und sah auf die Uhr. »Es ist ja gerade mal sieben durch.«

Andy fühlte mit ihm. In der letzten Zeit hatte es immer wieder Knatsch zwischen den beiden gegeben, weil Thea nicht mehr gewillt zu sein schien, die unmöglichen Arbeitszeiten ihres Mannes zu akzeptieren. Otte tat Andy leid. Er wusste, dass es keine Wahl gab. Nicht in diesem Beruf. Seine eigene Ehe stand oft genug auf dem Prüfstand, wenn es um verschobene Pläne oder geplatzte Erwartungen seiner Frau Iris ging. Sie waren erst kurz verheiratet, und Andy hatte fest daran geglaubt, dass Iris sich mit der Zeit damit arrangieren würde. Doch wenn er sich Ulli jetzt ansah, graute ihm vor der Wahrscheinlichkeit, dass Iris' Widerstand mit der Zeit noch wachsen könnte.

»Wirst du nachher mal rumfahren?«

»Ich wüsste nicht, wie ich das bewerkstelligen sollte. Nicht heute. Wir haben die Reinhardt in Gewahrsam und warten auf das Eintreffen ihres Anwaltes, ihr Wagen wird gerade penibel untersucht und auf meinem Tisch stapelt sich der Papierkram.«

»Was hast du für sie?«

»Du meinst als Geschenk?«

»Ja. Ich gehe mal davon aus, dass du es ihr noch nicht geben konntest. Oder hast du es ihr dagelassen?«

»Nein, du hast recht. Ich hab es bei mir.« Otte fasste in seine Manteltasche und zog einen Umschlag heraus. Er griff hinein und streckte ihm dann eine gefaltete Karte entgegen. Andy blickte auf das Bild eines Schiffes im Meer.

»Es ist ein Gutschein. Für eine Kreuzfahrt. Eine Woche im Mittelmeer. Nächstes Frühjahr. Das hatte sie sich schon lang gewünscht, doch irgendwie war nie die Zeit ...« Er zuckte mit den Schultern.

»Das ist großartig! Da wird sie sich wahnsinnig freuen. Gut gemacht! Entschuldige, das sollte nicht anmaßend klingen.« Andy zog die Augenbrauen zusammen.

»Nein, schon gut. Es stimmt schon. Sie muss Einiges ertragen in unserer Ehe. Auch wenn es nicht immer meine Schuld ist, hilft ihr das nicht viel weiter. Sie ist damit trotzdem allein.«

Die beiden hatten keine Kinder. Andy konnte Theas Frust nachvollziehen, Tag für Tag allein zu sein und nicht zu wissen, ob Ulli mal in der Lage war, pünktlich Feierabend zu machen.

»Ich finde, du solltest sie anrufen.«

»Jetzt?«

»Nein. Vielleicht in einer Stunde. Macht einen Videochat, so kannst du ihr doch persönlich zum Geburtstag gratulieren. Zeig ihr das Geschenk. Das wird sie milde stimmen.«

»Einen Videochat? Dafür habe ich nichts auf meinem Handy.«

Andy schüttelte den Kopf. Privat sträubte sich Ulli gegen alles Neumodische, wie er es nannte, und beharrte auf Altbewährtem. »Aber ich! Ruf sie nachher von meinem Handy an. Sie wird sich freuen.«

Ulli lächelte schief und nickte. »Mal sehen, danke.«

KAPITEL 71

Ein paar Stunden später saß Otte mit Andy Yvonne Schweiger und deren Anwalt in einem Verhörzimmer und sprach über den Tag vor dem Tod von Michael Lotse und Valencia Anders. Er war sehr dankbar, dass ihr Rechtsbeistand, ein Freund ihrer Eltern, umgehend hergekommen war. Yvonne Schweiger hatte zuvor jede Mittäterschaft abgestritten und wies ebenso von sich, etwas von Ingas mutmaßlichen Taten gewusst zu haben. Sie hatte in der Nacht tief und fest geschlafen. Darauf konnte man sich bei ihr verlassen. Das war seit jeher so gewesen. Kein einziges Mal war sie aufgewacht und somit auch nicht in der Lage, das Alibi ihrer Freundin zu bestätigen. Sehr zu Ottes Erstaunen klärte sie ihn darüber auf, dass sie die Beziehung lösen wolle. Sie hätte es ohnehin vorgehabt und würde nach Ingas Taten in der Nacht nicht weiter zögern.

Offensichtlich trug sie sich schon eine ganze Weile mit dem Gedanken. Sie hatte sich diesbezüglich auch Sven Seefeldt anvertraut, der ihr geraten hatte, die Beziehung erst nach dem Urlaub zu beenden. Frau Reinhardts Schuld war noch nicht bewiesen, sodass es durchaus denkbar gewesen wäre, dass Yvonne ihrer Partnerin beistünde.

»Was haben Sie gemacht, als der Kurs gegen Mittag beendet war?«

»Ich habe mich mit Valencia und Michael im Spa verabredet. Wir haben uns gegen vier an der Spa-Rezeption getroffen. Valencia und ich sind in die Frauenumkleide und Michael in die der Herren. Danach waren wir schwimmen. Ich denke etwa eine Stunde. Und anschließend Sauna. Michael ist dann zurück ins Zimmer, soviel ich weiß und wir wollten noch eine Weile in den Ruheraum.«

»Das haben Sie mir in unserer ersten Befragung erzählt. Sie deuteten aber vorhin an, dass es etwas gäbe, dass Sie uns verschwiegen haben. Etwas, das von Bedeutung für den Fall sein könnte.«

Yvonne sah nervös auf ihren Anwalt. Der nickte ihr beruhigend zu. Sie schluckte.

»Wissen Sie, ich habe Sie nicht anlügen wollen oder etwas verschleiern. Bis heute habe ich tatsächlich nicht gedacht, dass es eine Rolle spielen könnte. Valencias Tod sah wie ein Unfall aus. Ich dachte, ihre Ermittlungen sind Routine und wäre in meinen schlimmsten Träumen nicht auf den Gedanken gekommen, dass Inga ...«

Sie sammelte sich.

»Ich habe mich mit jedem Tag mehr zu Valencia hingezogen gefühlt. Ihr ging es genauso. Doch wir waren beide mit unseren festen Partnern hier, also beschränkte sich unsere Zuneigung auf kleine verstohlene Momente, in denen wir uns im Hotelflur trafen, wenn keiner zu sehen war. Hier und da mal ein Kuss, das war es schon. An dem Nachmittag, als Michael sich von uns verabschiedet hatte, war es anders. Christian war bereits abgereist und Valencia hatte ihr Zimmer für sich allein. Wieso er so früh aufgebrochen ist, weiß ich nicht. Sie hat es mir nicht gesagt. Also sind wir zu ihr gegangen.« Sie schaute auf ihre Hände.

»Und weiter, Frau Schweiger?«

»Was wollen Sie hören? Details? Wir haben miteinander geschlafen. Ich war verliebt, denke ich, und nahm mir vor, die Beziehung mit Inga zu beenden. Wir hatten seit langer Zeit keinen wirklichen Draht mehr zueinander. Vielleicht passten wir auch nie wirklich zusammen. Ich weiß es nicht.«

»Wann haben Sie es Frau Reinhardt gesagt?«

»Überhaupt nicht. Das ist ja der Grund, weshalb ich dieser Geschichte keine weitere Bedeutung beigemessen habe, und fand, dass es Sie nichts anging.«

»Verstehe.« Otte war ein wenig enttäuscht. Ein Motiv kristallisierte sich heraus, doch von einem Beweis keine Spur.

»Wieso haben Sie sich anders entschieden?«

»Ich wollte eine Nacht darüber schlafen. Das war ich Inga schuldig. Eine so lange Beziehung beendet man nicht einfach so über Nacht. Es bröckelte zwar schon lang, aber ich wollte in Ruhe darüber nachdenken. Wir wollten verschiedene Dinge vom Leben und mit der Zeit – vielleicht auch gerade in den letzten Tagen, habe ich gemerkt, dass ich mir mein Leben anders vorgestellt habe. Valencia hat das verstanden.«

»Sie hat davon gewusst?«

»Ja. Ich habe ihr meine Pläne mitgeteilt, mit Inga am nächsten Tag erst zu sprechen.«

»Gut. Das wäre dann erstmal alles.« Otte bedankte sich bei der Zeugin und ihrem Anwalt und entließ die beiden vorerst.

Yvonne Schweiger stand auf, dann zögerte sie. »Sie vermuten, dass Inga doch etwas gemerkt hat, richtig?«

»Das ist reine Spekulation. Halten Sie es denn für möglich?«

»Ich wüsste nicht, wo man uns gesehen haben soll. Wir waren immer sehr vorsichtig.«

KAPITEL 72

Als die beiden gegangen waren, beugte sich Andy über den Tisch.

»Valencia Anders hatte ihr Zimmer auf demselben Stockwerk wie Michael Lotse. Beide im Severin-Palais, dem Gebäude mit dem Spa. Es ist durchaus möglich, dass er Yvonne Schweiger gesehen hat, wie sie im Zimmer von Valencia Anders verschwand. Er war schließlich selbst erst aus dem Spa nach oben gegangen.«

»Da stimme ich dir zu. Außerdem waren die beiden befreundet. Vielleicht hat die Anders sich ihm anvertraut, um über ihre Gefühle zu sprechen.«

»Gut möglich, doch was bringt uns diese Erkenntnis?«

»Gar nichts, sofern wir keine Beweise haben.« Otte grübelte. Seine gesamte Hoffnung lag auf dem Auto. Noch hatte sich niemand von den Kollegen bei ihm gemeldet.

»Irgendeine Spur muss sie doch hinterlassen haben. Gerade der Mord an Lotse ist bestimmt nicht geplant gewesen. Ihr muss was entgangen sein! Ich wette mit dir, dass er sterben musste, weil er etwas wusste. Vielleicht hat er irgendwas zu der Reinhardt gesagt.«

»Du meinst in der fraglichen Nacht?«

»Wäre möglich.«

»Glaubst du, er hat sie kontaktiert … mitten in der Nacht?«

»Möglich. Irgendwie muss er sie kontaktiert haben, sonst wäre ihr Treffen nur Zufall gewesen und daran glaube ich nicht.«

»Das Hotel kann kein Telefonat zwischen den Zimmern bestätigen und die Telefonnachweise von Lotse zeigen ebenfalls keinen Anruf.«

»Dann prüft die Nachrichten. Euch liegt doch jetzt das Handy der mutmaßlichen Täterin vor.«

»Die Kollegen sitzen bereits drüber, aber ich vermute, das hat sie längst gelöscht. Sie hätte alle Zeit der Welt gehabt, die Nachricht auch auf seinem Handy zu löschen. Er trug es in der fraglichen Nacht bei sich. Da wir bisher keine Info bekommen haben, vermute ich, dass das eine Sackgasse ist.«

»Verdammt!« Otte rieb sich mit den Fingerspitzen die Schläfen.

Es klopfte an der Tür und ein Beamter trat ein.

»Wir haben etwas entdeckt.«

Otte schnellte regelrecht nach oben und Andy drehte sich abrupt um. Er reichte Otte einen Ausdruck.

KAPITEL 73

Es war kurz vor Mittag und Otte saß der Frau gegenüber, die seit dem Angriff auf Nina Heinze und ihre Freundin Astrid Richter in polizeilichem Gewahrsam war.

»Frau Reinhardt, nachdem wir die Formalien alle erledigt haben und da jetzt auch ihr Anwalt anwesend ist, möchten wir mit Ihnen über Valencia Anders sprechen. Sie haben natürlich, wie bereits erwähnt, das Recht, nicht zur Sache auszusagen. Bitte berücksichtigen Sie aber auch, dass dieses Gespräch Ihnen die Möglichkeit einräumt, den gegen Sie vorliegenden Verdacht aus der Welt zu schaffen.« Otte saß entspannt in seinem Sessel. Am liebsten hätte er sich zurückgelehnt und die Beine überschlagen, doch das wäre respektlos gewesen.

»Ich habe nichts mit ihrem Tod zu tun.«

»Wo waren sie zum Zeitpunkt ihres Todes, zwischen fünf und sieben?«

»Wie ich Ihnen bereits sagte, lag ich zu diesem Zeitpunkt neben meiner Freundin und habe geschlafen. Der Wecker weckte uns halb neun.«

»Ihre Freundin ist Langschläferin, nicht wahr? Verzeihung, Ihre Ex-Freundin.«

»Ja. Sie nimmt jeden Abend eine ... wie meinen Sie das?«

Huch, da warst du wohl abgelenkt, dachte Otte.

»Frau Schweiger teilte uns vor einer halben Stunde mit, dass sie gewillt ist, sich umgehend von Ihnen zu trennen. Ein Plan, den sie schon länger hegte, nicht wahr?«

Inga Reinhardt wurde rot. Ihr Kopf glühte. »Das ist nicht wahr. Sie hat sich nur von Ihnen einschüchtern lassen. Sobald herauskommt, dass ich nichts mit dem Tod der beiden zu tun habe, wird sie sich eines Besseren besinnen.«

»Glauben Sie? Dann lassen Sie uns auf den Tod von Valencia Anders zurückkommen. Sie sagen, dass Sie zu der Zeit geschlafen haben. Das ist unmöglich.«

»Wieso? Wollen Sie behaupten, jemand hätte mich woanders gesehen?«

»Nein. Sie waren tatsächlich sehr vorsichtig und hatten ungeheures Glück. Wahrscheinlich liegt es an dem unberechenbaren Wetter momentan, dass so wenige Leute unterwegs sind. Gerade in den frühen Morgenstunden, wo es noch dunkel ist.«

Otte räusperte sich.

»Sie selbst behaupten das Gegenteil … oder besser gesagt … ihr Handy.« Otte lächelte und schob ihr eine Fotografie über den Tisch.

»Dieses Bild ist mit Ihrem Handy gemacht worden. Am Tage des Todes von Valencia Anders um sechs Uhr zweiundvierzig.«

Alle im Raum befindlichen Personen starrten jetzt auf eine Fotografie des Meeres. Das ganze Bild war in Blautönen gehalten, als hätte man es nachträglich bearbeitet, auch der Strand.

»Ich habe nachgesehen, Frau Reinhardt. Zu dieser Zeit war der Himmel am Strand von Nienhagen an vielen Bereichen wolkenfrei. Die blaue Stunde … Sie haben dieses Phänomen eingefangen, so kurz wie es gedauert hat. Als die Wolken sich wieder vor den Bereich schoben, an dem über dem Meer die Sonne aufgehen würde, war das Lichtspektakel vorbei.«

»Wie kommen Sie daran? Ich habe Ihnen den Code für mein Handy nicht gegeben.«

»Yvonne Schweiger war so frei.« Ottes Mundwinkel zuckten. Er musste sich ein siegessicheres Lächeln verkneifen. »Frau Reinhardt, Sie stehen unter Mordverdacht in zwei Fällen. Des Weiteren haben wir hier noch zwei Fälle von versuchtem Mord. Das hätte uns mit einem entsprechenden Durchsuchungsbeschluss genügt, um Aufzeichnungen zu Ihren Passwörtern beispielsweise vom Anbieter zu beschaffen.«

Inga wirkte bestürzt. Er schätzte, dass es mit dem Verrat ihrer Partnerin zusammenhing. Dann atmete sie tief ein und riss sich zusammen.

»Was soll das beweisen? Ich habe ein Bild von einem Sonnenaufgang gemacht. Sie sehen auf dem Foto fast nur Wasser. Aber ich verstehe natürlich, dass das nicht zu meiner vorherigen Aussage passt. Das tut mir leid. Mein Fehler. Ich hatte vergessen, dass ich an dem Morgen kurz aufgewacht bin. Jetzt fällt es mir wieder ein. Ich habe aus dem Fenster gesehen und dachte, es wäre ein schönes Licht um, Bilder zu machen. Danach bin ich wieder schlafen gegangen.«

»Sie wohnen mit Blick auf die Straße im Hauptgebäude. Von wo haben Sie das Bild geschossen?«

Inga zögerte einen kurzen Moment. Ihr Anwalt riet ihr, keine Aussagen mehr zu machen. Doch sie antwortete souverän: »Ich habe mir kurz eine Jacke übergeworfen und bin rüber ins Severin-Palais. Dort gibt es eine Dachterrasse. Ich habe schon viele Bilder von dort gemacht. Das wissen Sie sicherlich, wenn Sie mein Handy gefilzt haben.« Zufrieden lehnte sie sich zurück, verschränkte die Arme und schlug die Beine übereinander.

Otte musste schmunzeln. »Vollkommen ausgeschlossen.«

»Warum?«

»Lassen wir mal außen vor, wie schwer zu glauben diese Story ist.« Otte lehnte sich nach vorn und deutete mit dem Finger auf das Blatt. »Sehen Sie das da?«

»Was meinen Sie?«

»Sie haben ein sehr gutes Handy, Frau Reinhardt. Erstklassige Kamera. Ein Geschenk ihrer ehemaligen Freundin?«

Die Frau funkelte ihn an.

»Wir waren in der Lage diesen Bereich hier hinten deutlich zu vergrößern. Sehen Sie?« Er legte ihr ein weiteres Blatt auf den Tisch, das ein Schiff am Horizont zeigte.

»Na und?«

»Das ist die Dänemarkfähre, Frau Reinhardt. Sie startet um sechs Uhr morgens in Rostock und fährt nach Gedser. Sie können dieses Bild nicht von der Dachterrasse gemacht haben. Das wäre der vollkommen falsche Winkel. Von dort liegt die Route weit im Nordosten. Man würde auf so einem Bild niemals eine horizontale Strandlinie, wie auf ihrem hübschen Foto erkennen. Nein. Dieses Foto kann einwandfrei oben von den Klippen geschossen worden sein, im Gespensterwald … direkt, nachdem sie Valencia Anders hinuntergestoßen hatten. Wie kaltblütig muss man sein, um danach noch den Moment zu verweilen, bloß um ihn für immer zu verewigt?«

»Das ist eine ziemlich dünne Beweisführung, finden Sie nicht?«, warf der Anwalt ein.

»Finden Sie? Gut, wenn Sie das nicht überzeugt, haben wir immer noch die ... Andy, wie heißt das noch? Ach ja, die Geokoordinaten des Bildes, die ihr Handy gespeichert hat.«

Ihr Rechtsbeistand ließ die Schultern sinken.

»Frau Reinhardt, ich kann verstehen, dass einen die digitalen Möglichkeiten heutzutage überwältigen können. Doch es sieht für mich so aus, als wolle Ihnen die mediale Welt etwas sagen.«

Inga schwieg. Ihr Anwalt antwortete stattdessen, dass sie das nicht kommentieren wolle, und verwies auf ihr Recht nach Paragraf 136, Absatz 1 der Strafprozessordnung, sich nicht zu einer Beschuldigung äußern zu müssen.

KAPITEL 74

»Ich denke, wir haben sie!«, sagte Andy später. Otte lächelte erleichtert.

»Das hoffe ich. Gott sei Dank ist sie nicht auf die Idee gekommen, ihrer Freundin das Bild in die Schuhe zu schieben. Sie hat sicherlich Zugang zum Handy gehabt, ebenso wie zum Wagen. Ich hätte nicht gewusst, wie wir ihr das Gegenteil hätten beweisen können. Das Foto und die vermeintlichen Spuren, die die Kollegen im Kofferraum entdeckt haben, könnten genügen für eine Verurteilung.«

Kurz vor dem Verhör hatte Otte die Meldung erhalten, dass im Kofferraum des beschlagnahmten Wagens Spuren von Urin gefunden worden waren. Die Analyse stand noch aus, doch das war sicher nur eine Formalie. Des Weiteren fand man vereinzelt rote Haare in den Ritzen der Stoffverkleidung. Auch hier war die DNA-Analyse im Gang. Otte war euphorisch. Er würde mit Thea ihren Geburtstag feiern können – pünktlich, sowohl heute als auch auf der großen Feier am Samstag in zwei Tagen.

Sein Gefühl hatte sich als richtig herausgestellt. Der Mord an Michael Lotse war nicht geplant gewesen, ganz im Gegensatz zu dem Mord an Valencia Anders.

Nachdem Inga Reinhardt sich zunächst in Schweigen gehüllt hatte, hatten sie die Vernehmung fortgesetzt und irgendwann war es ihr zu viel geworden. Sie war in Tränen ausgebrochen, als Otte wiederholt darauf hingewiesen hatte, dass Yvonne Schweiger geplant hatte, ein neues Leben mit einer anderen zu beginnen. Ein Leben, das mehr nach ihrem Geschmack war. Anscheinend hatte Yvonne Schweiger sich immer ein Stück nach dem Lebensstil gesehnt, den sie als Kind im Schoße ihrer Familie geführt hatte. Als sie diese Frau kennengelernt hatte, die Spaß an all den Dingen fand, die ihr durch ihre eigene Beziehung versagt wurden, nahm der Plan immer mehr Gestalt an, etwas zu ändern. Sie hatte zuvor schon darüber nachgedacht, doch nicht den Mut gehabt, den ersten Schritt zu gehen. Die Art und Weise, wie Inga sie einengte und ihre eigenen Verlustängste auslebte, nahmen ihr sichtlich die Luft zum Atmen. Das hatte Yvonne Schweiger Otte gegen Ende des Gespräches mit Zustimmung ihres Anwaltes anvertraut.

Otte hatte bereits vermutet, dass Ingas größte Angst darin bestand, Yvonne nicht halten zu können. Als die tatsächlich erste Zweifel an der Beziehung entwickelte, sah sie in Valencia die Ursache des Übels.

Entgegen jedem Abraten ihres Anwalts erzählte sie ihm und Andy davon, wie sie Michael zufällig draußen getroffen hatte, in der Nacht, in der er starb. Sie hatte nicht schlafen können, weil ihr der Magen zu schaffen machte und wollte frische Luft schnappen. Ihm ging es augenscheinlich ähnlich und so waren sie sich vor dem Severin-Palais über den Weg gelaufen.

»Er hat mich gefragt, ob Yvonne mich abserviert hat«, hatte sie zu Otte gesagt. »So ein Idiot! Ich war total schockiert, wie er auf diesen Schwachsinn kommt. Zunächst hatte ich geglaubt, es wäre einer seiner üblichen schlechten

Witze, aber dann wurde schnell klar, dass es ihm bitterer Ernst war.«

Ihre Augen waren nach all den Tränen verquollen und gerötet. »Dann hat er mir gesagt, dass ihm schon die letzten Tage aufgefallen wäre, wie vertraut sie und Valencia miteinander wären und dass ich blind und selbstverliebt sein müsste, so etwas nicht zu sehen. Als Nächstes berichtete er mir stolz, dass sie sich heute in Valencias Zimmer zurückgezogen hätten, und er sich denken könne, was da passiert sei. Ich war außer mir vor Wut, er hat gelacht und als ich ihm eine geklebt habe, ist er garstig geworden. Meinte, er würde sich das nicht bieten lassen, und dass ich das bereuen würde. Er war vollkommen außer sich!«

Otte hatte vermutet, dass das genaue Gegenteil der Fall gewesen war. Als er Inga damit konfrontierte, dass man Spuren einer dritten Person im Kofferraum ihres Wagens gefunden hatte, war sie eingeknickt. Sie hatte sich von Lotse derart anstacheln lassen, dass es ein Handgemenge gegeben hätte.

»Besonders kräftig war der nicht für einen Mann«, hatte sie gesagt. »Er hat so einen Schwachsinn geredet, dass ich an nichts anderes mehr denken konnte, als ihm den Hals zuzudrücken, damit keine Lügen mehr herauskämen. Plötzlich war er tot.«

Bei diesem Geständnis war sie vollends verzweifelt.

»Das habe ich nicht kommen sehen. Ich schwör's Ihnen. An das, was danach kam, kann ich mich kaum erinnern. Dieser alte Kasten ... dieser Fürstenhof, wie er wohl genannt wird ... hatte mich schon immer fasziniert, und ich dachte mir, dass dort seit hundert Jahren niemand einen Fuß hineingesetzt hatte. Es war perfekt und ganz einfach. Irgendwie entstand dann der Gedanke, dass es ganz leicht sein könnte, all meine Probleme loszuwerden.«

Sie hatte die drei Männer im Raum entschuldigend angesehen, mit den Schultern gezuckt. »Ich habe einfach ganz früh bei Valencia am Zimmer geklopft. Ich wollte ihr den Gespensterwald in der Morgendämmerung zeigen, solange das Wetter es noch zuließ. Dass Yvonne durchschlafen würde, war mir klar. Sie ist gesegnet damit. Neben ihr könnte eine Granate explodieren und sie würde es nicht merken. Valencia wirkte irritiert, hatte aber auch nicht den Mut, sich mit mir auseinanderzusetzen. Also hat sie sich angezogen und ist mitgefahren.«

Otte vermutete, dass Valencia Anders Yvonne zuliebe mitgefahren war. Valencia wusste, dass Yvonne an dem Tag vorhatte, mit Inga Schluss zu machen. Nach deren Tod hatte Seefeldt ihr offensichtlich davon abgeraten und vorgeschlagen bis nach dem Urlaub zu warten.

»Was ist mit Astrid Richter?«, hatte Andy sie gefragt.

»Ich habe gedacht, sie hätte mich erkannt. Ich habe sie deutlich sehen können, wie sie in ihrem Nachthemd vor mir stand, wie eine Zuschauerin, die vom Rang auf die Schauspieler auf der Bühne hinunterschaut.«

Dass Astrid Richter im Mondschein gestanden hatte und die Verdächtige im Schatten, sagte Otte ihr nicht. Ihm war es lieber, sie im Glauben zu lassen, dass Astrid sie identifizieren konnte.

»Doch es gab keine Gelegenheit sie zu erreichen«, fuhr sie fort. »Ich hatte es auch schon abgehakt. Vielleicht würde ja alles gutgehen, dachte ich mir. Doch als ich sie an dem Abend durch das Fenster im Sportraum über den Hof laufen sah, kamen mir Zweifel. Ich bin ihr gefolgt. Bis zum Parkplatz. Man kann den Sportraum durch die Terrassentüren verlassen. Ich war ohnehin die Letzte dort. Ich habe meine Kapuze der Sportjacke übergezogen und bin ihr nachgeschlichen. Eine Hantel hatte ich mitgehen lassen. Ich dachte, das wäre genug. Dann rief Yvonne plötzlich an, als ich in diesem alten Kasten war und sie mir noch mal genauer ansehen wollte. Die Zeit wurde knapp und ich wollte kein Risiko eingehen. Ich war mir ohnehin sicher, dass die Hantel den Job erfüllt hatte.« Verzweifelt hatte sie das Gesicht in den

Händen vergraben. Otte hatte zunächst geglaubt, dass die Reue sie übermannte. Es war etwas anderes.

»Ich kann nicht glauben, dass sie mich einfach so hängen lässt. Ich habe immer alles getan, war ständig für sie da – nur für sie. Es war nie genug. Was hätte ich denn noch tun können? Mehr Loyalität würde sie nie wieder finden.« Sie sah Otte an, der hatte seine Antwort runtergeschluckt.

Der Täter erhält einen respektvollen Umgang. Auch, wenn es schwerfällt, hatte er gedacht.

Otte bot sich bisher noch keine Gelegenheit, mit Sven Seefeldt zu reden, dem Mann, den seine Freundin vor zehn Jahren angezeigt hatte.

Körperverletzung. Blatt 7. Ein alter Fall. Der Zettel war aus Seefeldts Akte gefallen, wie sich herausgestellt hatte.

Die Akte besagte, dass Seefeldt direkt nach dem Vorfall Berlin verlassen und seinem alten Job den Rücken gekehrt hatte. Was dahintersteckte, würde für Otte ein Geheimnis bleiben müssen. Mit diesem Fall hier hatte es nichts zu tun. Der Zettel hatte aber gereicht, um ihn nachhaltig zu verwirren und in eine falsche Richtung zu locken.

»Mensch, Ulli!« Andy holte ihn aus seinen Gedanken. Er blickte demonstrativ auf seine Uhr am Handy und warf ihm dann einen vorwurfsvollen Blick zu. »Es ist schon so spät und wir haben noch nicht bei Thea angerufen! Du wolltest doch vorbeikommen und wir hätten den Videoanruf gemacht. Mein Lieber, ich glaube nicht, dass ich für deine Sicherheit garantieren kann. Willst du heute Nacht vielleicht gleich bei uns schlafen?« Andy wirkte ernsthaft besorgt.

Otte lächelte. »Bleib ruhig. Diese Videogeschichte ist einfach nichts für mich. Sorry. Da bin ich altmodisch.«

Andy war enttäuscht von ihm, das konnte er deutlich spüren. »Arme Thea.«

»Du kannst ganz entspannt sein. Sie hat sich über ihr Geschenk gefreut. Ich bin heute früh noch vorbeigefahren, als wir auf die Anwälte gewartet haben und habe mit ihr gefrühstückt. War vorher beim Bäcker und habe ein paar frische Brötchen mitgebracht, so wie sich das gehört. Sie meinte, daran könne sie sich gewöhnen.«

KAPITEL 75

Nina saß im Speisesaal des ›Kurhaus‹ und genehmigte sich ein opulentes Frühstück.

Nachdem sie das Krankenhaus verlassen hatte, weil Roland mit den Kids vorbeigekommen war, sehnte sie sich nach einem kulinarischen Genuss, für den sie sich ganz viel Zeit nehmen würde. Ihre Freunde brauchten Zeit für sich. Da mochte sie nicht stören. Es gab viel zu besprechen und Nina spürte, dass die weiteren Schritte ihre Anwesenheit nicht erforderten. Sie war in ihr Zimmer zurückgekehrt, hatte sich ihre Laufkleidung angezogen und war Joggen gewesen, am Strand. Die klare salzige Luft hatte ihre Lungen geflutet und der Geruch nach Seetang, der nach der Sturmflut hoch am Strand aufgetürmt lag, weckte alte Erinnerungen. Die Ostsee. Fast seicht war das Meer heute. Nur ein laues Lüftchen wehte an diesem sonnigen Tag. Die Angler hatten seit Stunden auf der Seebrücke Stellung bezogen und am Strand wimmelte es von Spaziergängern. Trotz der kühlen Herbstluft trugen die meisten ihre Schuhe in der Hand.

Jetzt belohnte sich Nina mit Porridge, gebratenen Eiern und Speck als Wiedergutmachung für die Ängste und Sorgen der letzten Tage. In der Speisekarte hatte sie ein Auge auf die amerikanischen Pancakes geworfen und spekuliert, sich ein Glas Champagner mitzubringen, wenn sie in ein paar Minuten noch einmal das Buffet aufsuchte. Es war schon Mittag. Hoffentlich warfen sie sie hier nicht gleich raus.

Sie plante, gleich noch einmal bei der Polizei anzurufen und Kriminalhauptkommissar Otte zu fragen, ob sie abreisen könne. Wenn Roland Astrid morgen mit nach Hamburg nehmen konnte, brauchten sie Nina nicht mehr. Sie musste dringend wieder zur Arbeit und außerdem sehnte sie sich nach Erholung.

Auf der Bank neben ihr vibrierte es. Sie hatte das Handy, das dort lag, stumm geschaltet und drehte es neugierig um. Möglich, dass es schon weitere Entwicklungen gab, die man ihr mitteilen wollte.

Erik.

Nina erschrak. Den hatte sie vollkommen vergessen. Unsicher, ob sie wirklich mit ihm sprechen wollte, nahm sie den Apparat an sich, entschuldigte sich kurz bei der Kellnerin und beschwor sie, nichts an ihrem Tisch anzurühren. Sie wäre gleich zurück und würde dann alles essen. Aus einem unerfindlichen Grund grinste die Kellnerin schelmisch und nickte ihr verschwörerisch zu. Nina eilte die paar Meter aus dem Restaurant und nahm Eriks Anruf entgegen, als sie aus der Tür war.

»Erik, hi. Was gibt's?«

»Du klingst außer Atem«, bemerkte er am anderen Ende.

»Ich bin schnell vom Frühstück aufgesprungen, um niemanden im Restaurant zu stören.«

»Du sitzt jetzt gerade beim Frühstück? Das muss aber eine lange Nacht gewesen sein.« Er klang distanziert.

»Das kannst du laut sagen.« Nina schmunzelte. Sie hatte nicht vor, ihn mit ihren Problemen zu belästigen. »Weshalb rufst du an?«

»Ich wollte nur mal hören, ob alles in Ordnung ist.«

»Wie meinst du das?«

»Na ja. Du hast auf meine Nachricht nicht reagiert. Das ist ziemlich ungewöhnlich für dich.«

»Weißt du, ehrlich gesagt habe ich deine Nachricht noch gar nicht gelesen. Ich hab's vergessen, aber ich hätte mich bestimmt bald darauf gemeldet. Was hast du denn ...«

Nina überlegte kurz, ob sie schnell nachschauen sollte, was er geschrieben hatte, doch dann würde sie nicht hören, was er sagte.

»Du hast es vergessen?« Jetzt klang er verärgert.

»Erik, um ehrlich zu sein, hatte ich Schiss nachzusehen, was du mir geschrieben hast. Ich gehe mal davon aus, dass du dir meinen Vorschlag noch mal hast durch den Kopf gehen lassen und ihn im Nachhinein für eine schlechte Idee hältst.«

Am anderen Ende der Leitung herrschte Stille.

»Ich war gestern nicht in der Verfassung, mit dem Ende unserer Beziehung klarzukommen.«

»Du denkst, wir haben eine Beziehung?«

Nina schluckte. »Ja. Ich habe das schon so gesehen. Wir wollten doch nur eine Pause einlegen. Das Geschehene verarbeiten. Zumindest ich brauchte das. Ich habe nicht Schluss machen wollen. Dafür bedeutest du mir zu viel. Ich habe Zeit gebraucht. Für mich. Was nützt dir eine Frau, für die du immer die Probleme lösen musst. Die dich nur braucht, weil du ihr helfen kannst. Ich musste meine Probleme allein lösen, auch wenn du das nicht verstanden hast. Ich musste herausfinden, ob ich es kann.«

»Und? Hast du es herausgefunden?«

»Ja, und ich hatte gehofft, dass du dieser Frau eine Chance gibst.«

Nina war in dem Raum, der das ›Kurhaus‹ mit dem Haus Mecklenburg verband, allein und so hatte sie das Telefon auf laut gestellt. Sie wanderte langsam in Richtung des Ganges, der sie zur Sushi-Bar führen würde. Hier war sie sicher ungestört. Während sie sprach, öffnete sie die Nachricht, die Erik ihr letzte Nacht geschickt hatte.

Schön, dass du dich heute gemeldet hast. Ich freu mich auf unser Wiedersehen.

Sie blickte auf.

»Nina? Bist du noch dran?«

Fast wäre ihr das Handy aus den Fingern geglitten.

»Ja. Natürlich. Ich bin noch dran.« Sie nahm den Apparat wieder ans Ohr. »Ich habe gerade deine Nachricht gelesen.«

»Und? Haben sich deine Befürchtungen bestätigt?«

Ihr Herz hüpfte. »Nein.« Sie grinste. Am liebsten hätte sie ihn jetzt umarmt.

»Habe ich dir gesagt, dass ich dir die Zeit lasse?«

»Ja, hast du«, sagte sie leise.

»Wann wirst du mir endlich vertrauen?« Eriks Worte klangen vorwurfsvoll und doch wie eine warme Umarmung.

Nina schloss die Augen. »Ab sofort. Komme, was wolle.«

Das Luxushotel an der Ostsee wäre der perfekte Rahmen für die Traumhochzeit ihrer Schwester. Doch statt Familienidyll findet die unabhängige Nina nur Geheimnisse. Jeder einzelne der Gäste scheint etwas zu verbergen. Die perfekte Fassade erhält immer mehr Risse, als ein Toter in einer nahegelegenen Waldkapelle gefunden wird. Die schreckliche Tragödie zieht den kleinen Kreis aus Familie und Freunden schnell in einen Strudel aus Lügen und Intrigen. Überraschend geschieht kurz darauf ein weiteres brutales Verbrechen. Mit Intuition und einer gehörigen Portion Unerschrockenheit beginnt Nina, eigene Nachforschungen anzustellen. Unerwartete Hilfe erhält sie dabei von dem attraktiven Trauzeugen Erik. Doch kann sie ihm trauen?

ISBN 9798597569284

Die Hamburger Stuntfrau Nina Heinze ist ungebunden und lebt nur für ihren Job. Der führt sie Ende des Sommers in die kleine Gemeinde Finklingen in Franken.

Vom ersten Moment ihrer Ankunft an spürt sie die Gegenwart einer Toten, die wie ein Geist das Leben der Einwohner nachhaltig beeinflusst. Die meisten Dörfler begegnen Nina zwar offen und freundlich, doch scheinen sie etwas zu verschweigen. Nina merkt schnell, dass sie keiner wirklich dicht an sich heranlässt. Niemand, bis auf ihr netter, undurchsichtiger Nachbar Gregor.

Plötzlich steckt sie mittendrin im Spiel eines raffinierten, gefährlichen Mörders und gerät kurz darauf selbst in Gefahr. Sie setzt nun alles daran, dem Geheimnis um die ermordete Isabella auf die Spur zu kommen. Im Alleingang scheint das ein unmögliches Unterfangen zu sein. Da kann nur Erik helfen, der attraktive Autor, der gern mehr wäre, als nur ein guter Freund.

ISBN 9798714713767

Printed in Poland
by Amazon Fulfillment
Poland Sp. z o.o., Wrocław

74662883R00197